星を編む

Yuu Nagira

凪良ゆう

講談社

星を編む

目次

✸

装幀　鈴木久美
写真　aurore
扉イラスト　夜久かおり

星を編む

春に翔《と》ぶ

病室を訪ねると父のベッドは空で、北原《きたはら》さんなら売店に行ったよと同室の市川《いちかわ》さんが教えてくれた。しばらく待ったが戻ってこないので、心配になって一階へ下りた。売店に父の姿はない。どこへ行ったのだろう。あたりを探すうち、検査棟へ続く廊下のベンチに父が座っているのを見つけた。苦しそうに前屈《まえかが》みになっている。

「お父さん」

声をかけると、父の隣に座っている高校生くらいの女の子がぼくを見た。どこかで見た覚えがあるが——。

「ご気分が悪そうでしたので、こちらに座っていただきました」

黒地に小菊模様の着物の袖《そで》から出た彼女の手が、控《ひか》えめに父の背中をなでている。

「それはどうも。お世話になりました」

「いいえ。お父さまについていてください。看護師を呼んできます」

彼女がそう言ったとき、大丈夫と言いたげに父が手を上げた。

「ありがとう。だいぶ楽になってきました」

病気のせいで父はよく目眩《めまい》を起こすが、少し休んでいれば治まる。草介《そうすけ》、と呼ばれて手を貸すと、父はゆっくりと立ち上がった。

「お嬢さん、どうもありがとう。助かりました」

「お大事になさってください」

彼女が立ち上がると、重みのある絹の袂《たもと》がどさりと落ちた。緻密《ちみつ》な染めに金糸の刺繡《ししゅう》。豪奢《ごうしゃ》だが可憐《かれん》な小菊が若い女性らしい清楚《せいそ》な華やぎを醸《かも》している。

「見事な友禅だったなあ。あんな染めができる職人は今は少ないよ」

エレベーターへと歩きながら父が言う。

「着物の善し悪《よあ》しはさっぱりわかりません」

「おまえにも美しいものをたくさん見せてやりたかったよ」

「興味がないので構いません」

そう答えると、おまえは少し興味を持ったほうがいいと苦笑いを向けられた。


ぼくの父は地方の老舗《しにせ》旅館の跡継ぎとして生まれた。しかし経営の才覚がなく、ぼくが小学校に上がる前に旅館を潰《つぶ》した。さらには銀行からの融資に連帯保証人として父が判を押していたため、個人資産まで差し押さえられる羽目になった。

倒産は避けられない状況だったのだから計画的に畳んでしまえばよかったのに、最後まであがいたのは長年勤めている年輩の従業員のためだった。苦労知らずのお坊ちゃんだった父と、おっとりとした母。ふたりは自己破産もせずに地道に借金を返済し続けた。

——少々損をしてもいいじゃないか。

——それより人のために尽くせる人間になってほしいわ。

そんな父と母を尊敬していますと、ぼくは小学校の作文に書いた。ぼくは太陽に顔を向けるひまわりのように、なんの疑いもなく誠実な両親の姿を仰ぎ見ていた。

初めて陽の光から目を逸《そ》らしたのは、高校受験のときだった。成績から判断して勧められた難関私立の高校を、ぼくは経済的な理由であきらめた。中学生にもなると家計が苦しいことはわかってくる。私立は学費以外、制服などの学用品の負担も大きい。密《ひそ》かに落胆したが、勉強はどこでもできると自分に言い聞かせて市内の公立高校に進学した。

三年後にまた同じ問題に突き当たったが、大学は奨学金を利用した。大半の奨学金はもらえるわけではなく、返済しなくてはいけない。若者が学ぶために借金をしなくてはいけないこの国に疑問を抱いたが、周りにもそういう学生は少なからずいた。そして、そんな苦労をしなくてもいい学生はもっといた。二種類の学生は生活の根本が違っていた。

――社会に出る前に勝負ついちゃってるよな。

友人同士の飲み会で誰かが言った。東大生の親に金持ちが多いのは、幼《おさな》いころから一流の進学塾に掛け持ちで通わせる経済的余裕があるからだと。一ヵ月の塾代が最低でも五万円と聞いたとき座が静まり返った。自分たちが育った家庭とのあまりの差と、個人の才能や努力では太刀打ちできない現実があるという残酷さに。

――社会人一年目から、もう奨学金返済がはじまるんだよな。

――返済期間、平均十四年くらいらしいぞ。

――新卒から滞りなく返しても三十六歳かあ。

――借金持ちじゃ結婚なんかできないな。

――ってことは子供も持てない。

――病気して働けなくなったらどうなるんだろう。

――返還免除って、なかなか認められないらしいぞ。

全員が黙り込み、賑《にぎ》やかな居酒屋のテーブルに冷たい風が一筋通り抜けていったように感じた。私立高校をあきらめた時点で、奨学金制度を利用した時点で、遡《さかのぼ》ればどのような家に生まれてきたかで、ぼくたちはすでに選別されていたのだ。

なんとかなるさと誰かが言い、みんなうなずいたが、ぼくたちはもう気づいていた。別段高望みでもなく輝かしくもない、ごく平凡で平均的な未来ですら、一度でもつまずいたら手に入れるのは難しいだろうという現実に。少年よ大志を抱けという有名な言葉があるが、大志を抱けるその環境が、今や特権なのだという現実に。

「そろそろ帰ります。なにか足りないものはないですか」

見舞いの帰りがけ、いつも父にそう尋《たず》ねる。

「なにもない。それより働き出して忙しいんだから週末くらいゆっくりしなさい」

父の答えも決まっている。

「北原さんとこは理想的だねえ。うちとは大違いだ」

向かいのベッドで競馬新聞を開きながら市川さんがぼやく。市川さんは肝臓を患って長く入院しているが、見舞い客がきているのを見たことはない。

洗濯物が入った紙袋を提げ、病院前でバスを待っているとスマートフォンが鳴った。大学院時代、同じ触媒化学研究室だった長谷川《はせがわ》からだ。

『ひさしぶり。元気でやってるか』

変わらない快活な声が耳元で響く。

「特別元気ではないけれど、普通に食べて働いている」

『相変わらずだな。ところで今度の日曜は空いてるか』

「なにか？」

『才谷《さいたに》さんのお祝いがあるんだ』

同じ研究室の先輩である才谷さんが、繊維強化プラスチックの複合化で大きな成果を上げたそうだ。同ジャンルの研究をしていたよしみで、ぼくも祝いの席に招かれた。

「顔を出したいけど、その日はテニス部の遠征がある。ぼくは副顧問だから」

嘘《うそ》をついた。副顧問は本当だが遠征はない。

『おまえ、テニスなんてやれたのか』

「運動全般が苦手だ。でもなにかしら部活を受け持たなくちゃいけない」

本当に先生やってんだなあと、長谷川が感心したように言う。

『でもいまだに北原が高校の先生やってるなんて信じられん。高校生なんてまだぎゃあぎゃあうるさい年頃だろう。おまえが一番苦手な連中じゃないか』

長谷川は笑ったあと、けどさ、と声の調子を落とした。

『正直、俺は才谷さんよりもおまえのほうが研究者としては優れてると思ってたよ。教授からも目をかけられてたのに、いきなり院を辞めたときは驚いた』

「母が調子を崩して入院したり、いろいろあったんだ」

旅館時代の借金は完済まであと少しというところだったが、共働きだったので母親の分の収入は減る。治療は保険がきくが、入院となるといろいろ物入りで、ぼくは大学院を中退することにした。本当なら大学卒業と同時に就職して両親を助けるべきだったのだ。これ以上金にならない研究を続ける余裕はなかった。金にならないどころか、学べば学ぶほど借金が増えていく。大学院を含めて、借りた奨学金は三百五十万円ほどになっていた。

『あのまま残ってたら、結果出して返還免除になったかもしれないのに』

「そうなったらベストだったけど」

ぼくは研究が好きだった。けれどそれ以上に、自分だけが好きなことをして両親を苦境に置くという選択肢はなかった。少々損をしても思いやりを忘れず、己よりも他を優先してきた両親。その背中を見てぼくは育った。

大学院を中退したあと、塾講師をしながら地元の教員採用試験を受けた。在学中に教員免許を取っていたことが功を奏した。教職につけば奨学金返還免除という制度が廃止されたことは残念だったが、ともあれ公務員は安定した職業だと両親は喜んでくれた。

『おまえ、それで本当によかったのか?』

よくはない——反射的に浮き上がってくる感情を抑え込むことには慣れていた。

「自分の思いどおりに生きられる人間なんて一握りだろう」

若者には無限の未来があるというけれど、現実にはそれぞれ『制限された未来』からしか選べない。裕福な家、貧しい家、才能のある者、ない者など。ぼくの手持ちのカードは常に不足していて、それでも、その中から最良のカードを選んだと自分を納得させている。

『まあ俺もそろそろ潮時かもな。親から工場継いでくれって言われてるし』

「実家は鉄工所だったか」

『ちっさい町工場《まちこうば》だ。けどいい職人さんがそろってるんだよ』

研究者として俺の先はたかがしれてるしな、と長谷川は薄く笑った。

『まあ都合が悪いならしかたない。才谷さんになにか伝えることはないか？』

おめでとうございます――と言いかけてやめた。ぼくから祝われても才谷さんは嬉《うれ》しくないだろう。

「ぼくは元気でやっていますと伝えてほしい」

祝いの席だというのにピント外れの伝言に長谷川は「ああ？　うん」と返事をし、じゃあまた今度、都合が合うときに飲もうと言って通話を切った。


夜遅くまで授業で使うプリントを作り、空腹を感じたのでコンビニエンスストアへ出かけた。父と母と三人で暮らしていたときは台所に何かしらあったが、母が亡くなり、父が入院している今は自分ひとりのために台所に立つのは億劫《おっくう》になった。

外に出ると、十一月の冷えた夜風に頬《ほお》をなでられた。仕事で熱を持った頭が冷えて気持ちいい。公園の前を通りかかったとき、静かな夜の空気を乱すように、硬いものでがりがりと道を削るような音が聞こえた。大学生風の男がスケートボードをしている。上半身を揺らしてバランスを取り、車止めへ飛び乗ったかと思えば、細いパイプの柵《さく》の上を伝ってまた舗道に下りる。接着剤でも使っているかのようにボードが足から離れない。

――あんなふうに跳べたら気持ちいいだろう。

立ち止まって眺《なが》めていると、通りの向こうから警官が自転車に乗ってやってきた。すぐ手前で自転車を降り、スケートボードをしている若い男へ近づいてゆく。

「あのー、ちょっとごめんね。近所の人からうるさいって通報きてるんだよ」

若い男は素直にスケートボードを脇《わき》に抱《かか》え、すみませんと頭を下げた。ウェーブのかかった金髪にだぼっとしたパンツ。見た目はやんちゃそうだが礼儀正しい。

「敦《あつし》くん」

近くのベンチから女の子が走り寄ってきた。カップルのようだが、どう見ても高校生だろう女の子に警官が目を向ける。

「きみ、いくつかな。まだ高校生じゃない？」

もう十二時近い深夜。女の子はうつむき、若い男はやばいという顔をしている。

「すみません、うちの生徒がなにか」

声をかけると、警官がぼくを振り返った。

「この子たちの高校の教師です。試合が近いもので練習をしていました」

「なにか身分証はお持ちですか」

財布から免許証を出して見せると名前と住所を控えられた。真面目《まじめ》が服を着ていると言われたこともあるぼくを見て、警官は納得したようにうなずいた。

「事情はわかりました。でも時間も遅いので」

「すぐに切り上げて家に帰します」

警官が去っていったあと、ぼくはふたりに向き合った。

「そういうわけなので、明日見菜々《あすみなな》さん、今夜はもう帰ってください」

えっという顔をされ、ぼくは苦笑いをした。

「ぼくは本当にきみの高校の教師ですよ。一年生の化学を受け持っています」

担当はしていないが、市内で名の通った明日見総合病院の一人娘として、校内でも目立つ存在である彼女のことは知っていた。彼女は目を見開き、失礼しましたと頭を下げた。

「今回は家には連絡しません。でももう遅いので」

頼みますよと若い男に視線をやると、しっかりとしたうなずきが返ってきた。

「先生、本当にありがとうございました」

明日見さんがもう一度頭を下げた。

「こちらこそ。以前、ぼくの父が明日見病院でお世話になりました」

ああ……と彼女はうなずいた。

「病院は父が経営しているもので、わたしがお礼を言われることではありません」

しっかりした子だ。けれどぼくが言っているのは具合を悪くした父を看《み》てくれたことだった。些細《ささい》な出来事だったので忘れられていても構わない。

「ふたりとも、気をつけて帰ってください」

それでは、とぼくはコンビニエンスストアへ向かった。


化学準備室で昼食の支度《したく》をしているとノックの音がした。どうぞと応《こた》える。入ってきたのは明日見さんだった。失礼しますと一礼をする。ぴょこんと跳ねるようだったり、ぶっきらぼうに首だけ上下させるのではなく、型の決まった美しい礼だった。

「北原先生、昨夜はありがとうございました」

名前を調べてくれたらしい。ちょうど湯が沸いたので、カップラーメンに湯を注ぎながらどういたしましてと答えた。彼女が興味深そうにこちらにやってくる。

「コンビニの新商品ですね。おいしいですか？」

「どうでしょう。ぼくも初めて食べるので。お好きですか？」

「はい。でも家ではあまり。両親がインスタント食品を嫌うので」

「お父さんがお医者さんだと、家でも健康に気を遣《つか》われるんでしょうね」

明日見さんは曖昧《あいまい》な笑みを浮かべた。

「でも敦くんとはよく食べます」

「昨夜の彼ですか？」

「スノーボードの選手なんです。ハーフパイプの」

「スケートボードではなく？」

「練習です。スノーボードは雪がないとできないので」

「ああ、なるほど」

「敦くんは今日から東北へ行きました」

スケートボードでの練習だけではやはり足りず、一年の半分以上は雪を求めて北のほうや海外へ行くらしい。彼とは家族旅行で訪れたカナダで知り合ったそうだ。

「しばらく帰ってこないので、その間わたしはカップラーメンが食べられません」

悲しげな様子がおかしかった。話しているうちに三分が経《た》ってしまい、「食事時にお邪魔しました。昨夜のお礼を言いにきただけなんです」と明日見さんは行こうとした。

「ぼくも恩を返しただけなので礼には及びませんよ」

彼女が立ち止まった。

「……あの、もしかして、わたしたち病院で会ったことがありますか。昨日帰ってから考えてたんです。先生とはどこかで会ったことがある。学校以外で」

覚えていたことに驚いた。

「ええ、その節は父がお世話になりました」

「やっぱりあのときの。いいえ、わたしも助かりました」

「どういうことでしょう」

問うと、どうぞ食べてください、と彼女が手を差し出した。これ以上放っておくと麺《めん》がのびてしまうので、では失礼して、と食べながら話すことにした。

「どうですか?」

興味深そうに問われ、かなりおいしいですと返した。山椒《さんしょう》がきいた担々麺《たんたんめん》風。最近のインスタント食品は出来がいい。思いつき、ぼくは引き出しを開けた。

「よかったら、いかがです」

同じカップラーメンを取り出すと、彼女はぱっと顔を明るくし、いただきますと自分から電気ケトルに水道水を注いだ。ものおじしないところはお嬢さまらしい。

「あの日は品評会の帰りだったんです」

カップラーメンのフィルムを剝《は》がしながら彼女が言った。

「なんの品評会だったんですか」

「うちの病院を継げる、うちの財産を守れる、明日見の家が将来選ぶべき男性の」

やや突き放した口調と、その内容に驚いた。

「お見合い……ですか」

まだ高校生だというのに——。

「本番前のプレシーズンマッチみたいなものでしょうか。あの日は医師会のパーティに父のお供でついていったんです。パーティは苦手なんですけど、祖母が行ってきなさいって若いころに着ていた着物を譲ってくれたので」

「見事な友禅だと父が感心していました」

「ありがとうございます。祖母は昔から着道楽なんです」

かちりとケトルが鳴った。明日見さんが慎重にケトルを持ち上げる。茶を点《た》てているかのような優雅な手つきでカップラーメンに湯を注ぐ人を、ぼくは初めて見た。

「パーティでは優秀な医師だという男性をたくさん紹介されました」

「ああ……、その、どうでしたか」

戸惑うぼくを見て、彼女はにこりと完璧《かんぺき》な笑みを浮かべた。

「みなさん、悪い人ではありませんでした。でも年齢が上すぎて会話が続きません」

「それはそうでしょうね」

「自分を娼婦《しょうふ》のように感じました」

ぎょっとした。放たれた言葉と、明るい昼間の光や制服姿の彼女との違和感に——。

「することは同じですから」

彼女は慎重にカップラーメンのアルミ蓋《ぶた》を閉める。手元を見る目は穏《おだ》やかで、横顔にはなんの動揺も見られない。それゆえ、彼女が強く自分を抑制していることがわかる。

「敦くんとは、おつきあいをしているのだと思っていましたが」

「つきあっています」

「恋人がいることをおうちの人には？」

「言えません。父に知られたら大変なことになります。でも母は薄々気づいているようで、わたしが夜にこっそり家を抜け出すのを見ないふりをしてくれています」

彼女は湯を注いだカップを揺らさないよう、慎重に持ってぼくの前に座った。

「あの日はそういうパーティの帰りで、紹介されたみなさんがうちの病院を見学する予定になっていたんです。わたしも同席するように父から言われました」

それから逃げるため、彼女は具合が悪そうだったぼくの父親につきそうという名目でひとり輪から抜けだし、そのまま家に帰ったらしい。

「だからわたしも先生のお父さんに助けられました。あとで父にひどく叱《しか》られたけれど」

「ご両親と話し合いをしたほうがいいのでは？」

「はい。そのときのためにこっそりファミリーレストランでアルバイトをしています」

「アルバイト？」

「大学生になったらひとり暮らしをしたいって、時期を見て親に相談するつもりです。でも父は絶対に反対するだろうから、そのときは自力でアパートを借りられるくらいのお金を貯《た》めておこうと思って。保証人は敦くんがなってくれるので」

ぱきっと小気味いい音を立てて彼女は割り箸《わばし》を割った。

「大学を卒業したら家事手伝いをして、きりのいいところで親の決めた相手と結婚するなんていやです。わたしは就職して、自分でお金を稼いで、好きな人と生きていきたい。でも父の庇護《ひご》下にいる限りは無理です。だから自活できる経済力を持たなくちゃ」

そう言い、彼女はラーメンをひとくち食べておいしいと顔をほころばせた。さきほどまでの抑制された笑みとは違い、無邪気さと逞《たくま》しさに満ちた笑みだった。

その日以来、明日見さんはたびたび化学準備室を訪ねてくるようになった。交友関係に問題はなさそうなのに、なぜ昼休みにわざわざ教師のもとにやってくるのか――。

「カップラーメンが食べたいからです」

そう言い切り、どうぞと自分の弁当を差し出してくる。ありがとうございますと受け取り、代わりに新発売のカップラーメンを渡す。明日見さんは嬉しそうに湯を注ぎ、ぼくは漆塗りの美しい弁当箱に盛られた彩《いろど》りも栄養も味も完璧な惣菜《そうざい》をいただく。

「お母さんの愛情が詰まった弁当を、ぼくが食べることに胸が痛みます」

「わたしは食べたいものが食べられてありがたいです」

明日見さんがトマト味の真っ赤な麺を啜《すす》り、ぼくはだし巻きを口に入れた。嚙《か》むとじゅわりと出汁《だし》があふれてくる、亡くなった母親の味を思い出して懐《なつ》かしく感じた。

「母のご飯が嫌いなわけじゃないんです。でも最近急にカップラーメンがおいしく感じるようになって……。母親のご飯のほうがおいしいし健康的なのに不思議です」

と明日見さんはカップラーメンをしげしげと見つめる。

「ジャンクなものをおいしいと感じるのは若さなのでしょう」

「年を取ったら、ジャンクフードをおいしく感じないんですか？」

「年齢によって味の好みは変わっていくと言いますが、ぼくはまだ、真夜中に食べるラーメンも唐揚げ弁当もドーナツも好きですよ」

意外そうな目で見られたので、補足する必要を感じた。

「きみが思っているほど、ぼくはおじさんではありません」

明日見さんはわずかに目を見開き、ぼくは奇妙な納得をした。ぼくは今年で二十六歳になる。充分に若いと思っているが、生徒からすると『先生』は年齢にかかわらず大人、ともすればおじさんなのだと思い知らされた。実年齢と職業的年齢の差異。

「じゃあ、まだまだお若い先生に質問があります」

「若干引っかかりますが、なんでしょう」

「大人になったら、いろいろなことが変わるんでしょうか」

「いろいろとは？」

たとえば、と明日見さんはカップラーメンに視線を落とした。

「大人になれば、このラーメンをわたしはおいしく感じなくなるんでしょうか。今とても素敵だと思っている敦くんのことを素敵だと感じなくなるんでしょうか。逆に、今愛せないと思っている人たちを愛せるんでしょうか。そういうことです」

「未来のことは誰にもわかりません」

彼女は不満そうな顔をしたあと、そうですよね、と目を伏せた。

「わかってます。未来なんて自分で切り拓《ひら》いていくしかない」

ふうっと溜息《ためいき》をついて明日見さんは椅子《いす》にもたれた。

「なにか悩みごとでしょうか」

「わたしの毎日は悩みだらけです」

確かにそうだった。

「最近、体調がよくなくて」

そう言ったあと、でも大丈夫です、と彼女はすぐに姿勢を正した。

「体調が悪いと気持ちまでネガティブになりますね。気をつけます」

「それは気をつける必要はありません。人は心と身体《からだ》の両輪で動きます。自立心の表れでしょうが、明日見さんは自分を律しすぎるところがあるように感じます」

彼女が少し考え込む顔をしたので、ぼくはそれ以上言葉を重ねず、アスパラガスの牛肉巻きを食べた。静かな部屋に昼休みの喧噪《けんそう》だけが響いている。

「先生は、今、思いどおりに生きていますか？」

「いいえ」

迷わず答えた。

「本当はなにをしたかったんですか？」

「触媒の研究です。教師になる前は大学院の研究室にいました」

「……触媒。中学のときに少し習ったような」

「自身は変化せず、他の物質が化学反応を起こすきっかけになったり、その反応速度を促進させるものです。ぼくはＦＲＰの複合化に関する研究をしていました」

「どうして好きなことをやめて教師になったんですか？」

「院に残れる金銭的余裕がありませんでした」

彼女がさっと目を伏せた。彼女が自分の恵まれた環境を恥じたことが伝わってくる。それを見てぼくも自分を恥じた。不幸自慢は相手の口を塞《ふさ》ぐ。貧すれど鈍したくはない。

「おうちが裕福なことを恥じないでください。お金はないよりもあったほうがいい。けれどそれを誇らないことは、明日見さんの得がたい美点だと思います」

彼女はまばたきをし、じっとぼくを見つめたあと、明るい窓の外に視線を移した。

「……わたし」

そうつぶやいたきり、少しの間が空く。ぼくは黙して待った。

「わたし、中学のころから空を翔《と》ぶ夢を見るようになりました」

「空を？」

「自分のままだったり、鳥だったり、たまに宇宙船になったり、上下左右、ぐんぐん自由に翔ぶんです。あんまり楽しいから、目が覚めるたび悲しい気持ちになりました」

楽しい思い出話、という口調ではなかった。

「そのころ、なにかありましたか？」

「なにか？」

「体調の変化や、過度なストレスになる原因のようななにか」

彼女は少し考えてから首を横に振った。

「いいえ、なにも。なんにもありませんでした。ストレスなんか。ひとつも」

でもそうですね、そういえば、と彼女は続けた。友人たちと出かけたとき、みんなでおそろいのTシャツを買ったことがあった。とてもかわいいデザインだったけれど、数回洗濯したら首元がよれてしまった。不良品ではないかと友人に言うと、安物なんか着せてごめんねと謝られてしまい、それからしばらくグループの中で無視された。

「服はいつも母とデパートで買っていたんです」

良質の生地《きじ》を使い、丁寧に縫製された着心地のいいブランドの洋服。

「それが『普通の服』だと、わたしは思っていたんです」

友人たちの笑い声を背中に、教室でひとりでお弁当を食べながら、彼女は様々なことを考えた。金も物もなんの不自由もしたことがない自分について。自分はなにも知らない恥ずかしい人間であること。翔ぶ夢を見はじめたのはそのころからだという。

窓越しに差し込む冬の光が、うつむく彼女の長い黒髪に反射して、王冠のように煌《きら》めいている。

「先生、したくないことをする毎日は苦しいですか?」

「苦しくはないように思います」

「じゃあ楽しいですか?」

「楽しくもありません」

「どっちですか」

「どっちでもありません」

雨降りではないが、晴れ渡ってもいない。年齢を重ねていくほど、日々はそういうものになっていく。曖昧な灰色の空の下、どちらに進めば雨に濡《ぬ》れないですむだろうかと雲行きを読みながら、きっと大丈夫だろう、と祈りながら歩んでいくような——。

「北原先生の授業の様子を後輩から聞きました。淡々としているけれど、訊《き》いたことには丁寧に答えてくれる。理解していない生徒にはあとで個別にプリントを渡している。やる気は特に感じないけれど、総合、良い先生という評価でした」

やる気は特に感じない、というところに生徒はよく見ているものだと感心した。

「先生は、どうしてそんなふうにできるんでしょう」

「そんなふうとは?」

「いろんな事情があって、先生は自分の望みとは別の、好きでもない仕事を毎日きちんとこなしている。すごいことです。どうしてわたしはそんなふうにできないんでしょう。こんなに恵まれているのに、なに不自由なく育ててもらっているのに、自分の家が嫌いで逃げだしたいなんて。

わたしはとんでもなくわがままなだけなのかもしれません」

「ちがいます」

即座に否定した。彼女がうつむき気味だった顔を上げてぼくを見る。

「与えられる『恵み』が、きみの望む『恵み』だとはかぎりません」

同じ人間がひとりとしていないように、彼女の苦しさや喜びは彼女だけのものだ。誰かと比較して上下を決められるものではなく、それぞれが、それぞれに『わたしは苦しい』『わたしは嬉しい』と感じる権利がある。一般的に『喜び』や『苦しみ』とされているものは大雑把な目安というもので、無理になぞらえる必要はない。

「きみもわかっているはずです。だから自力でお金を貯めて、親と争ってでも家を出る準備をしている。そうして自分の望む道へ進もうとしている。なにも間違っていません」

「そうです。でも無理かもしれません」

「どうしました?」

彼女はなにか言いかけ、しかし口を閉じてうつむいた。様子がおかしい。環境に問題はあれど、しっかりと前を見据えて自分の進みたい道へと努力していたはずなのに。

「ぼくでよければ話を聞きますよ」

けれど彼女は口を開かない。黙って向かい合っていると、窓から射《さ》す陽が急に翳《かげ》った。窓の向こうを見ると、西の空から雨雲が近づいてきていた。


年が明け、三年生の多くが登校しなくなった校内は静かに感じる。

明日見さんは変わらず昼休みになると化学準備室にやってくる。蜜柑《みかん》ゼリーにスプーンを入れながら、今度の日曜に蔵王《ざおう》へ行くのだと楽しそうに話している。

「スノーボードの大会があるので敦くんの応援をしにいくんです。大会を生で観《み》るのは初めてなのですごく楽しみです。あ、先生によろしくって敦くんが言ってました」

去年の終わりあたり、明日見さんは体調を崩していた。なんとなく情緒も不安定で心配していたのだが、今日は久しぶりに元気な顔が見られて安堵《あんど》した。

「それは楽しみですね。ご両親にはなんと？」

「日帰りするつもりなので特にはなにも。泊まれたらゆっくりできるんですけど、それはさすがに言い訳が立ちません。敦くんもスノボ仲間と部屋をシェアしてますし」

「夕飯くらいは一緒に食べられるといいですね」

「どうでしょう。大会のあとは取材とかあるのでバタバタすると思います」

そう言い、彼女はゼリーの空パックをゴミ箱に捨てた。

「それだけですか。ゼリーだけではお腹《なか》が空くでしょう」

年が明けてから、彼女はなぜかカップラーメンを食べなくなった。

「ちょっと食欲がないんです」

確かに顔色がよくない。全体的にほっそりとしたようにも思う。

「病院に行ったほうがいいのでは？」

「うちの病院で診られたくありません」

ああ、なるほど。顔見知りに身体を見られるのは若い女性には苦痛だろう。

「かといって他の病院には行きにくいですし」

保険証を見れば明日見総合病院の娘だと知られてしまう。

「不自由なことですね」

昼休みの終わりを告げるチャイムが鳴り、行きますと彼女が立ち上がった。そのまま不自然に崩れ落ちそうになったので、反射的に腕を伸ばして支えた。

「大丈夫ですか」

「……すみません、ありがとうございます」

彼女は目を閉じている。目眩を起こしているようだ。揺らさないよう、そうっと椅子に座り直させた。しばらくすると彼女がゆっくりと目を開けた。

「すみません。驚かせてしまって」

「ええ、驚きました。体重が軽すぎる。朝食は食べましたか？」

「オレンジジュースを飲みました」

昨日の夕飯はと問うと、彼女は黙り込んだ。

「早退したほうがいい。家の人に迎えにきてもらいましょう」

「やめてください」

強い声音に振り返った。

「ごめんなさい。でもうちの病院には本当に行きたくないんです」

しかたないので保健室に連れていった。ベッドに横たわると彼女は吸い込まれるように眠ってしまった。目の下がうっすらと青い。かなり疲れているように見える。

五時間目の枠が空いていたので、学校近くのコンビニエンスストアですぐに食べられるバナナやヨーグルトを買ってきた。しかし保健室に戻ると明日見さんはいなかった。

「明日見さんなら教室に戻りましたよ」

教えてくれたのは、保健室の常連らしい女生徒ふたりだ。ベッドに腰掛けておしゃべりをしている。特に具合が悪そうに見えないが、今どきは表からは見えない心を病んでいる生徒も多いので、『元気そうだから授業に出なさい』は禁句となっている。礼を言って保健室を出ると、なんだかなーというぼやきが聞こえた。

「今の見た？　先生、差し入れ持ってたね」

「明日見さんにだよね。ちょっと贔屓《ひいき》しすぎじゃない？」

「まあ本当にあの人は特別なんだろうけど。明日見さんの親、学校にかなり寄付してるみたいだし、あたしたちみたいな普通の生徒とはちがうんだよ」

「明日見さん本人は好きでも嫌いでもないけど、ちょっともやっとしない？」

「するよ。だから目に入れないようにしてる。あっちはあっち、こっちはこっち」

「それ正解。比べたって自分が惨《みじ》めになるだけだもんね」

それより、と彼女たちは好きな芸能人の話題に移った。彼女たちは間違っていない。誰もが理解と尊重の上で垣根《かきね》のない人間関係を紡げればいいが、それは容易ではない。だから世界は争いが絶えない。わかり合えない苦しみが憎悪に転じるくらいなら、見ないふりで距離を取ったほうが互いに楽だし平和だろう。そうして世界は美しくひんやりとしたモザイク状に分かれていく。

五時間目がはじまり、静まり返っている廊下を進んで明日見さんのクラスを小窓から覗《のぞ》いた。明日見さんは教室中央の席に座っていた。教師からもクラスメイトからも視線を注がれる位置。痛々しいほど伸びた背筋から、体調の悪さは伝わってこない。

自分を律する強さにあふれた、ひどく孤独な姿だった。

日曜はいつも着替えや差し入れなどを持って父の病室を訪ねる。

「ずいぶんかわいらしくなったなあ」

子供サイズになってしまった綿のパジャマを広げて父親が笑う。

「迂闊《うかつ》でした。お父さんの気に入りなのに」

「いいんだ。忙しいおまえに洗濯まで任せてしまって悪いと思ってる」

確かに教職は忙しい。昨夜は期末テストの作成で問題集をひっくり返し、しかし明日見さんの体調不良のことも気がかりで集中できず、夜も更けてから洗濯がまだだったことを思い出して慌てて乾燥機のあるコインランドリーへと走った。その結果がこれだ。

「なにかあったのか」

「いえ、まあ、生徒のことで少し」

「問題のある子なのか？」

「とてもいい子です」

「じゃあ家がまずいのか？」

「裕福です。親の希望と本人の進路希望が一致しないだけで」

世間一般でいうわかりやすい『不幸な家の子供』ではないことが、彼女の孤独を見えづらくさせている。両親はいわずもがな、心を開いて話せる友人もいない。いれば昼休みに教師の元になどこないだろう。敦くんが彼女を支えてくれているのを願うばかりだ。

「忙しいときは無理して見舞いにこなくていいんだぞ」

考え込んでいるぼくに父親が言った。

「家族なんだから甘えていいんだ。それよりも生徒さんを優先してあげなさい」

穏やかに微笑《ほほえ》む父に、そうでしょうか、と問いたい気持ちが湧《わ》き上《あ》がった。他人のために家族を後回しにすることは、果たして美徳なのだろうか。

「大丈夫ですよ。それよりなにか足りないものはありませんか」

「なにもない。今で充分だ」

いつもの会話を交《か》わし、いつものように汚れ物が入った紙袋を手に病室を出た。エレベーターを待っていると、父と同じ病室の市川さんから声をかけられた。

「草介くん、知ってるなら余計なお世話なんだけど」

言いづらそうな表情に、なんのことだろうと首をかしげた。

「北原さんとこ、ちょくちょく金を借りにきてる人がいるよ」

「え？」

少し前から四十代くらいの男性が父親の見舞いにやってくるそうだ。親しげな雰囲気だが、必ず数万ずつ父親から借りていくのだという。

「返してる様子はないし。内海《うつみ》さんって人、知ってる？」

聞き覚えがあった。確か倒産した旅館の専務だ。幼いころはぼくもよくかわいがってもらった。けれど内海さんは父よりも年上なので年齢が合わない。

「親戚《しんせき》かな。北原さんのことをおじさんって呼んでるよ」

そういえば内海さんにはぼくよりも年上の息子がいた。確か浩志《ひろし》くん。

「余計なことだったら悪いね。でもなんかたかられてるように見えたからさあ」

「教えてくださってありがとうございます」

いやいやと市川さんは病室に戻っていき、ぼくは釈然としない気分で病院の駐車場へ向かった。いつもはバスを使うのだが、昨夜考えごとをして眠れなかったので寝坊してしまったのだ。

車に乗り込んだとき、視界の端《はし》に華やかななにかが舞い込んできた。明るい水色のコートをまとった若い女性。

「明日見さん？」

車の窓から顔を出すと、明日見さんが振り返った。ぼくだとわかった瞬間、脱兎《だっと》のごとく駆けてくる。ぼくは慌てて助手席のロックを外した。

「出してください」

乗り込むなりの嘆願に、わけがわからないままエンジンをかけた。明日見さんに続いて出てきた両親らしい中年の男女がバックミラーに小さく映っている。

「ありがとうございます」

大通りに出たところで彼女が息を吐《は》いた。

「今日は蔵王に行く予定だったのでは？」

「そのつもりでした」

しかし今朝になって、昼から行われる病院の慰問会でピアノを弾《ひ》くようにと父親が言い出した。用事があると抵抗したが、父親が強引だったそうだ。

「しかたなく病院にきたら、慰問会には佐藤《さとう》さんもくると言われました」

「佐藤さん？」

「以前、父のお供で行った医師会のパーティで紹介された方です。優秀な外科のお医者さまで、叔父さんが○大の外科教授で……つまり医局のトップということです」

そういう人と何度も会う場を設けられるということは――。

「悪い人ではないと思います。でも初対面のときに言われたことがちょっと」

「なにを言われたのでしょう」

「自己紹介のあといきなり、ぼくは次男なので婿養子《むこようし》に入ってもいいですよと」

初対面でそれはさぞ驚いただろう。双方に将来への暗黙の了解があるにしても、感情を排した唐突な条件提示には、ひとりの女性である明日見さんへの気遣いがない。佐藤さんにとって彼女との結婚が個と個の情愛より、利害が先にあるということが窺える。

それだけで人格を決めつけることはできないが、そういう配慮のなさや感覚のボーダーラインというものは一事が万事であることが多い。そして彼女を取り巻く環境が、日一日と抜き差しならない方向へと進んでいるのが垣間《かいま》見《み》えた。

「先生、驚かせてごめんなさい。申し訳ないんですが、駅で降ろしていただけますか。これから蔵王へ行きます。今からならギリギリ敦くんの出番に間に合います」

それよりも一度両親と話をしたほうがいい、と言いかけてやめた。丸腰で話し合いに挑んでもねじ伏せられる。だから交渉が決裂したときのために、アルバイトをして家を出る資金を貯めているのだ。明日見さんはできることはすべてしている。これ以上はない。

「明日見さん、ひとつだけ言ってもいいでしょうか」

「止められても、わたしは行きます」

「ええ、でも靴は履き替えたほうがいいと思いますよ」

明日見さんはいまさら気づいたように自分の足下を見た。ワンピースはともかく、フォーマルシューズで雪山は無理だ。明日見さんは恥ずかしそうにうつむいた。いつもしっかりしている明日見さんが、なんだか小さな子のようでおかしかった。

駅前まで送り、ありがとうございましたと彼女が車から降りようとしたとき、ふいにくずおれた。立ちくらみを起こしたのか、ドアに寄りかかるように顔を伏せている。

「……すみません。すぐに治ると思うので少しだけ待ってください」

「明日見さん、ちゃんと食事はしていますか？」

彼女は答えない。

「そんな体調で長距離移動は心配です」

「大丈夫です。わたしは行けます」

気力の問題ではない。顔色が紙のように白くなっていく。

「無理です。送りましょう」

「いやです。今日だけは行かせてください」

「ええ、蔵王まで車で送ります」

彼女がぼくを見た。かたくなだった表情がほろりと崩れていく。今にも泣きだしそうな顔で眉《まゆ》根《ね》を寄せ、ありがとうございますと震える声でつぶやいた。

車を発進させながら、明日見さんに肩入れしすぎていることを自覚した。今の時代、教師が一生徒、それも異性の生徒と親しくすることは大きな危険を孕《はら》んでいる。互いにそんな気がなくても邪推をされる。それでもぼくは彼女を放っておけない。彼女が心配であると同時に、自分自身に重なるところを感じているのだ。

蔵王までは高速道路を使って三時間弱。敦くんの出番は最後のほうらしいので、二回目の滑走に間に合えばラッキーというところか。急ぎたいが、向かうのは雪山なので途中のサービスエリアでタイヤにチェーンを巻いた。

「お手伝いできることはありますか」

「すぐ終わるので、明日見さんは休んでいてください」

足手まといだと察したのだろう、飲み物を買ってきますと彼女は売店へ行った。手早く装着を終わらせて迎えにいくと、明日見さんはポテトフライの屋台で買い物をしていた。あたりに油の匂《にお》いが立ちこめる中、彼女は揚げたてを手に車へと戻った。

「気分が悪くなったらすぐ教えてください」

体調が悪いのに揚げ物など食べて大丈夫だろうか。

「はい。これ、とてもおいしいです。有名なお店なんでしょうか」

先生もどうぞと勧められたが断った。

「ぼくはいいので、明日見さんが食べてください。少しでも栄養を摂《と》らなくては」

ありがとうございますとうなずく間も、彼女は次々ポテトフライを口に入れる。ただ食べているだけなのに、なぜか鬼気迫るものを感じた。あっという間に食べてしまうと、眠いです、とつぶやいて糸が切れるように眠ってしまった。

疲労がにじんだ青白い顔。頬がうっすらこけている。精神的なストレスか、もしくはなにか病気なのではないか。医者の不養生という言葉もある。時間に余裕があるなら、帰りにこちらの病院で診察を受けさせたほうがいいかもしれない。

蔵王に着いたのは三時前で、敦くんの二回目の滑走にぎりぎり間に合った。昔からスポーツに縁がなく、こういう競技を生で観戦するのは初めてだ。

観衆が見上げる中、半円型にえぐられたパイプを遥《はる》か上から選手が滑《すべ》り降《お》りてくる。勢いをつけてパイプから飛び出して空中で回転をする。そのたび歓声が沸くが、選手のひとりがリップに乗り上げ、パイプの内側を転がり落ちていくのを見て肝が冷えた。

「骨が折れたんじゃないですか?」

「大丈夫です。選手は安全な転び方も知ってるそうですから」

「そうは言っても、一歩間違えたら大事故でしょう」

ハラハラしながら見ていると、片山《かたやま》敦という名前がアナウンスされた。見上げた先、黒いゲートの下で黄色いウェアにゼッケンをつけた選手が身体を揺らしている。敦くんだ。明日見さんが祈るように胸の前で手を組み、ぼくまで緊張してきた。

ゆっくりとした滑り出しから、一本目のエアーで思わず声が出た。今まで見てきた選手とはまったくちがう。すごい高さへと舞い上がり、縦なのか横なのかわからない角度でめまぐるしく回転しながら美しい姿勢でパイプの内側を滑り降り、また舞い上がる。

——鳥みたいだ。

青空をバックに自由自在に翔ぶ鳥に目を奪われた。鳥は一度も乱れることなく地上へと降り立ち、雪の飛沫《ひまつ》を扇のように散らしながら観客の前で止まった。天に突き上げられたものが翼ではなく拳《こぶし》だと認識し、ようやく我に返った。ものすごい歓声が上がっている。

「すごかったですね」

隣を見ると、明日見さんはまだ手を組んだまま恍惚《こうこつ》の表情を浮かべていた。冴《さ》えなかった顔色に赤みが差し、目が輝いている。恋心とはすごいものだと思ったが——。

「鳥みたい」

「え?」

「敦くん。そう思いませんでしたか？」

「思いました」

澄み渡る青空を背に、あんなふうに自由に翔べたらどれだけ楽しいだろう。舞い上がった数秒後には、また重力に囚《とら》われるとわかっていても強烈に憧《あこが》れる。

「先生、子供みたいな顔になってます」

「ぼくが？」

「目がキラキラして、ほっぺたが赤いです」

「きみもそうなってますよ」

「え、そうですか？」

明日見さんが淡く染まる頬に手を当てる。ぼくの頬も同じ色に染まっているのだろうか。それは少し恥ずかしい。けれどこんなに解放された気分は久しぶりだった。いろいろなものをあきらめて、飲み込んで、もう心の底から高揚《こうよう》することなどないと思っていた。けれど自分の中にまだ、こんな瑞々《みずみず》しい感情が残っていることに驚いている。

「敦くんが自由に翔んでいるのを見るとわくわくするんです。わたしもあんなふうに翔んでみたいって、夢を見ることを思い出しました。家を出ることを具体的に考えはじめたのは敦くんと出会ってからです。わたしが知らなかった世界を敦くんは見せてくれた」

「明日見さんは翔べますよ」

「そうでしょうか」

「きみはまだ十七歳です。その気になればなんだってできます」

「そんなこと言ったら先生だって、えっと、いくつでしたっけ」

「二十六歳です」

「じゃあ先生だって、その気になればなんでもできると思います」

そうだろうか——反射的に浮かび上がった疑問のせいで答えるのが一拍遅れた。

「だったらいいのですが」

笑顔を浮かべながら、いいや、それは無理だろうと内心で答えていた。ぼくの翼にはもうべったりとコールタールのようなものがへばりついている。幼いころ真っ白だった翼が徐々に灰色に曇っていき、最後にぼくがとどめのように自らの翼に塗りつけたのだ。羽ばたこうとするたび、黒くて重いそれにつかまれる。

——おまえにはもう時間がないだろう？

——おまえには、もうそれは必要ないだろう？

ああ、そうだ。あのとき、ぼくは思い知らされたはずだ。


雪上に表彰台が作られ、一番高いところに敦くんが上った。トロフィーとスノーボードを掲げる敦くんにカメラのフラッシュが焚《た》かれる。敦くんは海外の大会でも入賞する注目の選手なのだと明日見さんから教えられた。おめでとう、とギャラリーからも声が飛ぶ。

表彰式のあと、選手たちの控え室に明日見さんと顔を出した。敦くんは人懐《ひとなつ》こい笑みで以前に警官の質問から助けられた礼を言ったあと、菜々がいつもお世話になっていますと彼氏らしい挨《あい》拶《さつ》をした。その間にも、片山くーん、と声がかかる。

「片山くん、吉永《よしなが》さんがきてくれてるから挨拶して」

はいと答え、「ごめん、スポンサーの偉い人」と拝むように片手を立てた。

「行ってきて。このあとも忙しいんでしょう？」

「夕飯くらい一緒に食べたかったんだけど」

「気にしないで。お昼一緒する約束してたのに、わたしが遅れてきたから」

「ごめんな。来月はそっちに帰るから」

敦くんは謝りながらスポンサーの元へと行った。

「スポンサーがついているなんてすごいですね」

「十五歳のころからついてるそうですよ。板とか靴とかウェアを提供してもらえるし、もっと強くなったら海外遠征の費用も持ってもらえるみたいです」

「いいことです。金銭的な悩みはパフォーマンスを低下させるので」

瞬間、明日見さんが微妙に申し訳なさそうな顔をした。金の苦労をしたことがない自分への罪悪感なのだろう。しっかりしているのに繊細な子だ。ぼくも気をつけて発言しなくてはいけない。己の未熟さというものは、いつも他者との対峙《たいじ》から教えられる。

「自分で自分を切り拓いていける才能が、敦くんにはあったんですね」

話の穂を継ぐと、明日見さんは遠慮がちにうなずいた。敦くんには同じ競技で才能のある弟と妹がいて、将来的にまだまだ金がかかる。敦くんが成功すれば、その分を弟妹《きょうだい》に回せる。自分と大事な人たちのためにも敦くんはがんばっているのだと明日見さんは言う。

理想的だと思えた。自分のためだけでは息切れするし、周りの人たちのためだけでも満足できない。両輪を回すことで人は強く、高く、翔べる。敦くんのシンプルな生き方にぼくは一層の憧れを抱いた。年齢は関係ない。彼はぼくにはできないことをしている。

「敦くんには自由に、思いのまま、生きてほしいんです」

わたしもそうでありたい――という憧れが目に見えるようなつぶやきだった。本当に好きなのだなと微笑ましく思ったとき、近くの記者たちの会話が耳に入った。

「片山くん、春から本格的にカナダに拠点移すって本当？」

「ああ、あの実績だし遅いくらいだろう」

明日見さんを見ると、知っています、と抑制的な笑みを浮かべた。

「この先のこと、敦くんと話し合ったんですか？」

帰りの車中で尋ねると、はい、と彼女は明瞭《めいりょう》な返事をした。

「拠点は移すけど、頻繁に帰ってくるそうです。オリンピックの選考になる国内大会もあるし、スポンサーがついてるのでブランドの宣伝も兼ねたメディア対応もあります」

「だったらよかった。余計なことを訊いてしまいすみません」

「平気です。敦くんとは別れるつもりですし」

えっと問い返すが、明日見さんからの返事はない。

沈黙が続き、これ以上は問わないほうがいいのだろうと考えていると、明日見さんが助手席でゆっくりと身体を前に倒していく。くぐもった声が洩《も》れる。泣いているのかと焦ったけれど、そうではない。様子がおかしい。ウインカーを出して車を路肩に停《と》めた。

「明日見さん、どうしました」

彼女はきつく歯を食いしばって腹部を押さえている。

「明日見さん、病院に行きましょう」

「……いえ、病院は」

苦しそうに歪《ゆが》んだ横顔。とにかく高速を下り、スマートフォンで一番近い病院を調べて向かった。薄暗いロビーで待っていると、看護師がぼくを呼びにきた。

「先生からの説明があります。身内の方ですか？」

この状況ではしかたなく、兄です、と嘘をついた。

明日見さんは休憩室で休んでいるので、ぼくだけが診察室に入った。

「妊娠していますね」

やはり、とぼくは目をつぶった。最近の体調不良やその他のいろいろなことを考え合わせてそうではないかと疑っていたが、中絶できない時期に入っていると知ってさすがに驚いた。その時期にしては痩《や》せすぎている。いくらなんでも妊婦の身体ではない。

「栄養状態がかなり悪そうなので、かかりつけの先生とよく相談して、がんばって食事をするようにしてください。今夜一晩は安静のために泊まっていくほうがいいでしょう」

一体どうしたものか。ひとりで考えてもどうにもならないので、まずは明日見さんと話をしなくてはいけない。休憩室を覗くと、彼女は目を覚ましていた。

「先生、迷惑をかけてすみません」

顔色はひどく悪いけれど落ち着いている。

「妊娠しているそうです。自分でもわかっていましたね？」

彼女は唇《くちびる》を噛み、力なくうなずいた。元々生理不順気味で、彼女自身、気づいたときにはどうしようもなかったそうだ。だからあれほど頑《かたく》なに病院へ行くのを拒《こば》んだのだ。

「いくつか訊いてもいいでしょうか」

「はい」

「ご両親は知らないんですね」

「はい」

「敦くんはなんと?」

「言ってません」

「なぜ。一番に言わなくてはいけない相手でしょう」

「敦くんは今が一番大事な時期なんです。世界ランキングも上がってきて、春から拠点を海外に移して競技に集中する予定です。そんなときに言えません」

「だから別れるつもりだと?」

敦くんはメディアでも注目されている選手で、高校生を妊娠させたなどと世間に知れたら騒ぎになるだろう。競技にも障《さわ》りが出る。彼女の気持ちはわかるが、こうしている間にも子供は大きくなっていく。早くちゃんとした診察を受けて、出産への手続きを踏まなくてはいけない。どうしたって彼女ひとりでは産み育てられないのだから。

「敦くんには真実を告げる必要があります。きみだけの子供じゃない。敦くんには父親としての義務だけではなく権利もあるんです。それをきみの一存で奪ってはいけません」

明日見さんは初めて気づいたかのような顔をした。

「わたしは……敦くんに迷惑をかけたくなくて」

「迷惑かどうかは、敦くんが決めることです」

明日見さんの白くて小さな手が震えている。好きな人の足を引っ張りたくない、夢を守りたい。一方で自分の手には余る出来事に対する不安と恐怖。渦巻く正と負に、少しでも気をゆるめたら一瞬で飲み込まれそうになっているのがわかる。

「きみの本当の望みはなんでしょう」

「……わたし」

「大丈夫。どんな答えを出しても、それはきみの権利です」

ぼくは膝《ひざ》を折り、怯《おび》えている明日見さんと視線の高さを合わせた。

「敦くんに父親の義務と権利があることを忘れてはいけませんが、きみにも母親の権利があって、実際に身体に負担がかかるのもきみです。だから総合的にきみの気持ちが一番優先されるべきなんです。どんな選択がきみにとっていいのか、一緒に考えましょう」

「一緒に？　先生が？」

「はい」

「どうして？」

明日見さんはふいに顔をぐしゃりと歪ませた。

「どうして叱らないんですか。無責任とかいいかげんとか」

「いいかげんな気持ちで、敦くんとそういうことをしたんですか？」

いいえ、と彼女は首を激しく横に振った。

「ふたりですごく考えて、避妊だってちゃんとしました。なのに――」

「避妊具をつけていてもアクシデントが起こるときはあります。誰の責任でもないことできみを責めることはできません。そもそも一番傷ついているきみの心を削るだけで無意味です。なによりきみは無責任ではなく、いいかげんでもなく、しっかりした優しい子だとぼくは知っています」

明日見さんの鼻の頭が赤くなっていく。目の縁に涙が溜《た》まっていく。

「……わたし」

「はい」

「……わたし」

今にもかき消えてしまいそうな自分の声を、彼女が必死でつかもうとしている。ぼくは待った。何度も口を開き、閉じ、ようやく彼女は自分の声をつかみ取った。

「……産みたい、です」

表面張力を破り、それはようやくあふれたような切実な響きを持っていた。

「子供を産んで、敦くんとふたりで、育てたいです」

一言紡ぐたび、とめどなく彼女の心があふれ落ちていく。

「わかりました。そうできるよう一緒に考えましょう」

「ごめんなさい」

「謝ることはありません」

「でも、ごめんなさい」

「よくがんばりました。ひとりで不安だったでしょう」

頭をなでると、ぽたりと落ちる水滴がブランケットに小さな染《し》みを作った。ごめんなさいを繰り返す彼女の涙が止まるまで、大丈夫ですと言い続けた。

「まずは今夜ですね。安静のために泊まっていくよう言われましたが」

彼女の家庭環境を考えると外泊は難しいだろう。

「すぐ戻るので待っていてください」

近くのショッピングモールへ行き、厚手の毛布を幾枚か買ってきた。それを車の後部座席に重ね敷いて、明日見さんには横になってもらうことにする。

「あとこれを。もしよかったら」

毛布と一緒に買ったポテトフライを渡した。明日見さんが唯一食欲を示したものだ。

「おいしいです。すごく」

振動させないよう慎重に走らせる車のルームミラーに、貪《むさぼ》るようにポテトフライを口に運ぶ明日見さんが映る。つわりで食べられないだけでお腹は常に空いていたそうだ。

「口に合ってよかったです。炊《た》きたてのご飯の匂いが駄目になるという話は聞いたことがあるので、匂いのないあっさりしたものが食べたくなるのかと思っていました」

「あ、いえ、わたしも最初にご飯が無理になりました。そのあと急にカップラーメンがおいしくなったんです。それまで特別好きでもなかったのに。でも家でお母さんのご飯を食べずにカップラーメンを食べることはできなくて」

なるほど。彼女が化学準備室に足繁《あししげ》く通ってきていたのは、生命維持という切羽詰《せっぱつ》まった事情があったようだ。けれど最近になってカップラーメンも無理になり、今はポテトフライだけが食べられるという。きっとその他にもあらゆる体調の変化があるのだろう。身体の中に別の生命を宿すということの恐ろしさと神秘さが肌身に沁《し》みる。

「あの、でも、先生と話をすることも楽しかったんです」

遠慮がちに言い添えられ、思わず笑ってしまった。

「大丈夫ですよ。ぼくは明日見さんのシェルターになれてよかった」

ミラーに映る彼女が、一瞬、とても無防備な顔をした。手に持ったポテトフライの袋を黙って見つめている。なにか気に障るようなことを言っただろうか。

「……先生は優しい人ですね」

褒められている感はせず、それよりも自嘲《じちょう》気味なニュアンスが気になった。

「明日見さん、不安や悩みがあるのなら言える範囲で教えてください」

そう言うと、ためらうような間が空いた。

「先生、前に空を翔ぶ夢の話をしたのを覚えていますか」

覚えている。友人とおそろいで買ったTシャツをきっかけにクラスメイトから無視をされるようになり、彼女は自分自身について考えるようになった。

「あのとき、自分のように恵まれた人間は『不満を言う権利』はないと思ったんです。だからずっと父の言うことをきいて、それが正しいんだと思ってきました。でも、そうすればするほど翔ぶ夢を見るようになって、でもあるときから見なくなりました」

彼女が手に持ったポテトフライから顔を上げた。

「敦くんと出会ったんです」

夜の高速道路、暁の太陽のように暗いオレンジの光が明日見さんの片頬を照らす。

「敦くんには夢があって、その夢を叶《かな》えるために、子供のころから真《ま》っ直《す》ぐ努力をしてきました。望みと現実がしっかり結びついている。わたしは敦くんが好きというより、敦くんになりたいんだと思います。敦くんは……わたしの憧れの存在なんです」

その気持ちは痛いほどわかった。人は空を翔べない。それは不可能なのだと知っていてもなお、たった数秒間の飛翔《ひしょう》のために人生を賭ける人間にぼくも憧れる。

「敦くんの話をたくさん聞いて、わたしも自分の生きたいように生きていいんだって思えるようになって、アルバイトをはじめて、もう今は翔ぶ夢を見なくなりました」

彼女は流れるオレンジの光に目を向け、でも、とつぶやいた。

「どうしてわたしは、いつもいつも自分の手で大事なものを壊していくんでしょう。大好きだった友達を傷つけて、怒らせて、今度は敦くんの夢の邪魔になりかけている」

「明日見さん」

「敦くんだけじゃない。妊娠のことを知ったら父と母は泣きますよね」

明日見さんの目が急速に光を失っていく。

「わたし、父と母が嫌いなわけじゃないんです」

母は優しいし、父は横暴だけど、それも愛情ゆえ、苦労をしてほしくない親心からだとわかっている。わたしも両親のことを愛しています、と明日見さんは言う。

「大事に育ててもらったのに、親の期待になにひとつ応えることもできなくて、それどころかわたしはふたりをがっかりさせようとしている。わたしという人間は――」

萎《しお》れた花のように彼女はどんどんうつむいていき、置かれた場所で咲くことを美徳とするこの国の文化について考えた。身の程をわきまえ、謙虚で辛抱強くあれ。それが真の美しさというものであるという無形の圧。けれど置かれた場所で咲ききれない花もこの世にはある。彼女とぼくの環境は正反対なのに、ぼくは彼女の気持ちがわかる。

――世の中には本当に苦しくて、悲しい思いをしている人が大勢いる。

――それを思えばわたしたちは幸せなのね。感謝して生きないと。

両親がよくそう言っていた。そのとおりだ。我が家は裕福ではなかったが、ぼくはひもじい思いをしたことがない。部屋にはエアコンがあり、夏は涼しく冬は温かかった。

慈愛に満ちたふたりに、疑問を呈《てい》することは難しかった。言い返したが最後、自分を思いやりのない強欲な人間だと自己嫌悪してしまう。両親の言葉にはそんな圧があった。

そうして分をわきまえ、今ある幸せに感謝して私立をあきらめ、公立高校へ進み、奨学金で大学に通い、大学院を中退したとき、ぼくには学費という名の数百万にも及ぶ借金が残った。高望みせず、わきまえて生きてきた結果がそれだったのだ。

父と母は怠惰ではなかった。逆に懸命に働いていた。けれど我が家の収入の多くが旅館時代の借金返済と、他人への貸与に充《あ》てられていた。昔、旅館で働いていたという人たちが父と母を頼りにしてくるたび、父と母はいくらかの金を都合していた。訪ねてきた人たちは悪人ではなく、みな両親に感謝して帰っていった。

——困ったときの北原さん参りというのは本当だったな。

——あんな神さまみたいな人たちもいるんだねえ。

——返済が遅れても催促すらしないらしいぞ。

父と母の愚かなほどの善人ぶりは、旅館関係者の間では有名だった。感謝しながら帰っていく客たちの話を、外で蟻《あり》の観察をしていた幼いぼくは聞いてしまい、そのときはただ両親が尊敬されていると思って誇らしい気持ちにすらなっていた。

けれど大人になるほどに疑問が膨《ふく》らんでいった。他人に施す分を、どうして息子の学費に充ててくれないのだろう。思いやり深い父と母を愛したまま、敬《うやま》ったまま、内側に静かな怒りを溜めていき、ぼくの足にはまっている親という名の枷《かせ》を外せたらと願うようになった。そんな薄情な自分を嫌悪しながら、そうして——。

明日見さんは眠ってしまい、ぼくはカーステレオから流れるニュースを消してこれからのことを考えた。母体と生まれてくる子供の健康、彼女と敦くんの将来を考えると一刻の猶予もならない。けれど双方の親の気持ちもある。それらをどう擦り合わせればいいのか。

毎週水曜日は、父親の見舞いに行く。

今日は学年会に出たので、顔を出すのが遅くなった。教科主任だけが出ればいい会だったが、主任が急な体調不良で早退し、さらに代打を頼まれた先輩教諭は、妊娠中で具合の悪い妻の代わりに、長男のお迎えを任されているので残業ができなかった。

「暇なのは独身のおまえだけだったか」

父が言い、そうですねと苦笑いでぼくはうなずいた。

「まあしかたない。家庭を持っている人に比べたら独身は時間がある。そういうときは率先して代わってあげなさい。いつもお世話になってるんだから」

ぼくは内心で溜息をついた。独身だからといって暇ではなく、家庭を持っていないという理由でいつも負担を増やされることに独身の教師たちは不満を持っている。体制を抜本的に見直すべきだという意見も多い中で、頼まれごとを淡々と引き受けるぼくは同じ独身の教師たちからよく思われていない。足並みを乱すな、ひとりで善人ぶるな、それは優しさでもなんでもないと同僚から言われたこともある。

「いつかすべておまえに返ってくるよ」

意識を戻すと、父親はベッドテーブルに置いてある母親の写真に目をやっていた。

「情けは人のためならずと言うだろう。してあげていると思ってることも、結局は巡り巡って自分に戻ってくる。そういう意味では、させていただいてるんだろうな」

お母さんがよくそう言っていたと父が言い、ぼくも母親の写真を見た。父と母は兄妹《きょうだい》のように顔が似ている。子供であるぼくは、あまりふたりに似ていない。

「ああ、そうだ。蔵王のお土産があるんです」

話題を変えたくて、スキー場近くの土産店で買った菓子を渡した。同室の人たちと分けられるように紙袋には二箱入っている。ナースステーションにも差し入れておいたことを告げると、気を遣ってくれてありがとうと父親がうなずいた。

「スキーでも行ってきたのか」

「生徒の付き添いでスノーボードの大会を観てきました」

「生徒さん？　ずいぶん親しくしてるんだな」

「少し事情のある子なんです」

明日見さんは毎日昼になると化学準備室にきて、朝に買ってきたファストフード店のポテトフライを大量に食べる。放課後またポテトフライを買って帰り、夕飯をパスしてそれを部屋でこっそり食べる。食べても食べてもお腹が減るそうで、そげていた頬がふっくらしてきている。

来月の祝日、敦くんが一度こちらに帰ってくるそうなので、そのときにふたりで話し合うことをぼくは勧めている。時期的にもう中絶できないという問題も含めて、明日見さんが出産することは確定している。だったら当事者であるふたりの意思をまず固めてから、明日見さんの両親に報告するのがいい。不安ならぼくも同行すると言ったが、

——もう少し考えさせてください。

明日見さんはまだ気持ちを決めかねている。敦くんの夢の邪魔をしたくないという気持ちが強く、ひとりで産み育てられないか模索している。それは現実的に無理だ。

「なんだか疲れているように見えるな」

父が言い、ぼくは考えごとの海から顔を出した。

「大丈夫ですよ。心配しないでください」

それよりも、と気にかかっていた件を切り出した。

「内海さんと、まだつきあいがあったんですね」

父親はわずかに目を見開いた。

「おまえのところにも連絡がきたのか？」

「いいえ。看護師さんと雑談をしていたときに話が出たんです」

市川さんから聞いたことは伏せた。

「そうなのか。まあ内海さんといっても浩志くんのほうだけど」

数ヵ月前、下の売店で偶然会ったらしい。昔の面影《おもかげ》が残っていて父親から声をかけたそうだ。

浩志くんは勤めている建築会社の仕事中に足を骨折してリハビリに通っていた。

「懐かしいですと浩志くんも喜んでくれて、リハビリが終わってもたまに見舞いにきてくれるんだよ。昔も気持ちの優しい子だったけど変わらないなあ」

「浩志くんは今どうしてるんですか？」

うーんと父親は眉根を寄せた。

「半年くらい前に奥さんと離婚したそうだ。子供に会えないのがつらいと言ってたよ」

「子供がいるなら養育費も大変でしょうね」

そうなんだよと父親はうなずいた。浩志くんはすでに再婚しているが、新しい妻との間にも子供が生まれた。ふたつの家庭を支えるのは大変で、しかも骨折して仕事に行けなくなったので、今は余計に苦しいみたいだと父親は気の毒そうに言った。

計算がおかしい——とは言わないでおいた。半年前に離婚し、もう再婚して子供がいるということは婚姻中から今の妻とつきあっていたのだろう。浩志くんが経済的に苦しいのは浩志くん自身のせいだ——なんてことは父親もわかっている。それでも助けたいと思っているのだ。あまりに父親らしく、それはぼくの心を重くする。

「旅館を畳んだときは、内海さん一家にも迷惑をかけたんだ。結局奥さんが家を出ていって、そのせいで浩志くんも転校になって、ずいぶん苦労をさせてしまった」

苦労という意味なら、個人として借金を負ったうちが一番苦労をした。その我が家から金を奪っていく浩志くんのような人を、ぼくはいやというほど見てきた。

「うちも借金があったから贅沢《ぜいたく》はできなかったけど、それでもお母さんと草介と家族三人で仲良く平凡に暮らしてこられただろう。だから余計にみんなに申し訳なくてね」

父は過去を想《おも》うように遠い目をした。

「できる範囲で助けになりたいと思うんだ。それは巡り巡って自分に戻ってくる。さっきも言ったが、情けは人のためならずだ。誠実に尽くすことで自分も救われる」

「お父さんらしいです」

そうですね。ぼくもそう思いたいです。でも本当にそうなんでしょうか。お父さん、あなたの言う情けの中に、息子であるぼくはどう存在しているんでしょう。

結局、父は浩志くんに金を貸していることは言わなかった。

午後の授業中、教室のドアがノックされ教頭先生が顔を出した。こういうときは大概生徒の家庭でなにかが起きたときだ。しかし教頭先生はぼくを手招いた。

「お父さんが危篤です。病院から連絡がきました」

なにを言われているのかわからなかった。父は長く腎臓《じんぞう》を患っているが、命に関わる病気ではない。すぐ病院へと駆けつけたが間に合わなかった。すでに霊安室に移されていると看護師に言われ、病室を出たところに真っ青な顔の市川さんが立っていた。

「そ、草介くん、ちがうんだ、ちがうんだよ。俺は北原さんに行ってくれなんて頼んでないんだ。北原さんが自分から御守《おまも》りをもらってくるって言ってくれたんだ」

なにを言っているのかわからないまま、看護師について霊安室へと下りた。

「一体なにがあったんですか」

顔にかけられた白い布をめくると、父の頬には擦り傷と痣《あざ》が浮き出ていた。あきらかになにかにぶつかったような痕《あと》だ。振り返ると、看護師が困惑の表情を浮かべた。

「北原さんは病院近くの神社の石段から転落されたんです」

「どういうことでしょう」

医師から詳しい説明があるのでと、相談室へと案内された。

石段から転落したとき、父の手には安産祈願の御守りがにぎられていた。市川さんの元に、長く疎遠だった娘さんから妊娠したという連絡が入り、腰の調子が悪い市川さんの代わりに父が御守りをもらいに行ってあげたそうだ。

「北原さんは本当に気持ちの優しい方でしたから」

医師は悲痛な表情で、しかし……と続けた。

「院外での事故ということで、この件に関して病院側は責任を持てません」

本来の治療に不備はなかったこと、この事故は父親の過失であること、市川さんと話し合いをするにしても患者同士の諍《いさか》いに病院側は関与しない、ここから先は警察に任せるということを説明された。淀《よど》みのない説明と痛ましげな表情がちぐはぐすぎて、ぼくは反応に困った。

「なにか質問があればどうぞ」

悲しげに眉を寄せている担当医を見つめる。入院患者に対して病院は安全を配慮する義務がある。それを怠ったのではないかなど、争おうと思えばいくらでも争える。けれど父だったら、勝手に病院を抜け出した先での事故なのだから病院側に責任はない、自分が悪かったんだと言うだろう。そんな父の息子であるぼくも不服を申し立てられない。けれど身内を亡くしたばかりの人間に、保身の説明ばかりする情のなさに心が冷える。

「質問はありません。長い間、お世話になりました」

これ以上、この場にいることは耐えられなかった。

霊安室に戻り、無言で横たわる父に付き添った。市川さんの必死な顔が頭をよぎる。おそらく市川さんの言うとおりなのだろう。安産祈願の御守りなど、いかにも父が思いつきそうなことだ。だからといって、すんなり、そうですかと許せるはずもない。

では、ぼくは一体、どうしたいのだろう。長い間、腹の底で渦巻いていた怒りが勢いを増していき、今にもわけのわからないことを喚《わめ》いてしまいそうだった。

心の整理もつかないまま、葬儀のあれやこれやを決めていかねばならない。母のときは父とふたりだったが、今はぼくひとりだ。通夜には多くの弔問客が訪れ、お父さまはみなさまに愛されていたんですね、と葬儀場の担当者のぬるく湿った声が癇《かん》に障った。

「このたびはご愁傷さまです」

顔を上げると、見覚えのない男が立っていた。父の知り合いにしてはずいぶんと若い。お忙しいところ恐縮ですと頭を下げると、草介くん、と名前を呼ばれた。

「浩志です。内海浩志。覚えてないかな」

「……ああ、お久しぶりです」

「病院に行ったら亡くなられたと聞いて。急だったからこんな恰好《かっこう》でごめん」

喪服ではなく、黒のシャツにグレーのパンツという平服だった。

「少し前に病院で偶然おじさんに会って、それからたまに見舞いに行くようになって」

「そうらしいですね」

「ああ、知ってたのか。おじさんにはずいぶんよくしてもらった。他になにか聞いてる？」

わずかに探るような目で問われ、腹の底で渦巻くものがまた成長した。

「昔も気持ちの優しい子だったけど変わらない、と」

「それだけ？」

「ええ。旅館を畳んだとき、内海さん一家には迷惑をかけてしまった。だからできる範囲で助けになりたいと父は言っていました。それで自分も救われると」

そう言うと、浩志くんは安堵と悲しみが混ざり合った顔をした。

「おじさんは神さまみたいに優しい人だった。残念でならないよ」

浩志くんは涙ぐみ、どうか気を落とさないでとぼくに声をかけて帰っていった。借りた金のことは口にしなかった。最初から踏み倒そうとは思っていなかっただろう。ただ薄紙のような狡《ずる》さが一枚、ふいに浩志くんの心に挟まれたのだ。父の言葉を思い出す。

——できる範囲で助けになりたいと思うんだ。

——それは巡り巡って自分に戻ってくる。

——情けは人のためならずだ。誠実に尽くすことで自分も救われる。

父は心からそう信じていた。母もだ。

けれど今の時代、善であることと弱者であることは、ときに同じ意味を持つ。天秤《てんびん》はいつだって不条理に揺れ、与えた情けの分まで正しく秤《はか》られることは稀《まれ》だ。父と母が他に分け与えた情けは返ってこなかった。盾を持たない善人として搾取されただけだった。父と母はみんなに感謝されながら、どこかで侮られていた。ぼく自身、子供としてふたりを愛しながら、ふたりを愚かだと思っていた。父と母を愛している分、ぼくはただただ哀《かな》しくやるせない。父と母が唯一犯した罪は、息子にこんな思いを味わわせたことだろう。

「長い間、ひとりで大変だったね」

通夜には大学院時代の教授まできてくれた。研究室のみんなも一緒だった。

「急だったな。なにかできることがあったら言ってくれ」

長谷川やみんなが口々に励《はげ》ましてくれる中、少し離れたところに立っている才谷さんと目が合った。才谷さんはわずかに目を泳がせたあと、覚悟したようにぼくのほうへとやってきた。丁寧にお悔《く》やみの言葉を述べたあと、周りの誰にも聞こえない小声で言った。

「本当にすまない」

絞り出すような謝罪だった。

「なにか俺にできることはないか。なんでもいい。言ってくれ」

「なにもありません」

「北原、俺はあのときのことを——」

「覚えていません。すべて忘れました」

才谷さんは目に絶望の色を浮かべ、ああとか、ごめんとかよく聞き取れないことをつぶやいて去っていった。落ちた肩のラインから、ぼくはそっと目を逸らした。

才谷さんは研究室のホープで将来を嘱望されている若手の研究者だ。もしかしてそれはぼくの未来だったかもしれない——ふとよぎった愚かな思いを嗤《わら》った。

大学を卒業したあと、ぼくは就職するべきだった。なのに借金を返済している両親を助けもせず、大学院に進み、金にならないどころか、さらに奨学金という名の借金を増やし続けた。学ぶことは、ぼくにとって罪悪感と切り離せないものだった。勉強がしたいと願うたびに、自分は親不孝者だと自責の念に駆られた。

母が身体を悪くして入院する事態になったとき、いよいよ、ぼくはその二律背反に耐えきれなくなった。考え込むぼくに、どうしたと声をかけてくれたのが才谷さんだった。チーム内でも同系統の研究をしていて、よく話をする先輩だった。

院を辞めようと思うと打ち明けると、才谷さんは心から同情してくれた。北原はいい研究者になると思う、他に道はないのかと考えてくれた。才谷さんの実家は会社を経営していて、会社はお兄さんが継いでいる。おかげで末っ子の俺は好きな研究ができると以前に言っていた。率直で、公平で、他者に自然と寄り添える才谷さんは人望があった。苦労が人を成長させるなどという話は、苦労した人を慰めるため、もしくは納得させるための方便だと才谷さんを見ているとわかる。苦労は経験値を上げるが、その圧の分、心を歪ませる。いやみでも皮肉でもなく、ぼくは才谷さんに憧れていた。

退学届を出し、月末で研究室を去ると決まったその夜、ぼくはひとり残って実験に没頭していた。こんな時間を持てるのもあと少しだと思うと、研究室に寝泊まりしたいくらいだった。焦りに背中を突き飛ばされるような奇妙な充実の中、それを見つけた。反応容器の中でゲルに想定外の変化が起きていた。こんな反応速度は初めてだった。

「おつかれさーん」

ドアを開ける音がして、顔を上げると才谷さんがいた。

「まだ灯《あか》りがついてたから、きっとおまえだろうと思って」

言いながら、差し入れだとコンビニエンスストアの袋を持ち上げる。

「どうした。汗かいてるぞ」

額の生《は》え際《ぎわ》に触れると指先が湿った。うまく言葉にできず、これを、と才谷さんにも確認してもらった。同じように才谷さんの頬も赤らんでいく。こちらを見た才谷さんと小さくうなずき合った。再現性があるかすぐに準備にかからなくてはいけない。

「まずは結果保存を。才谷さん、手伝ってください」

振り返ると、才谷さんはなぜかその場に立ち尽くしていた。

「才谷さん？」

「あ、ああ、でもさ、おまえ」

奇妙な感じに才谷さんの表情が歪んでいく。笑っているのか、泣きそうなのか。

「おまえにはもう時間がないだろう？」

「え？」

才谷さんがゆっくりと近づいてくる。ぼくは思わず後ずさった。

「おまえには、もうそれは必要ないだろう？」

北原、と才谷さんがぼくの腕をつかんだ。

「俺が見つけたことにしてくれないか?」

なにを言われているのかわからなかった。

「おまえはもう研究の道には戻らないんだろう。だったら俺の成果にしてくれないか。ちゃんと引き継ぐ。必ず結果を出す。頼む。ああ、そうだ、家が大変なんだよな。俺が援助しようか。いや、させてくれ。いくらあればいい? 相談に乗るから」

媚《こ》びるような必死な笑み。こんな才谷さんを見るのは初めてで、あれほど躍動していた心が急速に凍《こご》えていった。鼓動が平常に戻っていく。ああ、そうか。そうだった。ぼくはもう退学届を出していて、研究者ではなくなるのだった。ぼくの前後左右上下を現実という壁が押し潰していき、自分が一体なにを手放したのかようやく理解した。

「北原、頼む」

白衣の腕をつかまれ、ぼくはゆっくりと足下から沈められていく。

なぜ、このタイミングなのだろう。これが半月早かったなら、ぼくは研究者として院に留《とど》まったただろう。半月遅ければ、なにも知らないまま研究室を去れただろう。なぜこんな半端《はんぱ》なタイミングで、もうひとつの未来があったことを思い知らされなければいけないのだろう。神さま、あなたのなさりようはあまりに残酷です。

「……わかりました。そうしましょう」

「いいのか?」

才谷さんの顔がぱっと輝いた。

「ええ、でも援助はいりません。この結果は才谷さんに差し上げます」

今までお世話になりましたから、とぼくは言い添えた。

あのときの才谷さんの顔が忘れられない。輝かしい結果を手にした喜びと、後戻りのできない罪を犯した恐怖。ふたつの感情が入り混じった表情。これからどんな栄誉に浴しようが、才谷さんはなんの対価も支払わず、ぼくから研究成果だけを恵まれた事実を忘れないだろう。根は公平な人だからこそ、一生忘れずに自分を責めるだろう。

あのとき、ぼくは金を要求すればよかったのだろうか。そうしたほうが、少なくとも才谷さんは楽だったのだろう。結果的に、ぼくは才谷さんを研究者として同じ地獄に堕としたのだ。ぼくはそれを無意識にわかっていたのだろうか。才谷さんを惑わせた悪魔が、あのときぼくの心にも忍び込んだのかもしれない。

神さまのようだと言われていたお父さん、お母さん。

あなたたちの子供は、あなたたちの望むようには育ちませんでした。

あれからぼくは延々と考えています。神さまは、はたして優しいのだろうかと。優しいのだとすれば、優しさの意味とはなんでしょうか。突き詰めていくほど、それはとても残酷で厳しいものであると思えてなりません。

——お父さん、どう思いますか？

どれだけ語りかけても、棺《ひつぎ》の中で白い花に埋もれている父は答えてくれない。

目覚めると昼近かった。身体がひどく重い。昨日一日で葬儀と精進落としまでを終わらせ、帰宅したのは夜遅かった。気を落とさないでという励ましと、病院と市川さんへの怒りを親戚たちはぼくに伝えた。裁判の話も出たが、父の生き方を否定するようなことはしたくないと答えた。

それで救われるものはひとつもないのだと。

——本当に草介は親に似て優しいな。

——立派だが、霞《かすみ》を食っては生きていけんぞ。

首を振って帰っていく親戚すべてを見送ったころにはくたくただった。

スマートフォンを確認すると、明日見さんからメッセージが入っていた。他の教師から聞いたらしく、急な不幸へのお悔やみの言葉は高校生とは思えないほど礼儀にかなったものだった。彼女が育った環境の豊かさと厳しさが垣間見える。

［お気遣い、ありがとうございます。明日見さんは体調を優先してください。急なことで心配させてしまいましたが、ぼくは大丈夫です。明日見さんは体調を優先してください。今日は敦くんと会う日でしたね。勇気を持ってのぞめるよう願っています。不安なら付き添います］

返信してから風呂《ふろ》に入った。ここ数日忙しかったので久しぶりに湯船に浸《つ》かると身体がほぐれ、限界まで疲労が溜まっていたことを自覚した。湯船の中で目を閉じる。

——ああ、気持ちいい。

瞬間、父の葬儀の翌日に『気持ちいい』と感じた自分に罪悪感を覚えた。けれどもういいじゃないかと、考えるのをやめた。悲しくても腹は減るし、風呂は気持ちがいい。疲れすぎていて思考が投げやりになっているのを感じる。

風呂から出ると、明日見さんから新しいメッセージがきていた。

［先生、ありがとう。ごめんなさい］

一通目はそれだけで、十分後に二通目がきていた。こちらは長かった。

［昨日、親に打ち明けました。先週から制服のウエストが留まらなくなりました。これ以上はご

まかせませんでした。敦くんの名前は出していません。わたしはやっぱり敦くんの未来を守りたい。初めて父にぶたれました。母は泣き喚きました。子供は産ませないと言われました。怖かった。生まれる子を殺されてしまうと思いました」

箇条書きのような文章が彼女の心の乱れを表している。三通目と四通目は短かった。

「最後にもう一度、敦くんに会ってから家を出ようと決めました」

「子供はわたしひとりで産んで育てます」

額に手を当てた。最悪の選択だ。明日見さんは正しい判断力を失っている。

「明日見さん、今、少し話せますか？」

メッセージを送るが既読はつかない。急いで服を着替えた。敦くんに会ってから家を出ると書いてある。待ち合わせ場所はどこだ。久しぶりに会うなら駅まで迎えにいくのではないか。山形からなら新幹線だろう。どうか間に合ってくれと駅へと急いだ。

地元の駅とはちがい、新幹線の停車駅は構内が広い。改札もいくつもある。しかもここで待ち合わせているとは限らない。すでに会って移動しているかもしれない。見つけられたら奇跡だと思いつつ、大型コインロッカーに一番近い改札前で張り込んだ。敦くんに会ってから家出を決行するなら明日見さんは大荷物だろう。幸運にも予想は当たった。

「明日見さん」

突然現れたぼくに、明日見さんは目を見開いた。明日見さんはエスカレーター下のコインロッカーにスーツケースを入れようとしていた。

「先生、どうしてここに」

「早まらないでください。ぼくも一緒に考えさせてください」

そう言うと、明日見さんは申し訳なさそうに目を伏せた。

「お父さまのお葬式の翌日に、非常識なメッセージを送ってすみません」

「ぼくのことは構いません。それよりも家出なんて――」

「赤ちゃんと離ればなれになりたくないんです」

明日見さんが語気を強めた。目に強い光が宿っている。

「わかっています。ぼくが付き添うので、一緒に敦くんに打ち明けましょう。きみも、敦くんも、どちらも将来をあきらめなくてすむよう三人で考えましょう。それからご両親に話をしに行きましょう。ぼくはきみと敦くんの側で話をします」

「菜々」

ふいの呼びかけに振り返ると敦くんがいた。

「改札出たとこにいないから焦った」

冗談ぽく唇を尖《とが》らせたあと、敦くんはぼくに視線を移した。

「北原先生、大会ではありがとうございました。菜々を送ってくれたんですか?」

明るく歪みのない笑顔で敦くんがやってくる。小さな翼が足にも生えているような軽快な歩調。明日見さんが敦くんに惹《ひ》かれる理由がわかる。

「菜々、元気だった?」

敦くんが明日見さんの頬に触れる。

「あれ、菜々、ちょっと痩せた? いや、太った? んん? よくわかんないけど、なんか顔色悪いな。とりあえず昼飯食うか。よかったら北原先生も一緒にどうですか」

そのとき明日見さんが小さく呻《うめ》いた。

「明日見さん？」

どうしましたと覗き込み、ぎょっとした。ロングスカートから見えている明日見さんの足下に、じわじわと薄赤い水たまりができていく。まさか破水？　いや、出血しているようなので早産かもしれない。明日見さんは眉根を寄せ、きつく唇を噛み締めている。

「菜々？」

敦くんも気づいて表情を変えた。明日見さんはなにも答えられないでいる。相当な痛みなのだろう、みるみる顔が青ざめていく。もう考えている余裕はなかった。

「妊娠しています」

「え？」

「明日見さんは妊娠しています」

「……妊娠って、え、ちょっと待って。話がよくわからない」

「あのう、すみません。もしかしてスノボの片山選手ですか？」

そのとき敦くんの背後から女性ふたり組が声をかけてきた。手にメモ帳とペンを持ち、サインをいただけないでしょうかとおずおずと頼んでくる。

「いや、今はちょっと」

両極端な状況に挟まれ、敦くんはうろたえている。女性ふたりがちらりと明日見さんに視線を巡らせる。彼女かな、という好奇心がわずかに透けて見えた。

「敦くん、サインを」

ぼくは女性の手からメモ帳とペンを受け取り、敦くんに渡した。この状況を他人に悟られてはいけない。敦くんも理解して素早くサインをすませた。ありがとうございますと何度も頭を下げて女性たちが去っていく。ふたりの姿が視界から消えた瞬間、明日見さんが床に膝をついた。花びらのようにふわりと広がったスカートが出血を隠す。

「菜々、大丈夫か」

敦くんが差し出した手を、明日見さんは苦痛に顔を歪ませながら凝視した。この手を取っていいのか。この人と未来を分け合っていいのか。ぎりぎりのところで見定めようとしている。明日見さんがゆっくりと腕を持ち上げ、敦くんの手をつかもうとしたときだった。

「あれ、スノボの片山敦じゃね?」

通りすがりの若い男性グループが足を止めた。その中のひとりがスマートフォンを出してこちらに向けるのを見て、敦くんが怯えたように手を引っ込めた。

明日見さんの目からすうっと光が消えていく。明日見さんも、ぼくも、否応《いやおう》なくわかってしまった。敦くんの背中には翼がある。けれどその翼はまだ若く、脆弱《ぜいじゃく》で、敦くんひとりを羽ばたかせるだけで精一杯なのだと。明日見さんと生まれてくる子供を抱えて舞い上がることは、まだできないのだと。

明日見さんがよろめきながら立ち上がり、ぼくにもたれかかってくる。

「……お願いします。助けてあげて」

ぼくにだけ聞こえる、小さな小さな声で明日見さんは訴えた。「助けて」ではなく、「助けてあげて」。それは彼女自身ではなく敦くんのことだ。

彼女がぼくのシャツを弱く、しかし精一杯の力でつかんでくる。額にも鼻の頭にも脂汗をにじませ、男のぼくが生涯味わうことがないだろう痛みに襲われながら、彼女が出した答えがこれだった。けれどふたりでしたことの結果から敦くんだけを逃がすことが、はたして正しいのだろうか。迷う間にも、敦くんに気づいてこちらを見ている人たちが増えていく。

「ぼくの子供です」

そう告げると、敦くんが目を見開いた。

「は？」

忙《せわ》しなく瞬きを繰り返し、敦くんがぼくと明日見さんを見比べる。

「ごめんなさい。今日は敦くんと別れ話をしようと思ってた」

明日見さんは最短距離で別れを告げた。

「敦くん、申し訳ありませんが、彼女のことはあきらめてください」

「い、いや、ちょっと待てよ。そんなことといきなり言われても」

「納得できずとも、今すぐ、ここから立ち去りなさい」

語気を強めた。これ以上人が集まる前に、騒ぎが大きくなる前に、早く。

敦くんが眉根を寄せる。裏切られたという怒りの中に、いいや、もしかしてという疑念が敦くんをこの場に縛りつけている。明日見さんが口を開いた。

「……いいから、早く消えて」

明日見さんと敦くんの視線が絡んだ。ふたりにしかわからない数秒間の間に、敦くんの表情がめまぐるしく変わっていった。疑惑、煩悶《はんもん》、確信、焦り、恐怖。敦くんがよろめいたように一歩下がった。また一歩下がる。じりじりと後ずさり、次の瞬間、くるりと踵《きびす》を返した。小さな声で、ごめん、と聞こえたのは空耳だろうか。

走り去っていく敦くんを、明日見さんは真っ青になりながら、それでも安堵の表情で見送っている。自分の前から永遠に去っていく背中にすら、彼女は翼を見ているのかもしれない。その目の焦点がだんだんとぼやけていく。明日見さんのスカートはもう元からそういう色だったように裾《すそ》のあたりが淡い赤色に濡れている。

「……いやな役をさせてごめんなさい」

途切れ途切れの謝罪だった。

「いいんです。すぐ病院に行きましょう」

コートを脱いで、頭から明日見さんにかぶせて顔を隠した。彼女が誰で、どんな状態なのか周りに知られてはいけない。抱き上げて駅構内を走り抜ける。すれちがう人たちがなにごとかという顔をする。事件かとスマートフォンのカメラを向けてくる人もいる。

駅裏の駐車場に停めていた車の後部座席に明日見さんを乗せ、バッグから彼女のスマートフォンを取り出した。連絡先から『お母さん』と登録されている番号にかける。

『菜々、あなたどこに行ってるの。そんな身体で家を抜け出すなんて』

切羽詰まった声音から、彼女を心配していることが伝わってきた。

「明日見さんのお母さんですね？」

一瞬、間が生まれた。

「北原と申します。明日見さんが通っている高校の教師です」

『これは……大変失礼いたしました。いつも菜々がお世話になっております』

素早く動揺を抑え込んだ。明日見さんの母親だと実感する。

「お母さん、落ち着いて聞いてください。明日見さんが具合を悪くしています。下腹から出血もしていて、ぼくには確かな判断がつきませんが……早産かもしれません」

電話の向こうで母親は息を呑《の》んだ。

「今から病院へ――」

『うちの病院にきてください』

「はい。二十分ほどで到着するので準備をお願いします」

『早く、どうか早く、お願いします』

細く震える声を聞きながら電話を切り、すぐに車のエンジンをかけた。

「……うちは……やめてください」

後部座席から明日見さんが呻くように訴えてくる。

「……両親の元で産んだら、子供と引き離されます」

そうかもしれない。けれど、どんな状況でも、明日見さんと子供の命を掛け値なしで守ってくれるのは親だ。一方、そんな猶予すらないかもしれないと迷う。二十分もかけて明日見病院へ行くより直近の病院に運んだほうがいいのか。懸かっているのは命だ。

「……わたしの将来のためだって……お父さんも、お母さんも言いました。好きなんていう感情はいずれ冷めるって、特別好きじゃなくても親の勧める相手と結婚して、なに不自由なく守られて生きていくのが、長い目で見た女の幸せだって」

「明日見さん、今はそんな話を――」

していている場合ではないと言う前に、

「聞いてください！」

明日見さんが声を張った。どこにそんな力が残っていたのか。

「それが女の幸せだって……本当にそうなんでしょうか」

喘《あえ》ぎながら言葉を紡いでいく。

「でも……女の幸せとわたしの幸せって、イコールなんでしょうか。いいえ、わかってます。こんな世の中でわたしは恵まれてるんだって。わたしは苦労知らずで世間知らずのお嬢さんで、でも……どうしても、わたしは敦くんの子供と一緒に生きたい」

「敦くんはいないのに?」

残酷な問いかけだった。

「いなくても」

明日見さんは即答した。

「敦くんの未来も、子供も、わたしが守る」

いつもの抑制的な彼女はどこにもいない。わたしは間違っている。正しくない。でもそうしたいのだと訴える。一体誰に赦《ゆる》しを乞《こ》うているのか、赦しを乞う必要があるのか、わからないまま、お願いしますと泣きながら訴える明日見さんを見ていると、ぼくの中の燃え殻が静かに炎を上げはじめる。その火は怒りだ。

「きみは愚かです」

ミラー越し、脂汗と涙でぐちゃぐちゃの明日見さんの顔に絶望が広がる。

「でも、それでいいんです。ぼくたちには未来を選ぶ権利がある。それがご両親の望みや世間一般の幸せとちがっていても、きみの幸せはきみが決めるものです。でないと」

「……でないと?」

「ぼくのようになってしまいます」

両親に愛され、自らもその愛に報《むく》いたいと願い、一方で勉強がしたい、望む未来に進みたい、ただそれだけのことに経済的にも精神的にも追い詰められ多額の借金を背負った。

「……先生のように？」

「ぼくの父と母は、真実、善人でした。きっと息子でなかったら、ぼくはふたりのことを素晴らしい人たちだと、他人事《ひとごと》として純粋に尊敬できたんだと思います。けれどその人たちと血で繋《つな》がれ、後回しにされ続けた子供がぼくだったんですよ」

他人に施す金があるのなら、どうしてその分をぼくのために、ぼくの夢に、ぼくの学費に注いでくれないのか。ぼくはずっと両親に問《と》い質《ただ》したかった。けれどそれは両親の生き方や考え方、世の中で広く『善』と定義されている行いを否定する問いだった。

成長と共にぼくは両親に失望していき、そんな自分に罪悪感を抱き、けれど家族として愛していた。息子であるぼくと、ひとりの人間としてのぼくの間で、ずっと口にも態度にも出せない親への怒りを育てていたのだ。

「両親を失望させるのが怖く、正面から向き合うこともできず、ごまかしてごまかして生きてきて、研究という夢も捨てて、最後は出口を失いました。ぼくはもう翔べません」

「……先生」

「きみは、ぼくのようになってはいけません」

――鳥みたい。

頰を染め、舞い上がる敦くんに目を奪われていた明日見さんを思い出す。

――敦くんが自由に翔んでいるのを見るとわくわくするんです。わたしもあんなふうに翔んでみたいって、夢を見ることを思い出しました。

同じく地上に足を縫いつけられたまま、しかし彼女は飛翔するものへ惜しみなく憧れを注ぐことができる。その憧れに背を向けられた今ですら、それを守ろうと必死になれる。才谷さんを自分と同じ地に堕としたぼくとはちがう。彼女はまだ間に合う。彼女はまだ羽ばたける。そんな彼女を守ることで、ぼくのなにかが救われる気がしている。

「明日見さん、痛みはどうなっていますか。出血は続いていますか」

ルームミラー越し、目を閉じている明日見さんが映った。心臓が大きく揺れる。続けて名を呼んだ。返事がない。また赤信号に引っかかり、焦りが最高潮に達した。

「明日見さん！」

人を怒鳴《どな》りつけたのは初めてだった。明日見さんがわずかに瞼《まぶた》を持ち上げる。気絶していたほうが楽なくらいの痛みなのだろう。けれどももし破水だったら？　産まれかかっているのだとしたら？　そんな状態で母親が意識を失って胎児は大丈夫なのか？

「起きてください。赤ちゃんが窒息するかもしれません」

ぴくりと明日見さんが身体全体を揺らした。

「産道が閉じないように、気をしっかりもってください」

明日見さんがゆっくりと目を開いていく。

「お腹を圧迫しないで、息を吸って、吐いて、深い呼吸を続けてください」

指示が正しいのかわからない。間違っていたらどうすればいい。パニックになりながらとにかく声をかけ続ける中、後部座席から低い唸《うな》り声が聞こえてきた。

十七歳の少女とは思えない獣じみた声に寒気がした。妊娠は自然なことで病気ではないと言われる。けれど自然とは本来過酷なものであり、死もその一部である。国道沿いに総合病院の看板が出ている。この先左折六百メートル。迷わずハンドルを左に切った。

分娩《ぶんべん》室前のベンチソファでぐったりしていると、廊下の向こうから足音が聞こえた。スーツを着た男性と白衣を着た医者、後ろに泣きそうな顔の女性がついてきている。

「経過を診ていませんが、おそらく早産です」

「今はどうなっているんですか」

「運び込まれたときにはもう子宮口が開いていたので今は分娩室に。あのままだと大変危険でした。一刻も早くと判断して、うちにきてもらえてよかったですよ」

「医師や看護師たちにはなんと？」

「ご安心を。あとで口止めをします」

スーツの男性は明日見さんの父親だろう。後ろの女性がぼくに気づいて頭を下げた。

「北原先生でいらっしゃいますか。明日見菜々の母でございます。このたびは大変なご迷惑をおかけしてしまい申し訳ありません。本当になんと言ってよいか――」

母親が途中で言葉を詰まらせ、父親が続きを引き取った。

「菜々の父です。このような事態になり、親として恥ずかしいかぎりです。しかし娘には将来があります。先生、なにとぞこのことは内密にしていただけないでしょうか」

娘がこんな状況だというのに、素早く病院とぼくへの口止めをしてくるあたりに、じんわりとした嫌悪感が湧き上がった。答えあぐねていると分娩室の扉が開いた。

「生まれました。女の子です」

瞬間、父親の顔に怒りと失望が広がったのを見てしまった。無事生まれてくれたという安堵も歓《よろこ》びもなく、逆に生まれてこなければよかったというような――。

「娘は無事ですか」

母親のほうは祈るように手を胸の前で組んでいる。

「衰弱されていますが、命に別状はありません」

「菜々と子供には会えますか」

「顔を見るだけにしてください。赤ちゃんは保育器に移動しています」

生まれた女の子は標準よりもずいぶん小さいらしい。母親が転げるように分娩室へ入っていく。父親もあとを追いかけ、思い出したように途中で引き返してきた。

「先生、本日はありがとうございました。改めてお礼に伺います」

「お気遣いなく。それより明日見さんをいたわってあげてください。彼女はなにより赤ちゃんと離れたくないと言っていました。落ち着いたら話を聞いてあげてください」

父親はわずかに眉をひそめた。

「娘の将来は、親であるわたしが決めることです」

「いいえ。明日見さんの人生は明日見さんのものです。親でもそこは尊重してください」

「尊重した上で決めました」

「決めた?」

父親が背中を向け、思わずその腕をつかんだ。

「一体なにを決めたんですか。明日見さんは子供は自分で育てたいと望んでいます」

「家族のことです。立ち入らないでいただきたい」

父親が腕を振り払おうとする。力を込めてそれを阻《はば》んだ。

「教えてください。でないと今回の件を学校に報告します」

父親がはっきりと形相を変えた。

「……子供はわたしたち夫婦の子として戸籍に入れ、なるべく早く、どこか裕福な家庭と特別養子縁組をします」

特別養子縁組——明日見さんの妊娠を知り、ぼくもいろいろと調べた。明日見さんが育てられるのが一番だが、それができない場合は養子縁組という選択もある。我が子を育てられない人と、我が子がほしい人と、生まれてきた子供の幸せを願ってのペアリング。

けれど普通養子縁組とちがい、特別養子縁組は実の親との法的親子関係までも抹消される。それでは明日見さんと子供は二重に関係を断ち切られることになる。

「明日見さんのような裕福な家の子供を養子縁組できるでしょうか」

「そんなことはね、どうとでもできるんですよ」

世間知らずが、という目をされた。

「明日見さん自身は納得できないでしょう」

「子供は育ちきらず死んだと伝えます。今後菜々の人生に関わることのない子供なら、心残りにならないほうがいい。娘の幸せを願う親心だとご理解いただきたい」

ぼくの中のなにかが激しく反発した。痛みと共に産み、愛情と共に大事に育ててきた我が子への想い。親心。親の願い。人はそれぞれの立場で考える。ものを言う。わかる。わかるのだ。ぼくが踏み込みすぎていることも。けれど、それでもぼくは——。

「親が願う幸せと、子供が望む幸せがちがう場合もあります。明日見さんは子供と引き離されるくらいなら家を出ると言いました。それだけの覚悟があったんです」

覚悟、と父親は皮肉っぽい笑みを浮かべた。

「菜々は子供のころから蝶《ちょう》よ花よと育てられた子です。金の苦労などしたことがない温室育ちの娘が、父親が誰かも言えない子供をひとりで育てられると思いますか」

無理だ。ぼくの理性もそう判断する。けれどその人が一体どういう人間なのかは、土壇場にならないとわからない。敦くんの我が身かわいさの保身を前にしてなお、明日見さんは自らの矜《きょう》持《じ》を守り切った。あの激痛の中でも意志を翻《ひるがえ》さなかった姿は、温室の花と形容されるような甘いものではなかった。彼女の本性は実は、踏み荒らされてなお頭をもたげる足下の草かもしれない。彼女の未来は、まだ、誰にも断定できない。

「親として心配されていることは充分理解できます。それでも、菜々さんの人生は菜々さんのものです。菜々さんの知らないところで決定すべきではない」

父親が顔を歪ませた。爆発しそうな感情をかろうじてこらえているのがわかる。

「きみは……一体なんなんだ。なぜそこまで口を出してくる。娘の妊娠も知っていたようだし、今日も休日だというのに一緒にいた。きみは本当に菜々の高校の教師なのか」

もしやという疑惑を父親は抱いている。事実を説明しなくてはいけない。子供の父親は別にいて、けれど責任を負いきれずに逃げましたと——。しかしその事実を説明して一体誰が救われるだろう。では、ぼくは、どうすればいい。ぼくの手には、彼女と子供が共に歩める救いのカードが一枚あり、けれどそれは同時にぼくの人生を破壊するだろう。

「ええ、そうです」

声が震え、ぼくは息を吸い込んで腹に力を入れた。

「ぼくが子供の父親です」

そのカードを切った瞬間、ぼくはそれまでの人生のレールから外れた。

「ぼくの許可なく、子供を他人に渡すことは許しません」

父親の顔色が憤怒《ふんぬ》の赤に染まっていくのを、不思議と落ち着いて見ていた。まるで台風の目の中にいるような静寂のあと、いきなり胸倉をつかまれて殴られた。

「おまえ……！」

避ける間もなく二発目が飛んでくる。

「おまえ、おまえ……！」

言葉を詰まらせ、目を血走らせ、ぼくに拳を振るう父親を見て、この人も心底娘を愛しているのだとわかった。安堵する一方、愛情とはなんて不完全なものだろうという理不尽さが湧き上がる。娘を守るために娘から人生の選択権を奪おうとする父親、敦くんを守ったその手で子供の父親という権利を剝奪《はくだつ》した明日見さん、娘を案じながらも夫との板挟みに右往左往するしかない母親、土壇場で明日見さんよりも人目を気にした敦くん。

そして他を優先して一番親《ちか》しい他である息子を後回しにし続けたぼくの両親と、親への愛情という言い訳で、思いのまま歩めない人生の責任を親に転嫁したぼく。

これらは特殊なケースか。いいや、ちがう。誰もが誰かを想い、悪気なく身勝手で、なにかが決定的にすれちがってしまう。このどうしようもない構図はなんだろう。これもまた愛の形だと言うのなら、どう愛そうと完璧にはなれないのなら、もうみな開き直って好きに生きればいいのだ。そうして犯した失敗なら納得できるだろう。

「なにをしているんですか！」

無抵抗で殴られる中、ふいに声が割り込んできた。目を開けると、父親が看護師や母親たちに止められていた。父親は肩で息をしながら、なおも声を荒らげる。

「絶対に許さん！　教育委員会に訴えて懲戒免職にしてやる！」

ぼくはよろめきながら立ち上がった。

「教育委員会に訴えれば、ぼくを罰することはできるでしょう。しかし明日見さんも退学になります。市内でも有名な総合病院の娘さんがなぜと、理由を勘ぐる人が出てくるでしょう。どこから事実が洩れるかわかりません。それこそ一番避けたい事態なのでは？」

父親が怒りのあまり小刻みに震えはじめた。状況を察した母親も青ざめている。

「脅すつもりか。教師のくせにどこまで腐った人間だ」

ぼくは口元を引きつらせた。それはふてぶてしい笑みに見えただろう。ぼくが初めて心のままに選んだカードは、笑ってしまうくらい愚かしい。

「子供は、ぼくが責任を持って育てます」

「未成年に手を出すような男の言葉を信用できるか」

「ええ。けれど信用していただかなくてはなりません」

一歩踏み込むと、明日見さんの両親は同じだけ退いて距離を取った。ぼくは正気ではない顔をしているのかもしれない。自分自身、驚いている。その人が一体どういう人間なのかは土壇場にならないとわからない——まさしくそのとおりだった。穏やかだの理性的だのと言われてきたぼくの本性が、これほどまでに感情的で向こう見ずだったとは。

ぼくはもう引き返せないし、引き返す気もない。両親も亡くなった今、ぼくをレールに留めるものはなにもない。自らの責で心のままに外れていける。

「子供は渡す。その代わり、二度と菜々に近づくな」

「わかりました」

「もちろん今の学校は辞めてもらう」

「わかりました」

「明日見家とは関係ない子供だ。援助は一切しない」

「わかりました」

「子供は死んだと菜々に伝える」

「いいでしょう。すべて承知します」

平然とした顔で嘘をついた。ぼくがこの手につかんでいるのは、明日見さんと子供を結ぶただ一本の糸だ。ぼくは必ずこの糸を明日見さんへ手渡す。これもまたぼくの不完全で独善的な愛情であり、自己満足であり、けれど、ぼくはもう思い煩わない。


救急受付の前で車を乗り捨てていたことを警備員に謝ると、お大事にと返された。右の視界が狭くなっているので、きっとひどい有様《ありさま》なのだろう。人から殴られたのは初めてだった。そのときはなにも感じなかったのに、今になってあちこち痛くなってきている。

疲れもピークに達していたので、少し走った先の路肩に車を停めた。シートにもたれて完全に力を抜くと、滴《したた》る寸前まで水を含ませた綿のような重だるさを感じた。

いつの間にか雨が降りだしていて、フロントガラスを極小の水滴が覆《おお》っていく。灰と水色が混ざった空が脳内の喧噪を吸い取っていき、嵐《あらし》が過ぎ去ったあと、強い波風に浚《さら》われつくした浜辺のような静けさがぼくを支配していく。

心地よかった。ぼくは初めて自らの意思で、誰にも忖度《そんたく》せずに、自らの生き方を選んだのだ。愚かしい選択ではあったが、それがぼくという人間だったのだ。

父と母はどう思うだろう。癖《くせ》のように抜けなかったその思考が、頼りなくからまりながら空気に溶ける細かな霧雨《きりさめ》のように消えていく。流れ落ちるなにかが頬をくすぐる。ぼくは泣いていた。おかしかった。葬式のときも涙は零《こぼ》れなかったのに。

――お父さん、お母さん。

心の中で呼びかけた。ぼくはようやく泣くことができました。あなたたちになんのわだかまりもなくなった今、ぼくはようやく哀しむことができました。そしてようやく解放された気分です。こんなぼくを、どうか赦してください。どうか愛してください。

ぼくは、あなたたちを、精一杯愛していたのです。

シートにもたれ、目をつぶり、ぼくは静かに涙を流し続けた。

高校を退職し、隣県のアパートに引っ越してしばらくが経った。

「……ふぁー……」

結《ゆう》が不明瞭《ふめいりょう》な声を発したので、そっと寝顔を覗き込んだ。結は顔を歪め、ふあ、うあと何度かぐずったあと、またすやりと眠ってくれたので安堵した。

明日見さんの親との話し合いの結果、結は明日見さんの母親が産んだ子供として戸籍を届け出て、ぼくは認知するという経緯で結を実の父親として引き取り、名付けもぼくがした。ぼくと明日見さんの母親にとっては不名誉極まりないことだが、独身のぼくがスムーズに結を引き取るにはその手段しかなかった。

しかし育児がこれほど大変だとは思わなかった。朝から晩まで食事と排泄《はいせつ》の世話に追われ、いっときも目を離せない。慣れるまでは育児に専念するという選択は正しかった。

けれどそれほど猶予はない。実家を売ったので資金面ではしばらくは大丈夫だが、就職活動は今からしておくべきだろう。県をまたいだので、教師を続けるなら教員採用試験を受け直さなくてはいけない。それとも一般企業に勤めるか。その前に結を預けられる保育園を探さなくてはいけない。考えることとやることが多すぎて思考が渋滞を起こしている。

一方で、思いがけない恵みもあった。恵みというのは少しちがうかもしれないが、長らくぼくを苛《さいな》んでいた罪悪感のひとつが消えたという意味では恵みなのだと思う。

引っ越しをしてすぐのころ、才谷さんから連絡があった。ぼくが高校を辞めて現在無職だと長谷川から聞いたらしい。

――俺のせいだろう。真面目なおまえが無職なんて。

――俺がおまえの研究を横取りしたから。

苦渋に満ちた問いに反し、才谷さんとの一連の出来事をすっかり忘れていた自分に気づいておかしくなった。まったく関係ありませんと返したが才谷さんは納得せず、本当のことを教授に打ち明ける覚悟はできている、とまで言われてぼくのほうが焦った。

――やめてください。いまさらそんな無駄なことを。

――俺の気がすまないんだ。俺はあれから安眠できたことがない。

そこまで聞いて、才谷さんの懊悩《おうのう》はぼくよりも深いのかもしれないと思い至った。それも理不尽な話だが、なんにせよ先にトンネルを抜けたのはぼくだったのだ。

――では、少しばかり援助をしていただけると助かります。

驚くほどあっさりと言葉が飛び出した。才谷さんも虚を突かれたようだった。金かと問われ、はいとためらいなく答えた。いまだ奨学金の返済は残っている。いつまで続くかわからない結との暮らしのためにも金は必要だ。

——北原、おまえ、一体なにがあったんだ。

——なにもありません。ただ、ぼくは周りが思うほど真面目ではなかったんです。

それだけのことですと冗談めかしたが、才谷さんは笑ってくれなかった。

——今、娘と暮らしているんです。

正直に言うと、え、と問い返された。

——結婚したのか？

——していません。妻もいません。ぼくがひとりで育てています。

だから金が必要だと言うと、才谷さんは安堵と脱力が混じった息を吐いた。

——おまえ、本当に変わったな。

——あきれましたか？

いいやと才谷さんは否定し、もう一度、いいやと重ねた。

——北原、ありがとう。

——金を無心してお礼を言われるとは思いませんでした。

——おまえは、俺を楽にしてくれた。

ぼくは無言で微笑んだ。才谷さんへの救いのカードは、その意味を正確にたもったまま才谷さんへと手渡された。けれど同時に、才谷さんを楽にすることでぼくはぼく自身を救ったのだ。うたた寝から目覚めた結が泣き出し、通話は慌ただしく終わった。

そのあと才谷さんから金が振り込まれ、奨学金という名の借金を完済できたとき、あまりの解放感に頭が空っぽになった。父と母の口癖だった『情けは人のためならず』という言葉を思い出し、そういう意味じゃないぞと天国で嘆くふたりの姿まで想像し、笑ってしまった。こんなふうに駄目な自分を許容できる日がくるとは思わなかった。

日々は過ぎ、しかし一番大事なことは未解決のままだった。子供が死んだと思っている明日見さんに、ぼくが無事に引き取っていることを伝えられていない。メッセージには返事がない。ぼくとの接触を警戒してスマートフォンを取り上げられたのかもしれない。放課後待ち伏せしようかと思ったが、下手すると明日見さんの親の耳に入る。

連絡が取れても、親子で生きていくか、別々に生きていくか、明日見さんがどんな答えを出すのかわからない。少なくとも高校を卒業するまでは決められないだろう。それまではぼくと結の暮らしも宙ぶらりんのまま継続することになる。

さすがに向こう見ずすぎたかと我を省みることもあるが、不思議と後悔の念は湧かなかった。しんどかろうが、半端だろうが、これはぼくが選んだしんどさだ。

通りをバイクが走っていく音がして、起きてしまわないかと結の寝顔を覗き込んだ。夜泣きに加え、最近はぐずりが増えた。ミルクをあまり飲まなかった夜は眠りが浅いというパターンを発見した日は嬉しかった。少しずつ結の法則性を読めてきている。

日々成長していく生命の過程。結の予想外の反応や、それを踏まえた次のアプローチへの思案まで含めて、ぼくは意外にも研究室にいたころのような充実を感じている。一般的な子育ての歓びと外れている気もするが、これがぼくなりの育児なのだろう。閉ざされたと思っていた研究の道に、ぼくは思いもよらないルートで戻ることができたのだ。

歓びと同時に寂《さび》しさも生まれる。いつまで結を手元に置いておけるのか、それは明日見さんの答え次第だ。いつかは別れなくてはいけない日がくる。そのときを思いながら、ぼくは結を見つめる。この寝顔も、この寝息も、今ひとときだけのものだと。

突然インターホンが鳴った。夜の八時。こんな時間に誰だろうと応答すると、画面に明日見さんの両親の姿が映った。何事かとすぐに玄関を開けると、挨拶もそこそこに母親が飛び込んできた。父親は苦々しい顔をしている。

「菜々はこちらにきていませんか」

「どうしたんです」

「書き置きをしていなくなったんです。旅行鞄《かばん》と着替えもなくなっていて」

「どこに行ったんですか」

馬鹿《ばか》な質問だった。わからないからここにきたのだ。ぼくも動揺している。

「心当たりにはすべて連絡しました。あとはもうここしか」

「うちにはきていません」

母親が絶望的な顔をする。

「菜々さんの最近の様子は？　なにかおかしなことはありませんでしたか」

「なにもありません。一時期は塞ぎ込んでいましたけど、学校に通うようになってからはすっかり以前の菜々に戻って、いえ、以前よりずっと元気でした」

計画していたのだ。完璧に『明日見菜々』を演じて親を安心させ、準備が整ったところで家を出た。体調不良をまるで感じさせず、痛々しいほど背筋を伸ばして授業を受けていた姿を思い出す。どうして、どうしてと母親は泣いている。

「来年は大学生なんですよ。どうしても家がいやならひとり暮らしだって――」

「馬鹿を言うな。あんなことをしでかしておいて、ひとり暮らしなんて許せるか！」

「あなたがそうだから、菜々は出て行ったんです！」

母親が言い返すのを初めて見た。父親も驚いたように返事に詰まる。

そのとき奥から泣き声が聞こえた。少し待ってくださいと居間に戻ると結は激しくぐずっていた。抱き上げてあやしていると、明日見さんの両親が入ってきた。

「……とても元気そうね」

母親が泣きそうな顔で結を見つめる。

「それが菜々の子か。少し大きくなったな」

父親が覗き込んでくる。ぼくは咄嗟《とっさ》に結を隠した。

「この子は『それ』ではありません」

父親が怪訝《けげん》そうに眉をひそめた。

「結も菜々さんも、親の思いどおりに動く『もの』ではないんですよ」

「きいたふうなことを言うな。おまえにうちの病院が背負ってるものの重さがわかるか」

「わかりません。あなただけでなく、他人のことは基本的にわかりません。ぼくにわかるのは、親の願いどおりに生きることができない子供が味わう苦しみです」

「そんな話はしていない。菜々には地方の総合病院の跡継ぎとして生まれた責任が——」

「いいかげんにして！」

母親が絶叫に近い声を発した。

「いつもどんなときも病院のため家のため。あなたがそうであるかぎり菜々は帰ってきません。わたしだってもううんざり。この先もそうなら、わたしも家を出ます」

母親が喉奥《のどおく》を引きつらせ、その場にしゃがみ込んで泣き出した。

「馬鹿を言うな。うちが抱えている患者のことを考えたら――」

「考えていました。考えて考えて、ずっと尽くしてきました。でももう無理です。わたしも菜々も、死ぬまで他人のためには生きられない。わたしたちだって幸せになりたい」

床に伏して号泣する妻を見下ろし、父親は言葉を失って立ち尽くした。わずかにひび割れている表情を見て、この人も自分の荷物に苦しみながら、己より他を優先してきたのかもしれないと感じた。それは讃《たた》えられるべきことであるけれど――。三者三様、それぞれがそれぞれの立場を理解し、けれど譲れず、誰も動けなくなる。重い停滞が続く中、結の泣き声だけが誰にも忖度しない自由さで室内に響き渡っている。

「……結ちゃん」

母親が立ち上がり、指先でそっと結の頬に触れた。結が泣き止み、お祖母《ばあ》ちゃんに目を向ける。母親は結に微笑みかけ、そうしてぼくに向き合って深々と頭を下げた。

「草介さん、どうか結をよろしくお願いします。もし菜々から連絡があったら結が生きていることを伝えてください。家を出たいなら出てもいい。でも困ったら帰ってきなさいと。わたしは、今度こそ、あなたと結の幸せを一番に考えるからと」

「わかりました。必ず伝えます」

そううなずきながらも、彼女は戻ってこないだろうという予感がしていた。

ふたりが帰ったあと、ぼくは後悔に打ちのめされた。ぼくは判断を誤った。待ち伏せでもなんでもして、最優先で結が生きていることを彼女に伝えるべきだった。彼女は今どうしているだろう。行く当てはあるのか。頼る人はいるのか。お金はあるのか。

ぼくの不安を映すように、結がまたぐずりだした。こんなに小さい身体でこの子は全身で世界を感じ、生まれ落ちたこの世界と自分の距離を測っている。

「すみません、大丈夫。きみはなにも心配しなくていい」

ゆらゆらと結を揺らし、濁《にご》りのない黒目と対峙した。

——わたしたち、これからどうするの？

「ええ、考えなくてはいけません」

——わたしたち、どう生きていくの？

「はい、それも決めていきましょう」

結を揺らしながら、ゆらゆらとぼくの思考も行ったり来たりする。

賢いか愚かしいかで断じるなら、彼女の決断は、ぼくの決断は、これ以上なく愚かしいのだろう。けれど彼女は、ぼくは、そうしたかったのだ。自分を生きたかったのだ。他の誰でもない、この世にただひとりの自分として。

思考し、揺れ続けるぼくの腕の中で、小さな命が安らかな寝息を立てはじめる。

＊＊＊＊

土曜の昼下がり、縁側で結をひなたぼっこさせていると玄関から声がした。出迎える間もなく、廊下の奥から足音がして山上《やまがみ》さんが顔を出した。

「先生、おかず作りすぎたから持ってきたわ」

「これはどうも。ありがとうございます」

立ち上がろうとするぼくを手で制して、山上さんは居間と続きの台所へ行き、勝手に冷蔵庫を開けて持ってきた惣菜のタッパーを詰めていく。そして食器棚からグラスを出して麦茶をついで縁側へとやってきた。勝手知ったるというか、もはや我が家だ。

「結ちゃん、ひなたぼっこしてるんか。気持ちいいねえ」

畑仕事でささくれだった指で、桃のような結の頬をちょんとつつく。結は嬉しそうに山上さんに手を伸ばす。ぼくが仕事に行っている間、近所の奥さんたちが交代で結の面倒をみてくれているのだが、中でも山上さんは実の孫のように結をかわいがってくれている。

「北原先生、どう、初めての島の夏は」

「とても気持ちがいいです」

濃い緑に覆われた庭に目をやった。瀬戸内の日差しは眩《まぶ》しく、熱く、けれど吹き抜ける海風が涼やかだ。ぼくはこんなに穏やかで明るい海を初めて見た。

「街からきた人はみんなそう言うね。まあ先生は元々島の血を引いとるけど」

「祖母のご縁でみなさんによくしていただいて助かっています」

明日見さんが消えたあと、ずっと考えていた瀬戸内への移住を決めた。母の実家がこちらにあり、祖父母が死んでから空き家になっていたことが最大の決め手となった。結の将来に備えて貯金をしていこうと思ったとき、家賃が浮くのはかなり助かる。

都会でも保育園に入れず働きに出られないという嘆きを聞く中で、幼い子供を抱えての島暮らしに不安もあったが、昔ながらの近所づきあいは公的福祉の不足を補ってあまりあるものだった。家賃が浮く上に、ご近所さんが結の世話をしてくれる。野菜や魚をいただくことも多く食費も安くあがる。とはいえ勝手に家に入ってこられたり、個人的事情にずかずか踏み込まれることに最初は戸惑ったけれど、それは——。

「そういや橋本《はしもと》さんとこね、娘の万里《まり》ちゃんが離婚して大阪から戻ってきたのよ」

「そうなんですか」

「旦那《だんな》がろくな稼ぎもないのにパチンコばっかやるカスだったみたいでね、その上、万里ちゃんのこと殴るわ蹴《け》るわ、しまいには水商売でもして稼いでこいって」

「それは大変ですね」

ひどい目に遭ったことに加え、それを見知らぬぼくにまで吹聴《ふいちょう》されることも。

「気立てのいい娘さんなんだけどねえ。家のこともすいすいやるし、男を立てて、はいはいっていうこと聞くし。なのにあんな外れクジ引いちゃって」

そういう人だから外れクジを引いたのではないだろうか。

「バツはついちゃったけど、北原先生にどうかねえってみんなで言ってるのよ」

「どうかとは？」

横を見ると、焦《じ》れったそうな山上さんと目が合った。

「だから、北原先生と万里ちゃんがお似合いじゃないかって」

さっぱりわからない。なにがどうしてそういう話になるのだろう。

「ぼくには子供がいますので」

「なさぬ仲でも、万里ちゃんならいいお母さんになってくれる。あたしが保証する」

「ぼくのようなさえない男など、万里さんに失礼ですよ」

そう言うと、山上さんは今度は興味深そうに表情を変えた。

「別れた奥さんのこと、まだ好きなの？」

「そういうことではありません」

そもそも妻がいません――とまでは言わなかった。こういうことは必要最低限の答えでいい。余計な情報を足せば、明日には島中に知れ渡ってしまう。

「ああ、でもそういえば北原先生、バツついてないんだっけね」

「どうしてそんなことを？」

「役場の松田《まつだ》さんが言ってたから」

役場の人間が個人情報を洩らすのはどうかと思うが、ここはそういうところだ。だからこそ身内感覚で子育てを助けてもらえる。良いところだけ享受《きょうじゅ》して、いやなところは受け入れたくないという姿勢では田舎《いなか》暮らしはやっていけない。

「先生、結ちゃんのお母さんのことまだ好きなんだねぇ」

否定するとそれはそれで面倒なので、どうでしょうと曖昧に受け流した。

「どんな人だったの？」

適当に、曖昧に。しかしその問いはぼくを立ち止まらせた。

「どんな人だったんでしょう」

「え？」

「きっと彼女も、それを必死で探している最中なのだと思います」

山上さんは首をかしげ、ぼくは消えてしまった彼女へと想いを馳《は》せた。

山上さんが帰ったあと、縁側で眠る結の横でぼくも午睡をとった。夕刻になっても夏の光は衰えず、けれど潮の香りと共にわずかに温度を下げて吹き込む風が心地いい。

愛媛の教員採用試験の出願期間にぎりぎりで滑り込み、今年の春から島の高校に勤めはじめた。めまぐるしく日々は過ぎていき、島にきて初めての夏を迎えたが、いまだに彼女の行方はわからない。一度だけ［ごめんなさい。わたしは元気です」という差出人のないハガキがきた。以前に勤めていた高校経由で住所を訊いたのだろうか。明日見さんの母親に知らせると、同じハガキが実家に送られてきたそうだ。

——あの子は帰ってくるつもりがないいんだと、なんとなくわかりました。

あきらめが混ざった静かな声音。

そのあと父親が電話に出た。

——そっちの暮らしはどうだ。

以前感じた威圧感はなく、うまくいっていますと答えた。

——結は元気か？

——はい、瀬戸内の穏やかな気候が合うようです。

——そうか。なにか困ったことがあれば、いつでも言いなさい。

驚いた。どういう風の吹き回しだろう。

——ありがとうございます。今度、結の写真を送ります。

礼を言うと、少し間が空いた。

——すまなかった。

答えあぐねているうちに、それじゃあと電話は静かに切れた。最後の言葉はぼくにではなく、娘への謝罪だったのだろう。けれどぼくは思う。彼女は悲嘆の中で姿を消したのではなく、彼女が憧れて止まなかった自由に咲ける場所へと翔び立ったのだと。

蟬《せみ》の鳴き声だけが満ちる夏の庭を眺め、彼女は今どう生きているのだろうと、猛々《たけだけ》しく盛る緑の向こう、鮮やかに翔んだ彼女の残像に目を凝《こ》らす。

――どんな人だったの？

――どんな人だったんでしょう。

――きっと彼女も、それを必死で探している最中なのだと思います。

「ぼくも、今、それを必死で探していますよ」

ぼくはどんな人間なのか。なにを欲しているのか。どう生きたいのか。正答はなく、年を重ねるほどに選択肢は増え、ぼくの海は拡大し続け、混迷と共に豊饒《ほうじょう》をも謳《うた》いだす。

視線を落とし、眠る結の姿を目に映した。この子を守りたいという想いと、この子に支えられているという想い。この子はこの子、ぼくはぼく。ふたつの命にふたつの自由。

「結」

小さく呼びかけた。これはこの子の名前であり、明日見さんとこの子をつなぐ細い糸の名前でもある。この糸をいつか彼女へと手渡せるのか、それともまったく別のどこかへとつながるのか、それは誰にもわからない。

潮の香りがする風が吹き抜けて、ぼくはまだ見ぬ未来へと想いを馳せる。

星を編む

［柊光社《しゅうこうしゃ》　ヤングラッシュ編集長　植木渋柿《うえきじゅうし》さま］
おつかれさまです。櫂《かい》くんの小説、八月刊行で正式決定しました。詳細は今夜会ったときにでも。九時に池袋のいつものところでいかがでしょう。
［薫風館《くんぷうかん》　Salyu編集長　二階堂絵理《にかいどうえり》］

夕方から打ち合わせが二件入っているけれど、九時なら大丈夫だろう。承知しましたと返事を打つ間も、イヤホンからは藤堂《とうどう》さんの怒りの声がぼくを責めたてている。

『俺もこんなことは言いたくないけど、いくらなんでも制作側に誠意がなさすぎるよ。公式からきちんとした説明と謝罪がないなら、俺も覚悟を決めなくちゃいけない』

そこで藤堂さんが仰々しく一拍置き、ぼくは次なる言葉を予想した。

『版権を他社に移そうと思う』

一昔前風に、『キター』という字幕の嵐《あらし》がぼくの脳内を流れていく。

藤堂さんのヒット漫画『仕事メシ』がドラマ化されることになり、最初はうまく進んでいたものが脚本の遅れをきっかけに徐々に拗《こじ》れはじめた。原作にないエピソードを入れるな、台詞《セリフ》をいじるな、主演俳優のイメージがちがう、などと藤堂さんからクレームがつくようになったのだ。

その都度、理解してもらえるよう対応してきたのだが、とうとう正式な謝罪要求ときて制作側も怒り心頭に発した。

「申し訳ありません。藤堂さんのお気持ちは重々承知しております」

『編集長に頭下げられたら、俺も無理は言えないけどさ』

と言うわりに、『けど、いくらなんでもひどいよね』と話がループし、ぼくはかれこれ一時間ほど頭を下げ続けている。編集部にいる後輩たちが、ちらちらとぼくのほうを見ている。『爆弾処理、おつかれさまです』『編集長、がんば！』と顔に書いてある。

『だいたい山岸《やまぎし》はどうしたんだよ。こんな大事なときに担当編集者が長期休暇なんてありえないよ。せっかく新章がスタートしたばかりなのにヤル気が感じられない』

お怒りはごもっともだが、こんな大事なときに担当編集者が休暇を取っているのは、肥大する一方の藤堂さんの要求とテレビ局側との折衝で、胃に穴が開いて療養中だからだ。

『「ヤングラッシュ」にとって、俺はその程度の作家ってことなの？』

「いえいえ、そんなことはけっして。藤堂さんは大事な作家さんです」

残り少ない気力と語彙《ごい》力を尽くし、なんとか納得していただいて通話を切ったころには精も根も尽き果てていた。しかし三日後には「やっぱりあれから考えたんだけどさあ」と同じクレームがくるだろう。ぐったりしていると宣伝部で同期の中井《なかい》くんがきた。

「爆弾処理おつかれさん。藤堂さん、なんだって？」

「やっぱり正式に謝罪をしろって。でないと版権移すって脅された」

「はあ？　いくらなんでも調子に乗りすぎだろ」

確かに『仕事メシ』はヒット作だが、うちは多くの作品を抱《かか》えていて、今回の件はうちとテレビ局側がこれまで築いてきた良好な関係にヒビを入れかねない。これ以上揉《も》めるなら、縁を切ってもいたしかたないというレベルまできている。なので版権を移されてもいいと言えばいいのだが――。

「藤堂さん自身が後悔すると思うんだよ」

今は『仕事メシ』のヒットで他社からの依頼も引く手あまただろうが、データを見ると他作品の伸びが悪い。人気なのは『仕事メシ』のみで、それは担当編集者の山岸くんの力も大きい。藤堂さんが売れないころから二人三脚で面倒をみてきた、その山岸くんの胃に穴を開けさせるほど天狗《てんぐ》になってしまっている今の状態では――。

「よそに行っても編集者と信頼関係も結べないだろうし、その状況で数字が出せなかったらあっさり切られる。そうして消えていった漫画家さんを大勢見てきたから」

「おまえ、ほんと人がいいな。ここまで迷惑かけられてるのに」

あきれた顔をされたが、別に人がいいわけじゃない。手を尽くさなかったことで、ぼく自身が後悔したくないのだ。もう二度と、あんな後悔は――。

「そういえば、薫風館から青埜《あおの》櫂の小説が出るんだって？」

さすが宣伝部は耳が早い。

「担当、二階堂絵理だろう。例の事件のあと急に青埜くんに接近して、青埜くんが亡くなる直前まで原稿やらせてたって噂《うわさ》だぞ。さすがにやることがエグいよなあ」

揶揄《やゆ》するような口調にぼくは眉《まゆ》をひそめた。

「売るためなら手段を選ばないってもっぱらの評判だ。未成年者への淫行《いんこう》疑惑で業界から追放された漫画原作者のデビュー小説。まあ疑惑があったのは青埜櫂本人じゃなくてコンビ組んでた片割れのほうだけど。それでも絶筆って、まあまあ話題性あるよな」

「彼女は優秀な編集者だよ。だから若くして編集長に抜擢《ばってき》された」

「そりゃあ、このご時世に小説でミリオン達成、白尾廉《しらおれん》『悪食』の担当編集者ならな。けどあれも白尾さんとの不倫の清算金として――」

「彼女はいい編集者だよ。小説を心から愛してる」

重ねて遮《さえぎ》ると、しらけた顔をされた。

「はいはい。人がいいのは結構だけど、そのうち足を掬《すく》われても知らないぞ」

「人の心配する前に、自分の仕事をしてくれよ。例の復刊の件、頼んだよ」

「わかってるよ。だから上にもせっせと根回ししてるんじゃないか」

言いながら腕時計を見て、「やば、会議」と中井くんは慌てて退散していった。

やれやれとノートパソコンを開くと、メールが山のようにきていた。世間では漫画編集者というと漫画家との打ち合わせや原稿チェックだけしているというイメージだが、掲載作品のスケジュール管理、校了作業、取材や資料の準備と手配、他部署との調整などが多く、さくさく片付けていかないと終わらない。

必要な資料を作成しながら、この数字はどうだったかなあとネットで調べ、確認したあとデータに反映させた。そうしながら、ふと手が止まる。この情報は本当に正しいのだろうか。クリックひとつで情報がたやすく手に入る時代、インターネットの波間に沈んでしまった真実をわざわざ手間暇かけて掬い上げようという人は少ない。簡易なまとめ記事などですべてを見切った気分になり、真偽不明の情報が『自分なりの真実』として積み上がっていく。自分もそうなってはいないか、常に自戒することを癖《くせ》づけている。

青埜櫂——と検索窓に打ち込むと、トップにウィキペディアが出てくる。出生年月日のあとに三十三歳没とある。代表作は久住尚人《くずみなおと》と組んだ一作のみで、未完と付け加えられている。

未完。その二文字は、ぼくにとって後悔と同じ意味を持つ。

青埜櫂と久住尚人。初めて会ったとき、ふたりはまだ十代だった。ぼくも『ヤングラッシュ』に配属されて二年目の新人編集者で、正式に担当作家を持つのはふたりが初めてだった。繊細で神経質な尚人くんが作画を、同じく繊細だけれど無頼を装う櫂くんが原作を。ふたりとも間違いなく才能はあるのに、それの扱い方が未熟だった。

三人であああしようこうしようと打ち合わせを重ね、初連載をもぎ取ったときの嬉《うれ》しさは忘れられない。なかなか人気が出ず、打ち切りの危機もあった。あのときは憎まれてもいい覚悟で厳しいことも言った。そうして徐々に人気が出てきて、さあこれからというときに週刊誌が尚人くんの未成年者への淫行疑惑をでっち上げた。

当時、尚人くんには同性の恋人がいた。誠実な交際だったけれど、相手の男の子がまだ高校生だったことから不適切な関係のように書かれた。完全な飛ばし記事だった。真実は置いてきぼりのままSNSで炎上し、連載は打ち切りとなり、既刊は絶版、電子書籍も配信停止となり、青埜櫂と久住尚人の作品は今や古本でしか買えなくなった——。

スマートフォンが打ち合わせの時刻を告げる。パソコンの画面を切り替えてオンライン会議を起《た》ち上げると、すでに担当編集者と装幀《そうてい》デザイナーが入室を待っていた。

「お待たせしました。おつかれさまです。植木です」

画面越し、ほがらかに挨拶《あいさつ》を交《か》わす。来月刊行するコミックスのカバー案を今日中に決めなくてはいけない。本担当はいるが、新人なので編集長であるぼくが補助として入っている。頭の片《かた》隅《すみ》に残る憂《うれ》いに蓋《ふた》をして、するべきことに集中した。

打ち合わせのあと飛び込みの案件を片付けていたので、待ち合わせの店に着いたときは九時を十五分ほど過ぎていた。二階堂さんの姿はない。

[ごめんなさい。もうすぐ着きます!]

と謝りのスタンプ付きのメッセージがきた。

[先に飲んでるのでお気遣《きづか》いなく]

ゆるゆる飲んでいると二階堂さんが顔を見せた。寸前までなにかやり取りをしていたのだろう、手にはスマートフォンがにぎられている。遅れてごめんなさいと謝り、座ると同時に「生中くださーい」とカウンターに声を張る。

「植木さん、ご飯頼んだ?」

「いや、二階堂さんがきてからと思って」

「待たせてごめんね。ああ、お腹空《なか》いた。バタバタしてお昼食べてないの」

「あ、ぼくもだ」

藤堂さんの一件もあり、自分も食べそびれていたことを思い出した。

「ご飯を食べる時間くらいほしいわよね」

「働いてると空腹も忘れるけど」

「植木さん、だからそんなに痩《や》せてるのよ」

「いやあ、最近お腹周りがやばくてさ」

「四十だっけ? 中年太りは歯止めきかないわよ」

ばっさりとぼくを斬《き》り捨《す》て、すみませーんと二階堂さんが店員を呼び止める。

「えーっとモツ煮込みと焼きおにぎり、鮭《さけ》と味噌《みそ》一個ずつ、串《くし》はレバー、ハツ、せせり、つくね、心のこり、うずら卵、納豆巻き、あ、皮とささみ梅しそ。全部二本ずつ」

相変わらずよく食べる。細身の身体《からだ》のどこにそんなに入るのか。

「あ、ぼくはそれと」

「ハルピンキャベツね」

ぼくが言う前に二階堂さんが頼んでくれた。

注文をすませ、やっと落ち着いてジョッキを合わせた。焼き鳥の煙で煤《すす》けた店内は平日だというのに満席だ。綺麗《きれい》でもおしゃれでもなく、しかし抜群にうまい。ぼくが長い間通っているこの店を、二階堂さんも贔屓《ひいき》にしていると知ったのは去年のこと。

暁海《あきみ》ちゃんから、櫂くんの訃報《ふほう》が入った夜だった。

「さきほど近親者の方から連絡がありました。櫂くんが亡くなりました。」

短いメッセージを二階堂さんに送った。二階堂さんとは尚人くんの葬儀のときに初めて顔を合わせ、それからは入退院を繰り返す櫂くんの面倒をふたりで見てきた。

「飲みに行きませんか?」

二階堂さんから返信がきて、行きましょうと返した。いつもは小綺麗なビストロや小料理屋をぼくが予約していたが、その夜は二階堂さんから店を指定してきた。それが長年ぼくも通っていた、おっさんのたまり場のようなこの焼き鳥屋だったわけだ。

――わたし、こういうところのほうが実は好きなんですよね。

――ぼくもです。

お互い気を遣っていたことがわかり、笑い合った。櫂くんの思い出話はしなかった。ぼくも二階堂さんも、まったく心の整理がついていなかった。最近の業界の話などをだらだらしながら、日本酒を飲んで酔っぱらい、けれど身体の芯《しん》は重たく沈んだまま、半覚醒《はんかくせい》で悪夢を見ている感覚で深夜の繁華街をよろめきながら並んで歩いた。

——わたし、絶対に出すから。

帰りのタクシーに乗り込む間際、二階堂さんがつぶやいた。なにを、とぼくは問わなかった。櫂くんの最初で最後の小説を、彼女がずっと温めていたことを知っている。

——絶対、絶対、出すから。

タクシーのドアが閉まり、小さくなっていくテールランプが夜へと消えていくのを見送りながら、ああ、絶対に出そう、とぼくは声に出してつぶやいた。

蒸し暑い八月の夜の中を、ぼくは家ではなく会社へと歩き出した。シャツの背中がじっとりと汗ばんでいくのを感じながら、未完のまま世の中から消されてしまった櫂くんと尚人くんの漫画を復刊させることを心に誓った。そしてその道筋への算段をした。

「おまちどお。心のこり、納豆巻き、ハツ」

威勢よく響いた声に、現実へと引き戻された。カウンター越しに差し出された皿を受け取ると、いただきますと二階堂さんが手を合わせた。彼女は行儀がよく、しかし串から肉をいちいち外すなどというしゃらくさいことはせず、横向き一文字にすうっと肉を噛《か》み外していく。行儀のよさと、場に即した乱暴さが心地いい。

「刊行、八月に決めました」

串を手に、二階堂さんはきっぱりと言った。

「決まったじゃなく、決めましたってのが頼もしいね」

「わたしが出すって言ったら出すんです。植木さんのほうは？」

「根回しは万全。そちらの刊行に合わせて既刊を復刊、同時にうちの『ヤングラッシュ』に櫂くんたちの系譜に連なる作家による完結編を掲載する予定で動いてる」

「さすが柊光社のやり手編集長、植木さま」

「いやいや、二階堂編集長さまには負けますよ」

頭を下げ合ったあと、さて、と切り替えた。

「櫂くんの小説、初版はどれくらいで考えてるの？」

「一万部」

驚いた。小説が売れないこのご時世、新人賞経由でない作家のデビュー単行本など初版四千部、下手したら三千部でもおかしくない。それを一万部とは博打《ばくち》に等しい。

「大丈夫なの？」

「そのための販促は考えてる」

「とは言っても、そんなに予算かけられないだろう」

「人脈をフルに使う。懇意にしてる雑誌、ウェブサイト、書評家、ライター、ブックインフルエンサーたちに動員をかけて櫂くんの本を紹介してもらう」

「じゃあ書店方面は任せてほしい」

「それはすごく助かる。植木さん、営業顔負けレベルに全国の書店員さんと仲いいものね。植木さんほど密に書店員さんたちと情報交換してる編集者って知らないわ」

「小説でも漫画でも、あの人たちが業界最前線だから」

年々厳しくなる小説業界だが、一書店の一売り場担当からの発信でヒット作が生まれることも少なくない。読者と日々リアルに対峙《たいじ》し、今なにが読者から求められているかを敏感に嗅《か》ぎ分け、プロとして判断する。彼ら彼女らの意見や情報は貴重で、ぼくにとっては戦友でもある。尚人くんと燿くんの連載が打ち切りになったとき、たくさんの惜しむ声ももらった。無力感に打ちのめされていたぼくは、現場の声に本当に助けられたのだ。

「情報ももらえるし、逆にこっちから、これ読んでくださいってお願いすることもできるしね。植木さんの推し作品だったら、とりあえず目を通してくれるでしょう」

「いや、向こうもプロだからそこはシビアだよ。おもしろくないものはペッてされる。でもおもしろくないと思っても、売れると思ったら力を入れて展開してくれる。だからこそ個人的にもよかった、売りますって言ってもらえるとすごく嬉しい」

「燿くんの小説は絶対にそうなる」

二階堂さんが宣言し、ぼくはうなずいた。

小説は門外漢だが、原稿を読ませてもらったときショックを受けた。そこには自然体の燿くんがいたのだ。彼は過酷な幼少期を送ったせいか、挫《くじ》けまい、侮られまいとずっと無意識に肩肘《かたひじ》を張り、それがときに行きすぎた虚勢になってしまうこともあった。

作家にも様々なタイプがいるが、彼は自らを削るタイプの作家だった。作品には否応《いやおう》なく『青埜燿』がさらけ出され、下手な修正案は彼自身を否定したと取られかねない。ぼくは随分と言葉を選んで修正を伝えたものだ。それでもわかり合えず、人の話をもっと真摯《しんし》に聞けよと怒鳴《どな》りたいときもあった。いや、何度か怒鳴ったこともある。

『汝《なんじ》、星のごとく』

と名づけられたその物語の中には、どこにも負荷のかかっていない柔らかな櫂くんが佇《たたず》んでいた。肩の力を抜き、パンツのポケットに手を入れて笑っているような――。

ぼくは死ぬほど悔《くや》しくなった。最初に青埜櫂の才能を見いだしたのはぼくなのに、どうしてぼくはこの素の『青埜櫂』を引き出せなかったのだろう。二階堂絵理という編集者をすごいと思い、当時の自分の未熟さを改めて思い知った。

ぼくは、ずっと後悔し続けている。あの事件のとき、できることがもっとあったんじゃないだろうか、炎上を恐れる上層部に対してもっとうまく立ち回って、なんとか連載打ち切りだけは阻止できたんじゃないだろうか、打ち切りになったとしても、もう一度あのふたりが作品を描けるよう強く働きかけることはできたんじゃないだろうか。たらればを繰り返し、しかし最後に辿《たど》り着《つ》くのは、二度と取り消せないあの言葉だった。

――ごめん、そうだね。わからないんだよ。作家の本当の苦しみは。

櫂くんと尚人くんの作品が打ち切りになることを伝えたあと、ヤケクソになった櫂くんが放った言葉に、ぼくはそう返した。次の打ち合わせがあるからと、そのまま櫂くんをひとり置き去りにした。あのとき、ぼくの心はぐちゃぐちゃだった。

ぺーぺーだったぼくが見いだしたふたりだった。一から育てたいと願い、成功も挫折《ざせつ》も分かち合ってきたと自負していた。けれどゼロからなにかを創《つく》り出《だ》す作家と、それを待つしかない編集者との間にある越えがたい壁を作家自身から突きつけられたとき、ぼくは、編集という仕事にプライドを持って本気でやってきた自分を守った。

自分だけを守って、逃げたのだ。

何度もあのときの夢を見た。夢の中でぼくは引き返そうとするけれど、結局はあの日をなぞり、目覚めるたび自分に落胆し、いまさらのように櫂くんや尚人くんに近況をうかがう連絡を送り、けれど最後まであの日の失敗を償えないまま、櫂くんと尚人くんはこの世を去った。

あれから、ぼくは変わった。それまで作家と二人三脚でいい作品を作ることにしか興味がなかったけれど、出世を意識するようになった。なにかあったとき、作家と作品を守りきる力がほしい。もう二度と、櫂くんと尚人くんのときのような後悔はしたくない。

ときには質を捨てても数字を上げることにこだわるようになった。読者が好む傾向へと作家を誘導したこともあるし、売れ線を狙《ねら》ったプロットをぼくが組み、センスのいい新人に描かせたこともある。計算が行きすぎて「俺は描く機械じゃねえんだよ」と作家を怒らせてしまい、担当変更を言い渡されたこともある。あのときはさすがに反省した。

逆にこれぞと思った作家には、とことん質を追求してもらった。一時人気が落ちてしまい、もうちょっとなんとかしろと編集長に言われても、その分を他で売り上げますと作家のやりたいように描かせ続けた。しばらくしてその作品は空前のヒットとなり、翌年、ぼくは編集長に昇進した。やっと、やっとこれで櫂くんと尚人くんをうちの雑誌に復帰させる段取りが組めると、そのための根回しをしはじめたところだったのに——。

「やっとだね、植木さん」

二階堂さんがつぶやいた。

「うん、やっとだ」

「八月に間に合いそう？」

「なにがあっても間に合わせる」

小説の刊行に合わせて櫂くんたちの漫画を復刊させ、さらに未完に終わった物語を完結させる。二階堂さんが櫂くんからぎりぎり最終稿を受け取ったのと同じく、ぼくも櫂くんから途切れた物語のその先のプロットをもらっていた。けれど櫂くんは原作担当で、作画担当の尚人くんはもうこの世にいない。それをどう形にするかをずっと考えていた。

「作画、誰に依頼するつもりなの？」

どんな大物を引っ張ってくるの？　と二階堂さんの目が輝いている。

「小野寺《おのでら》さとるくんに頼んでる」

櫂くんたちと同期の女性漫画家で、新人時代は互いにアシスタントをしたりしてプライベートでも仲がよかった。櫂くんと尚人くんの漫画が打ち切りになったとき、どうしてですか、あんな記事ぜんぶ嘘《うそ》じゃないですかと彼女は悔し泣きをしていた。

「ごめん、わからないわ。代表作を教えて」

二階堂さんがスマートフォンを取り出す。

「五年ほど前に引退した女性漫画家さん。最後に会ったのは尚人くんのお葬式」

「そういえば、若い女の子がひとりいたっけ。すらっとした背の高い」

「その子。今は結婚して旦那《だんな》さんの実家がある長野で主婦をしてる」

初連載の作品は櫂くんたちよりも人気があったけれど、それを越えられず、壁にぶつかっているときに恋人との子供を妊娠し、それをきっかけに結婚して漫画家をやめてしまった。

当時、さとるくんはつらい状況にあった。デビューから二人三脚だった編集者が産休に入り、引き継いだ編集者とは相性が悪く、結果、連載は打ち切りとなった。

さとるくんの引退を聞いたとき、ぼくは惜しいと思った。一方で、引き継いだ編集者の気持ちもわかった。当時のさとるくんの連載は人気下降の一途《いっと》で、中継ぎを頼まれた身として、なんとか打ち切りだけは避けようと読者受け優先の展開を勧めたのだが、それがさとるくんをますます迷走させることになった。引退するという彼女をぼくは何度か引き止めた。彼女には才能があった。あのとき中継ぎを頼まれたのがぼくだったなら、もう少しなんとかできたと思っている。

「五年も現役離れてて、いきなり描けるもの？」

二階堂さんの懸念はわかる。

「勘を取り戻すのにしばらくかかるだろうけど、そこはぼくがフォローする。さとるくんは繊細な絵柄と作風で、櫂くんたちとファン層も被《かぶ》ってたんだ。本人たちもよく作品論を闘わせてたし、だからこそ今回の完結編はさとるくんに頼みたかった」

「そういう経緯なら元々のファンも納得しやすいわね」

二階堂さんがうなずき、じゃあ、と表情を引き締めた。

「残る問題は世間の受け止め方か」

そのとおりだ。事情を知っているぼくたちは、騒ぎの元になった記事がでっちあげだと知っている。けれど多くの人たちは事件の真相やその後の経緯など調べない。一度貼《は》られたレッテルをどこまではがせるか。一歩間違えたら再びの炎上を招きかねない。

「できることはすべてやる。出すと決めた以上は走り抜けるしかない」

そう言うと、二階堂さんがこちらを見た。

「植木さん、今ちょっとかっこよかった」

「ぼくはいつでもかっこいいですよ」

はいはいと受け流し、二階堂さんはカウンター越しに熱燗《あつかん》を頼んだ。

「いぶりがっこくださーい、それとカシラ、ハラミ、もう一回納豆巻き」

「まだ食べるの？」

「もう食べないの？」

二階堂さんは信じられないという目でぼくを見た。

「わたし、にぎり飯に味噌をつけてかぶりつくような男が好きなのよね」

「旦那さん、広告代理店勤めじゃなかったっけ？」

「そうだけど、なにか？」

「いや、完璧《かんぺき》な空調設備に守られた上で野性に憧《あこが》れる都会人的好みだなあと」

二階堂さんはしかめっ面をした。

「はいはい、すみませんでした。うちの旦那はとっても現代的な男です。おにぎりだってきちんと手袋をしてにぎってくれます」

「旦那さんがにぎってくれるの？」

「共働きだし家事は折半。だけど料理が趣味の人だから、よくいろんなもの作ってくれるわよ。お風呂《ふろ》掃除も洗濯も積極的にやってくれるし、男女関係なく自分の面倒は自分でみるべきって、フェミニストの友人が絶賛するタイプ。植木さんとこは？」

「うちは子供がいるし、奥さんは専業主婦。ぼくは平日は家には寝に帰るだけ」

「やだー、絶滅したと思ってた昭和の亭主がここに」

痛いところを突かれ、自覚のあるぼくはうなだれた。

「まあ、わたしも植木さんのことは言えないんだけど。うちは向こうも忙しいから、そういうことで喧嘩《けんか》にはならないから助かってる」

仕事からプライベートまで会話は飛び、店を出るころには十二時近かった。

「二階堂さん、うち目黒だっけ？」

「そう。帰っても仕事やらなくちゃだけど」

おつかれさま、と言うぼくも似たようなものだ。来週から校了なのでそろそろ準備をしなくてはいけないし、編集会議の前に企画書にも目を通さなくてはいけない。アニメ化作品の脚本チェック、連絡、調整、打ち合わせ、やることは山のようにある。

「本当は仕事の持ち帰りもよくないんだけど、上からは有休取れってせっつかれるし、働き方改革で残業しづらくなっちゃったし、かといって仕事は減ってないし」

「同じく。上司が居残ってると部下も帰りづらいし、今の時代、働きすぎる上司は部下にとってただの迷惑らしいし、飲みに誘ったらパワハラだし、異性の部下だとセクハラもくっついてくるし、じゃあ男同士で行ったら女性差別って怒られるし」

上司はつらいよ、とふたりで溜息《ためいき》をついた。

「まあでも植木さんは働きすぎ。たまには家族サービスしないと離婚されるわよ」

「同じ言葉を、と言いたいけど二階堂さんとこは現代的な結婚なんだっけ」

二階堂さんは笑ってタクシーに乗り込み、ぼくも駅へと向かった。スマートフォンを確認すると、たかが数時間の間に連絡がたまっていた。優先度の高いものから返信していく中、安藤圭《あんどうけい》という名前を見つけ立ち止まった。

——圭くん。

はにかんだ笑顔が印象的な男の子の顔が脳裏に浮かんだ。

□□■□□■□□

［薫風館　Salyu編集長　二階堂絵理さま］

おつかれさまです。櫂くんの件、フェアを組んでくれる応援書店さんのリストを添付します。

今度、各店の売り場担当さんたちと相談がてら親睦《しんぼく》会をしましょう。

それとうちのWebメディアの編集長に、『Salyu』と連動で青埜櫂・久住尚人の特集を組んでもらうよう話を通しました。『夭折《ようせつ》の天才』という感じでまとめていくのはどうでしょう。今後新作が出ないことも含め、ブランドを作ってしまうことで長く読み続けてもらいたいと考えています。こちらもまた相談させてください。

［柊光社　ヤングラッシュ編集長　植木渋柿］

休憩所でコーヒーを飲んでいると植木さんからメールがきた。添付されている応援書店リストを見て感心した。都内大型店は言うまでもなく、横浜、名古屋、大阪梅田など、全国の名物書店員がいる店がリストアップされている。

柊光社との連動企画はわたしも考えていた。そして『夭折の天才』売りも考えてはいたけれど、あまりにベタすぎやしないか、それに死人を食い物にしている感が出やしないかとためらっていたのだ。それをさらっと越えてくるあたり、編集者として一歩も二歩も先を行かれたようで悔しさすら湧《わ》き上《あ》がってくる。

「聞いたか。新人のデビュー作が初版一万部って正気かよ」

振り返ると、パーテーション代わりの観葉植物の向こうで、隣部署の『小説薫風』編集部の玉《たま》城《き》さんと新田《にった》くんがコーヒーを淹《い》れていた。櫂くんの小説のことだろう。ふたりはわたしに気づかず話を続ける。

「そりゃあ編集長権限で、二階堂さんが出すって言えば通るよ。青埜櫂は漫画のほうでもいろいろあった作家だし、まるっきりの新人ってわけでもないからさ」

「作画担当のほうが淫行で捕まったんでしたっけ」

「あれ逮捕されたのかな。よく覚えてないけど、人気商売で性犯罪やらかしたら終わりだよ。そいつらも浮上できなくて作画が三年前に自殺、青埜のほうは去年病死だろ」

「そして死んでからも二階堂絵理に骨の髄までしゃぶられる、と」

「ヒット作出すためなら、死人でもこき使うんだから怖い女だよ」

「そりゃあ、不倫の手切れ金として白尾廉から原稿脅し取った女ですからね。世間に関係をばらすって言われたら白尾先生も必死こいて書いたでしょうよ」

「それがミリオン達成、本人は異例の若さで編集長昇進ってもはやレジェンドだ」

「いや、それがまだ上を狙ってるらしいですよ」

新田くんが声をひそめた。

「実は新たな男が出てきてます」

「なんだよ、それ」

「二階堂さん、どうも少し前から柊光社の編集長と怪しいらしいです」

ええっと玉城さんが声を上げた。驚きたいのはわたしも同じだ。

「青埜櫂の元担当編集者で、こっちの小説刊行に合わせて向こうも絶版になってる漫画の既刊を復刊させるって話です。うちと柊光社の連動で書店フェアをぶち上げようって企画が、向こうの編集長の全面協力で内々でまとまってるそうですよ」

「なるほど。初版一万部の強気の根拠はそこか」

「旦那もいる身で、よくもまあ次から次へと男を転がしますね」

「がんばるねえ。もう若くもないのに」

出て行ってコーヒーをぶちまけてやりたくなったが、あんな連中と同じ土俵に立ってなるものか。すっくと立ち上がり、次なる打ち合わせへと大股《おおまた》で向かった。

子供のころから気が強いと言われて男子からは嫌われた。学生時代はかわいげがないと言われて彼氏ができても長続きしなかった。社会人になったら生意気だと言われて男の上司から敬遠された。そのたび傷ついてきたけれど、じゃあおとなしくしようとは思わなかったし、もっとがんばれば認めてもらえると結果を出すことにこだわった。

けれどどれだけ成果を上げても一部の男たちからの攻撃はやまず、白尾先生との不倫の噂が出回ったとき、それまで出した結果も「やっぱりな」と言われる羽目になった。

――やっぱり女の武器を使ったのか。

――やっぱり実力じゃなかったのか。

業界内でのわたしの評判は地に堕《お》ちた。それはしかたないと受け入れるしかない。編集者としても人としても、ルール違反を犯したのだから。一方で、同じように責められながらも白尾先生のほうはどこかで『やるじゃん』と一目置かれる空気感があった。同じ罪を犯しても、女のほうがより責められるのはなぜだろう。

あれから数年経《た》っても、どれだけ実績を上げようと、玉城さんや新田くんのような男たちはいつまでも過去をネタにわたしを嗤《わら》う。女を下げないと自分のプライドを保《たも》てないのだろうか。わたし自身、もはや言われてなんぼと開き直るようになった。

——それにしても、植木さんとわたし？

その発想はなかった。とはいえ植木さんに魅力がないわけじゃない。仕事はできるし情にも厚い。さらにいざ仕事と情の板挟みになったとき、最終的なゴールを想定して切るべきところは切る、もしくは損を覚悟で抱え込める、その計算高さと度量の広さのバランスがいい。いくら優秀でも、血の通わない仕事をする人は好きじゃない。

編集部に戻ると、デスクにメモがあった。『青埜さんからお電話がありました。折り返しがほしいとのこと。』青埜というと、櫂くんの母親だろうとすぐにかけ直した。

『二階堂さん、わざわざ連絡してもろて、ごめんねえ』

櫂くんの母親は、年齢にそぐわない少女っぽい声をしている。

「こちらこそお電話いただきまして。なにかありましたでしょうか」

『こないだ契約書のドラフト？　とかいうの送ってくれたやん』

出版契約書の内容については櫂くんから了承をもらっていたけれど、遺族である母親にも念のため確認を入れた。最初はうさん臭がられたけれど、印税の受取人になっていることを告げた途端に母親は機嫌よく応対してくれた。

『くっついてた二階堂さんからの手紙に、部数は一万部って書いてあったんやけど』

はい、精一杯がんばりましたよ、とわたしは内心で鼻を高くしたけれど、

『なんで、それっぽっちやのん？』

「え？」

『だって柊光社んときは百万部って櫂から聞いた。なんや二階堂さんが勘違いしたはんのちゃうかって知り合いが心配して、一回ちゃんと言わなあかん思て』

言われてみれば、母親の心配は当然と思えた。出版業界の常識は一般には通じない。そこはわたしが丁寧に説明するべきだった。まずは部数。底は似たようなものだが、天井が漫画と小説ではまったくちがう。漫画でよく見る百万部突破という数字は、小説では数年に一度出るか出ないかである。シリーズや文庫化も含めてならともかく、単行本一冊なら十万部を超えれば小説は大ヒットだ。

「有名な新人賞を受賞したとかいう派手な看板がない場合、うちの会社では新人さんのデビュー単行本は初版四千部から五千部、低いと三千部です」

『三千？　なんなんそれ。一冊千七百円として、えっと、印税は五十万くらい？』

ふにゃふにゃとした話し方のわりに金の計算は速い。

『何年もかけて書いて、たった五十万？』

「そうです」

小説が売れないこのご時世、作家業一本で食べていけるのはごく一部で、多くの作家は副業、もしくは本業が他にある。あるいは大黒柱が別にいる。大きな新人賞を獲《と》ってもヒットは稀《まれ》で、印税は臨時収入くらいに考えておいたほうがいい。

「正直、初版一万部は社内でも博打だと反対されました。でもわたしは勝負したい。青埜さんの物語は、絶対に多くの人に望まれると信じています」

『……そうなん？』

「はい、わたしは青埜さんの才能を信じています」

沈黙のあと、『ありがとう』と母親が洟《はな》をすすった。

『二階堂さんみたいな人に面倒みてもろて、櫂はほんま幸せもんやったんやね』

「そんな。わたしのほうこそ――」

『でも念のために植木さんにも部数のこと訊《き》いとくわ』

「は？」

『見積もりは複数出してもらうのが常識やろ？』

ほなね、ありがとうと通話は切られ、わたしはぽかんとした。

――あいつは金がいるときしか連絡してきよらん。

櫂くんがそう母親を評していたことを思い出した。けれどそのあと必ず、

――それでも親やし、面倒みたらなしゃあないけどな。

と苦笑いでつけ足していた。不思議な笑みだった。愛しているようにも、本当にうんざりしているようにも、哀《かな》しんでいるようにも見えた。なんにせよ櫂くんはとても優しい男の子で、ともすればだらしなさにも通じるそれに、わたし自身も助けられた。

夕方に植木さんからメールがきた。［櫂くんのお母さんから小説の初版部数のことを訊かれたので、一万部は破格の数字！　って答えときました。］変に隠さず、さらっと共同戦線を張ってくれる。本当に仕事のしやすい人だ。

――柊光社の編集長と怪しいらしい。

昼間のゲス発言が脳裏をよぎり、ないわ、と改めて思った。植木さんと寝ることは簡単だけれど、寝ることで失うものを思うと、そんな危険な天秤《てんびん》には乗りたくない。植木さんとはこの先も正々堂々と仕事がしたい。

酒好きな作家に二軒目、三軒目とつきあわされて帰宅したのは明け方に近かった。途中から別の作家グループも合流し、最近ではハードな部類に入る接待だった。

「あ、絵理ちゃん、おかえり」

キッチンで水を飲んでいると、シャワーを終えた夫の裕一《ゆういち》がやってきた。濡《ぬ》れ髪をバスタオルで拭《ふ》いている。まだ五時なのにずいぶんと早起きだ。

「今度CMやるとこの部長とゴルフだよ。そっちは接待?」

「うん。途中で諸住《もろずみ》さんたちと合流しちゃって」

「あの人、まだ飲んでるの? 前に肝臓の数値ヤバいって聞いたよ」

裕一は広告代理店のプランナーで、芸能人や作家とも知り合いが多い。裕一とは出身大学が同じで、仕事で再会したのをきっかけに友人づきあいが復活した。白尾先生と別れたあと、結婚を前提につきあってほしいと言われたときは驚いた。そういう気配は特になかったので、どうしてと問うと、理想的だからと返ってきた。

『お互いの仕事を理解してるから、忙しいときも思いやりを持てる。平均以上の共稼ぎだから、なにかあったとき助け合える。経済的に余裕を持った将来設計ができる。老後も豊かに過ごせる。こういう時代だから、人生プランの一致は大事だ』

プロポーズというよりプレゼンをされている気分だったけれど、断る理由はなにもなかった。裕一は清潔感のある容姿をしていて、頭もよく、理性的で、優しく、なにより女が権限を持って働くことのしんどさを理解している。そしてわたしは白尾先生とのことで疲れていて、プライベートでこれ以上闘いたくなかったのだ。

「絵理ちゃん、朝ご飯食べる？」

食べる、と答える前に裕一はもうキッチンに入っていて、メイクを落として戻ってくるとお茶漬けの準備がしてあった。ご飯とお茶のポットと薬味と佃煮《つくだに》の小皿。

「飲んできた朝にはとってもありがたいメニュー」

「いい朝を過ごすと一日の質が上がるからね」

裕一は身支度も終え、スマートフォンで仕事のメールをチェックしながらコーヒーを飲んでいる。自分は朝は食べないのに、わたしのためだけに作ってくれたのだ。

朝帰りをした妻に、おつかれさまと朝食を出してくれる夫。なんて優しいの、なんてパートナーを尊重できる人なの、と友人たちは裕一を絶賛する。「まあ、そういうことを女は長年やってきたわけだけど」、とチクリと刺すのは忘れないけれど。

裕一は優しい。それは本当だ。でもその優しさは櫂くんとはちがい、面倒ごとを回避する合理性につながっている。朝帰りした妻にいやみを言えば喧嘩になるし、互いのスケジュール次第では険悪なまま数日を送る羽目になる。それについて結婚前に裕一から言われたことがある。

「喧嘩なんて時間と労力の無駄。いやな気分になるだけで、なにも得るものがない。ただでさえお互い忙しくて疲れがたまるんだから、家はリラックスできる場にしようね」

もちろん、そうしましょうとうなずいた。

けれど裕一のそれは、わたしが思っていた以上に徹底されていた。

あれは結婚してしばらくしたときのことだ。仕事で理不尽な案件があり、家でも余裕のない態度を取ってしまったことがある。なかなか立て直せないわたしに、裕一はしばらくホテルに泊まるよと言い置いて家を出ていき、「もう大丈夫だから帰ってきて」と言うまで十日間も別居を続けた。確かにわたしは苛立《いらだ》っていたけれど、そういうときに支え合うのが夫婦ではないのかと疑問を持った。あれ以降、わたしは仕事用のアンガーマネジメントを家庭でも意識するようになった。それははたしてリラックスしていると言えるのだろうか。

完璧な空調設備に守られた上で野性に憧れる都会人的好み――植木さんの言葉は言い得て妙だった。裕一との結婚生活は、完璧に適温が保たれているオフィスビルのようで、設備が壊れたらどうなるのだろう、とたまに考える。

「あ、おいしい」

ひとくち食べて驚いた。ほんのり赤身が残る程度に湯通しされた牛肉の薄切りに、塩漬け山椒《さんしょう》とゴマと海苔《のり》と葱《ねぎ》。用意されていたのはただのお茶ではなく、ほうじ茶ベースの鰹出汁《かつおだし》だった。あっさりしているのにコクがあって薬味が効いている。

「こないだ親と行った店で〆に出てきて、すごくおいしかったから」

そう言われて、はっとした。

「ごめんなさい。お義母《かあ》さん、先週お誕生日だったのよね」

校了と櫂くんの新刊のあれこれですっかり忘れていた。

「気にしなくていいよ。絵理ちゃんが忙しいのはあの人たちもわかってる」

「でもごめんなさい。今週中にプレゼントを選ぶわ」

「本当にいい。節目の年ならともかく、還暦を過ぎて悠々自適な親の誕生日祝いを、忙しい現役世代が無理してまでしなくていい。気持ちだけで充分だと思うよ」

裕一が持つ穏《おだ》やかさと冷ややかさ。それに違和感を覚えるときもあれば、今のように合理的だとありがたく感じるときもある。自分にとって都合がいいか、そうでないかで受け止めようも変わる。人は身勝手だ。ありがとうと言うと、裕一はうなずいた。

「お義母さんたち、元気にしていらした？」

「夫婦で東京中の展覧会を回ってるよ。あの日はルーシー・リーだったかな」

「素敵。ルーシーのピンクは大好き」

「それと子供のことを訊かれたよ」

箸《はし》が止まった。裕一はデリケートなことほど軽やかに伝えてくる。

「できることがあれば協力するから、いつでも言ってほしいって」

「そう、ありがたいわ」

わたしも軽やかに返した。子供をいつ持つか、というのは我が家の一大問題だ。互いの努力で保たれている快適さを簡単に、いともあっさりと食い破る凶暴な獣が、いつも家の片隅にうずくまってわたしを見つめている。

「絵理ちゃんはどう思う？」

「いつかはほしいけど、仕事が一段落するまでもう少し待ってほしいかな」

わたしと裕一は微笑《ほほえ》みながら会話を交わす。完全にコントロールされた空調を乱さないよう、重くならないよう問い、重くならないよう返す。諍《いさか》いと無駄をきらう裕一は穏やかにうなずいた。けれど問題は依然として、わたしたちの間に横たわっている。

裕一は子供をほしがっていて、わたしもほしくないわけじゃない。出産にはタイムリミットがあるのをわかっているから、この仕事が終わったら、この企画が終わったらと決めるのに、ひとつの山を越えると、また魅力的な山が現れる。

わたしは仕事が好きだ。わたしのやり甲斐《がい》や才能とも直結していて、人生で多くのパーセンテージを占めている。そのことに、いつも罪悪感がつきまとう。なぜだろう。なぜわたしだけが働くことに申し訳なさを感じないといけないのだろう。

「ごめんなさい」

「なんで謝るの？　謝ることなんかまったくないよ」

裕一は首をかしげた。

「ぼくは子供がほしい。でも出産は女性の身体に負担がかかる。絵理ちゃんのキャリアにも関わる。だから絵理ちゃんの気持ちを一番に尊重すべきだと思う」

「でも裕一くんの人生にも大きく関わることだから」

そこはわたしも目をつぶらずに公正でいたいと思う。

「ありがとう。絵理ちゃんはフェアな人だ。妻としてだけでなく、人としても尊敬できるよ。だからこそ、ぼくは立場を逆転させて考えたいと思う。同じことを要求されたら、きっとぼくは困る。自分ができないことをパートナーに強要するのは暴力だよ」

満点以上の答え。フェミニストの友人は裕一を絶賛し、わたしを令和のシンデレラと言った。一国一城の主《あるじ》である王子と、同じく一国一城の主であるシンデレラの現代的恋愛譚《たん》。王子とふたりで共同戦線を張り、権利を勝ち取り、領土を拡大していく。

「――だよ」

聞き逃した。え、と顔を上げる。

「絵理ちゃんは仕事してるときが一番綺麗だよ」

嬉しさと共に、メイクを落としたあとの素顔が急に恥ずかしくなった。年相応のシミやたるみが、リビングの電灯に容赦なく照らし出されているだろう。

「メイクしてるときは綺麗、素顔はかわいい」

女心を読んだかのようなフォロー。こういう如才ないところは、いかにも広告代理店の男らしい。にこりと笑って裕一は立ち上がり、わたしは玄関へと見送りに出た。

「明日から出張だから、次に顔を合わせるのは週明けかな」

「わかった。がんばってね」

「絵理ちゃんもね」

頬《ほお》へのキスのあと行ってきますと裕一は背中を向けた。

玄関ドアが閉まり、わたしはぺたぺたと裸足《はだし》の足裏を鳴らしてリビングへ戻った。座面の広い椅子《いす》に片膝《かたひざ》を立て、自堕落な姿勢でお茶漬けをすする。胃も落ち着いて、ふーっと息を吐《は》いて天井を見上げた。出番を終えて舞台袖《そで》に引っ込んだ役者のような気分だ。

数ヵ月に一度くる子供問題を今回も切り抜けたという安堵《あんど》と解放感。いつかは答えを出さなければいけないけれど、とりあえずそれは今ではない。

□□■□□■□□

「柊光社　ヤングラッシュ編集長　植木渋柿さま」

安藤圭くんのインタビューが取れたんですね！

ふたりの漫画が打ち切りになったきっかけの人物でもあるので、安藤くんにとって、かなり重い決断だったと思います。わたしからも感謝の言葉を伝えてください。

そして大変厚かましいお願いではありますが、もしよければこっちの新刊発売に際してもコメントをいただけないでしょうか。無理は申しませんので検討だけでも。

なんだかいい流れですね。いよいよエンジンがかかってきた感じです。腹が減っては戦ができぬ。今夜の打ち合わせはサムギョプサルでどうでしょう。

［薫風館　Salyu編集長　二階堂絵理］

唐突なサムギョプサルに笑いつつ、二階堂さんのメールを見ると自分もがんばろうという気にさせられる。待ち合わせの時間に行くと、二階堂さんはもうきていた。

「特上サムギョプサルと野菜のセットを二人前、上ホルモン焼き一人前、海鮮チヂミとナムル盛りも。冷麺《れいめん》……は最後でいいか。植木さんは他になにかある？」

「冷やしトマトを」

弱者を哀《あわ》れむような目でぼくを見ると、それでお願いします、と二階堂さんはメニューを閉じた。すぐにビールがきて、おつかれさまとジョッキをぶつける。

「安藤くん、よく話してくれる気になりましたね」

「最初に依頼したときは断られたんだ。ことがことだし、ぼくもしつこくお願いする気はなかった。尚人くんと圭くんはよく似ていて、とても繊細な子だったから」

週刊誌の飛ばし記事が原因で自分の性的指向をさらされたとき、彼は耐えきれずに大学を休学して海外に出た。今はイギリスでフラワーデザイナーを目指している。

「せっかく落ち着いて暮らしているのに、いまさら踏み込んだことを謝ったよ。でもしばらくして圭くんのほうから連絡をくれて、オンラインで話をした」

肉が運ばれてきて、二階堂さんが慣れた手つきで焼いていってくれる。

「繊細な感じはそのままで、でもずいぶんと大人になってた。あれから尚人くんがどうしていたのか話しているうちに泣かれちゃって、そしたら横合いから手が伸びてきた」

「手？」

「一緒に暮らしてる人がいるんだって」

ちゃんと話をしたほうがいいと、今の恋人が圭くんに勧めてくれたそうだ。そこからはインタビューに使ってくれて構わないと言ってもらえたので、録音の許可を得て圭くんと話をした。話し終えるまでずっと、恋人の手は圭くんの手に重なっていた。

「最初はライターに頼もうかと思ったけど、自分でまとめることにした。あのときもっとできることがあったんじゃないかって、ぼくにはぼくの後悔があったからね。それに圭くんはぼくを信用して話してくれた。その気持ちに応《こた》えたいと思ったんだ」

うん、と二階堂さんが深くうなずく。

「本当によかったよ。圭くんの気持ちが軽くなったのはもちろん、これで再炎上の可能性もなくなった。当事者の口から、あれは恋愛だったって証言が取れたんだから」

「やっと尚人くんの名誉を回復できるのね。耀くんの悔しさも」

憶測だらけの飛ばし記事で、塗炭の苦しみを味わわされた。ふたりの無念をこれで晴らせるわけではない。あんなことがなければ、ふたりは今も漫画を描いていたはずだ。

「植木さん、それでも、今回あなたはよくやった」

二階堂さんの言葉はひどく沁《し》みた。ありがとうと伏せていた目を上げると、二階堂さんは大きなハサミを手に、こんがりと焼けた豚の三枚肉をじょきじょき切っていた。

「たくさん働いたんだから、たくさん食べましょう。ほら、熱いうちに」

なんという逞《たくま》しさ。ぼくは二階堂さんのそういうところがかなり好きだ。しんみりとした空気は霧散し、勧められるままサンチュに豚肉をのせて口に入れた。じゅわりとしみ出す脂と甘辛いタレの相性が抜群だ。野菜と薬味のおかげでしつこさもない。

「小説へのコメントのことも、自分でよければぜひって言ってくれたよ」

「もう確認取ってくれたの？」

「インタビューの件で訊きたいこともあったから」

「ありがとう。櫂くんも喜んでくれると思う」

本当にありがとうと重ねて頭を下げられ、大袈裟《おおげさ》だよと笑った。

「大袈裟じゃない。実際、植木さんの協力がなかったら初版一万部は通せなかった」

「それはうちも同じだよ。同じ作家に惚《ほ》れた編集者同士、協力し合っていこうよ」

そう言うと、二階堂さんはなぜか不機嫌そうな顔でぼくを見た。

「植木さんって、みんなに好かれそう」

「なに、急に」

「内も外も敵だらけのわたしとはちがうなあって」

言い終えて深く息を吸い込む。そのままなら溜息となって吐き出されただろうそれを、二階堂さんは思い直したように堰《せ》き止《と》めた。ぐっと口をへの字に曲げている。

「二階堂さんは弱みを見せないからなあ」

下手な慰めはしなかった。白尾廉との過去、それによって生まれたヒット作と早すぎる編集長昇進など、彼女を快《こころよ》く思わない人たちがいるのはわかる。

「そういうの、きらいなの」

「うん？」

「弱いとこ見せたら、かわいい女だって手助けしてもらえる？」

ハサミを取り、二階堂さんは新たに肉を切り出した。

「男が言うかわいいってなに？　端的に言うと自分より馬鹿《ばか》ってことでしょう。自分より下の女にしか手を貸さないって、それは女じゃなくて男側の度量の問題じゃない」

「きついなあ。見かけだけでもそうして転がしてやればいいじゃないか」

二階堂さんは心底うんざりという顔をした。

「そういうふうに男を操縦できるのが本当に賢い女って、そもそも誰が言い出したことなのかしら。当然しなくちゃいけないことも、いちいち女におだててもらって、お願いしますってか弱く頼まれていい気分にさせてもらって、男っていい身分よね」

じょきんと切られた肉が鉄板に落下した。

「主語を大きくした議論はやめようよ。少なくとも、ぼくは女性にいい気分にしてもらわなくてもやるべきことはやるよ。逆に自分が頭を下げることで物事がスムーズに進んだり結果的にいい方向に行くなら、ぼくは誰にでもいくらでも頭を下げる」

「植木さんはそういう人だと思う。だからわたしも仕事がやりやすいし、すごく感謝してる。でもどこかでそういう『余裕を持てる』こと自体が羨《うらや》ましい気持ちもある」

「どういうこと？」

「頭を下げることも度量の大きさのひとつって受け止めてもらえる男の人とちがって、女は頭を下げたら舐《な》められるの。それからずっと下に見られる。わたしより先輩の女の人たちがどんな思いで一段一段上がってきたと思う？　だからわたしは簡単に頭は下げない」

「大袈裟だよ。もっと肩の力を抜いたほうがいいんじゃないかな」

「大袈裟と思うのは、男っていうだけで無意識に社会から尊重されてきた証《あかし》よ」

ああ、これ以上は議論をしないほうがいい。ぼくと二階堂さんの話ではなく、もっと大きなものの代理戦争になってしまいそうだ。正直、ぼくが苦手な部類の――。

「ごめん。ぼくの言い方が悪かったね」

「謝らないでよ。植木さんはそういう人じゃないんだし。でも、ああ、そうね、ごめんなさい。今のはわたしが悪かった。植木さんを全男性の代表みたいに責めちゃった」

ごめんなさい、と改めてぺこりと頭を下げる。

「簡単に頭下げないんじゃないの？」

「無意味には下げない。今のはわたしが悪かったから下げる。あと植木さんはわたしが一回頭下げたからって、そのあとマウント取ってくる人じゃないから大丈夫」

「マウント取ってくる人だったら？」

「謝らない。なにがなんでもおまえが悪いって言い続ける」

ぼくはやっぱりこの人が好きだと思った。

「二階堂さんはいやがるかもしれないけどさ」

「なに？」

「二階堂さんは、か――」

続きを言いかけて、慌ててブレーキをかけた。しかし遅かった。

「植木さん、今、かわいいって言いかけた？」

「言ってない」

「隠してもわかるから」

冷たい目で見られ、すみません……と今度はぼくが頭を下げる羽目になった。

仕事相手の女性に対して『かわいい』はセクハラだ。褒め言葉なんだからいいじゃない、という言い分はもう通用しない。男として若干の窮屈さを感じながらも、それ以上に編集者として危機感を持てる自分でいなくてはと思う。若い部下や漫画家と話していると、ナチュラルにそういう価値観で育った世代とは、言葉に対する感覚がそもそもちがってきているように感じる。仕事柄《がら》、感覚は常にアップデートしていかなくてはいけない。

「あーあ、もう、やんなっちゃう」

二階堂さんが頬杖《ほおづえ》をついてビールを飲んだ。

「ごめん、今のは本当にぼくが無神経でした」

「ああ、ちがうの。ちょっと昔のいやなこと思い出しちゃっただけ」

「なに？」

「白尾先生を好きになったときのこと」

「えーっと……それはぼくが聞いていい話？」

「たいした話じゃないし、植木さんだったらいいわ」

二階堂さんは簡単に続けた。

「某作家さん主催の飲み会で、わたしががんばりすぎちゃったの。いつか一緒に仕事をしたいと思ってた作家さんがきてたからアピールしてたんだけど、ガツガツしててみっともなく見えたんでしょうね。他の編集者に『よくやるわ』ってぼそっと言われた」

「そういうこと言っちゃう人のほうが、ぼくはみっともないと思うけど？」

「わたしもそう思う」

二階堂さんはけろっと返した。それで傷ついたという話ではないようだ。

「そういうこと言う人はね、自分もやりたいのに、みっともないって殻で自分で自分を覆《おお》ってできないから僻《ひが》んでるの。わたしだってみっともないと思われるのはいやよ。でもそれ以上に、その作家さんと仕事がしたい気持ちが勝つんだからしかたないの」

「そうだね。後悔するよりはずっといい」

ぼくは切実な気持ちでうなずいた。

「それで帰りがけ、通りでタクシーを待ってたら白尾先生がやってきて、『きみはとてもかわいいね』って言ったの。なんだこのおじさんってぽかんとしたわよ」

もちろんベストセラー作家である白尾先生のことは知っていたが、作風自体は二階堂さんの好みではなく、仕事で絡んだこともなかったそうだ。後日、白尾先生のほうから連絡がきて何度か食事をした、と言って二階堂さんの話は終わった。

「ん？　それだけ？」

二階堂さんはこくりとうなずく。

「かわいいねって言われたのがきっかけで？」

ふたたびこくりとうなずく。そこらの小娘でもあるまいに――。

「馬鹿みたいよね。そこらの小娘じゃあるまいに」

自覚しているようなので安堵した。

「かわいいって言われるの、いやなんじゃないの？」

「いやよ。そんなこと言われて喜ぶ女も、そういうことを軽く言う男も」

「じゃあ、どうして」

「さあ、なんでだろ。いつもならありえないのに、たとえばある一瞬、ある場所、条件がぴたっと重なったときにくるアレとしか言いようがないやつ。好きってそもそもが説明のつかない感情だし、いい男だからってみんな好きになるわけじゃないし」

たとえばよ、と二階堂さんは身を乗り出してきた。

「わたしにあんな男のどこを好きになったのって訊いてくる子がいて、でもその子の彼氏や旦那もたいしていい男じゃないのよ。みんな、自分のことは棚上げなの。まあそれはともかくとしても、すごくいやってことは、それが弱みだからかもと思うのよ。だから普段はすごく用心してガードしてるのかもしれないって」

二階堂さんのその弱い部分を、白尾先生はピンポイントで突いてきたのだろう。

「普段突っ張ってるくせに、かわいいなんて言葉で落ちた簡単な自分が恥ずかしいし、情けないし、自分の中にある矛盾を消化できないし、それも道ならぬ恋なんてね。それまで積み上げた信用も全部なくして、なんとか逆転できた今が奇跡だと思うわ」

「いいじゃない。人生は長いんだから、終わりよければすべてよし」

「よくない。前科があるせいで植木さんとできてるって疑われてるのよ」

「え、ぼく？」

さすがに驚くと、二階堂さんは肩を落とした。

「ごめんなさい。これは本当にわたしの不徳の致すところよ」

「いや、まあ、その、気にしないでおこうよ。人の噂も七十五日と言うし」

「その七十五日で致命傷を負うこともあるわ」

胸を衝《つ》かれた。SNSが全盛の時代、クリックひとつで誰もが簡単に正義という名の矢を放つことができる。真偽も定かでないまま、櫂くんたちはその矢に串刺《くしざ》しにされた。

「噂やデマなんかに負けないでおこう。ぼくたちは」

「……うん。踏ん張らないとね。わたしたちは」

二階堂さんは自分に言い聞かせるみたいに何度かうなずくと、横断歩道を渡る子供のようにしっかりと手を上げ、「マッコリくださーい。やかんで」と声を張った。

「まだ飲むの？」

「飲むし食べます。すみませーん、豚足と冷麺も追加で」

そのあとやかんマッコリもおかわりし、店を出るころにはまあまあ酔っていた。

「二階堂さん、タクシー停《と》めるよ？」

「いい、まだ電車動いてるし」

「ダメだよ。さっき出口でつまずいてたでしょ。タクシーを使いなさい」

「なんかお父さんみたい」

「正真正銘、二児の父なんで」

二階堂さんを乗せたタクシーを見送ったあと、ぼくも地下鉄へと向かった。足下がわずかに怪しくて、飲みすぎたことを自覚した。いつもなら仕事相手とここまで飲むことはないのだが、楽しい夜だった。二階堂さんと話していると力をもらえる。

——もう少し話したかったな。

改札を抜け、ホームで電車を待ちながらそんなことを考えた。

起きたら昼を回っていた。昨夜は校了明けでみんなと飲みに行き、帰ったのは明け方に近かった。一階の寝室を出て、二階のリビングダイニングに上がると妻が洗いものをしていた。おはようと挨拶をして、冷蔵庫を開けてオレンジジュースを飲む。

「お昼食べる？」

「あるの？」

「食べるなら作る。わたしと子供たちは終わったから」

そう言われ、適当に食べるからいいよと返した。編集者という不規則な仕事をしているため、平日はほとんど家で食事をしない。結婚してから夕飯を食べる食べないで何度も喧嘩になり、基本的にぼくの分は作らなくてもいいということで落着している。

「夕飯は食べるよ」

「わかった。買いものに行きたいんだけど、夏樹《なつき》の塾のお迎え頼んでいい？」

「うん。夏樹はどうなの」

夏樹は以前、塾をサボって友人宅でゲームをしていたという前科がある。

「真面目《まじめ》に行ってるわよ。でも志望校はもう少しレベルを下げてもいいんじゃないかって思ってる。あんまり無理させるのもかわいそうだし」

弟の夏樹は小学六年生で、来年、姉の瑞季《みずき》と同じく中学受験をする予定だが、しっかり者の姉と比べるとのんびりした性質で、いまいちエンジンのかかりが悪い。

「月末の三者面談、あなた、これるわよね？」

「調整してみるよ」

「将来のことなんだから、必ずきてよね」

流し台をざっと拭いてしまうと、妻は支度《したく》をしに階段を下りていった。明るい陽が差し込むリビングのソファで横になっていると、いってきまーすという声が聞こえた。いってらっしゃーいと返す。玄関が閉まる音。入れ代わりに広がる静けさ。

妻とは大学時代に知り合った。卒業後は会社勤めをしていたが、結婚して、妊娠をきっかけにずっと専業主婦をしている。昔も今もぼくは仕事が忙しく、かつ時間も不規則なので子育てにはあまり協力できなかった。

家族のことも少しは考えてよと、若いころは妻から責められたこともある。申し訳ないと思いつつ、大手出版社勤めとして金の苦労はさせたことがない。働くことでぼくは家族を守っている、という自負もあった。帰宅の遅さ、食事の有無、休日でも絶え間ない仕事の連絡など、大小降り積もって夫婦の危機もあったが、その都度話し合い、擦り合わせ、今では喧嘩もほとんどしなくなった。子供は大きな問題なく育っているし、妻がしっかり家庭を守ってくれているおかげで、ぼくは思いきり仕事ができる。プライベートの不満はない。

——俺、来世は植木さんとこの子供に生まれたい。

冗談で櫂くんが言ったことがある。子供を助けないのに子供からは助けをほしがる母親を、櫂くんは十代のころから精神的にも経済的にも支えていた。あのころの櫂くんは才能が迸《ほとばし》る気鋭の新人で、恋人の暁海ちゃんともうまくいっていて、ぼくは笑って答えた。

——きみが、きみの子供のいいお父さんになればいい。

そう言うと、櫂くんはしかめっ面で宙を見つめた。

——ええ親って、俺、知らんわ。

知らんでもなれるんやろかと問われ、櫂くんと暁海ちゃんならなれるよと答えた。

——せやな。俺はともかく、暁海はええ親になりそうや。

そこには尚人くんもいて、ぼくも圭くんと養子をもらって育てたいなあと夢見ていた。彼らの望みはけっしてだいそれたものではなく、それどころかささやかだったのに。

——やめよう。

沈んでいきそうな心ごと、身体を起こした。コーヒーを淹れ、パンを焼いて食べ、皿を洗ってから仕事部屋に下りて溜《た》まっているネーム原稿のチェックに入った。

編集長になってから担当作家をすべて後輩に引き継いだが、雑誌の責任者として上がってくる原稿すべてに目を通さなければならないので読む量は増えた。作家の個性を殺さないよう、後輩の編集者の考えもつぶさないよう、しかしゆっくり考えている時間はないのでざくざく赤を入れていく。もっと丁寧な仕事がしたい、とたまに思う。

全力で日々を走っているうちに、気がつくと四十歳を越えていた。若いころのように徹夜はできなくなった。代わりに広い範囲を見渡せるようになった。この先の仕事人生もある程度見えてきた。定年までにあとひとつかふたつ役職が上がる——いや、ふたつは無理か。そのあと、自分はなにをしたいのだろうかと考える。

子供も巣立ったあと、ようやく夫婦ゆっくり……というのがオーソドックスな定年後の暮らしだが、ほぼ夫不在の中で、妻も自分だけの趣味や愉《たの》しみを見つけている。それをいきなりコミュニケーションを復活させられるかは疑問だ。妻が患う夫源病、夫が患う燃え尽き症候群。それらを回避するためにも、ぼく自身の生きる意欲のためにも、やはり仕事は続けたほうがいい。けれどその前に、ぼくにはやらなくてはいけないことがある。

櫂くんと尚人くんの漫画を復刊させて完結させる。

画面の隅《すみ》に新着メールの知らせが出た。さっきからポコポコ出ていたのだが、タイトルだけチェックして急を要するものではないと後回しにしていた。けれど小野寺さとるという差出人名を見て、原稿読みを放り出してメールを開いた。

さとるくんには、櫂くんと尚人くんの漫画の完結編執筆を頼んでいる。感触はよかったけれど、端的にまとめると『自信がないので断る』という返事だった。今は漫画家を引退して、旦那さんの実家に住んでいること、向こうの親には漫画家をしていたことは打ち明けていないこと、子供がまだ小さいこと、いろいろ考えると創作に打ち込める環境ではないこと、などが真摯に綴《つづ》られていた。

［植木さん、声をかけてくれてありがとう。櫂と尚人の友人としても、あの幕引きを悔しい気持ちで傍観するしかなかった漫画家のひとりとしても、リベンジの機会をわたしに託してくれたこと、とても嬉しく光栄に思っています。でも、わたしはもうあの場所には戻れません。戻ったら引きずり込まれることを知っています。今のわたしは家族が一番大事で、もう息を止めてあの深い海にたったひとりで潜ることはできないんです。］

最後の文章に胸を衝かれた。そして、やはりさとるくんでなくては駄目だと確信した。櫂くんと尚人くんと同時代を生き、物語を描くという行為を『息を止めて深い海に潜る』と表現するさとるくんだからこそ、ぼくはバトンを託したいと思ったのだ。

引き出しを開け、櫂くんが残したプロットノートをめくってみる。残り少ない気力や体力を注《つ》ぎ込《こ》んで書いてくれたノートの字は、ところどころ歪《いびつ》に揺れている。なのに頼りなくは感じない。行間から櫂くんの魂が力強く立ち昇ってくる。

——おおきにな。書かせてくれて。

擢くんが暁海ちゃんと最後を過ごした高円寺の古いアパート、窓際に置かれたリクライニング式のベッドにもたれて、擢くんはぼくにノートを渡してくれた。

——必ず形にするよ。

——ええよ、別にどうしてくれても。

頼むと言われると思っていたので、ぼくは肩透かしを食らったように感じた。

——約束なんかしたら、荷物になるやろ。

ぼくは言葉をなくした。この子はどこまで優しいのだろう、そしてなんて寂《さび》しいのだろう。荷物の重さを知っているのは、それをずっと抱え続けてきたからだ。

——気持ちええなあ。

窓から涼しい風が吹き込んで、少し伸びた擢くんの前髪を揺らしたのを覚えている。

結局、ぼくたちは約束をしなかった。だからこそ、それは手の届かない星のようにぼくの中で輝くことになった。ぼくはあの星を指針にして、今までがむしゃらに走ってきたように思う。そして十年かけて、ようやくすべての準備を整えたのだ。

パソコンを閉じ、便箋《びんせん》とペンを取り出した。擢くんと尚人くんの魂を今の読者につなげられるのは、心持ちも技量も含めてさとるくんしかいない。ぼくが全力でフォローするので、どうか一度、直《じか》に話をさせてほしい。お願いします——。

字が下手なのは昔からのコンプレックスで、けれどどうしても伝えたい心があるときは直筆と決めている。スマートフォンが震えてメッセージを告げている。構っている余裕などなく書き続けた。なにもないところからなにかを生み出す。ゼロを1にする。それがどれだけ力のいることか承知の上で、編集者は作家に頼むことしかできない。

□□■□□■□□

［薫風館　Salyu編集長　二階堂絵理さま］
おつかれさまです。漫画完結編ですが、長野までお願いしに行き、なんとか描いてもらえる運びとなりました。これで掲載と小説刊行を合わせることができます。二階堂さんにも随分気を揉ませてしまいました。代わりと言ってはなんですが朗報です。
うちのWebメディアと『Salyu』の連動特集に、伊藤勇星《いとうゆうせい》さんのコメントをいただけることになりました。ご存じのように若手俳優の中では人気実力共に高く、読書家としても有名な方です。今冬、うちの漫画原作で伊藤さん主演の映画が公開されます。そのインタビューのついでにゲラを渡したところ、すぐ読んでくださったそうです（やった〜）
［柊光社　ヤングラッシュ編集長　植木渋柿］

『やった〜』というゆるすぎる締め方に笑うと、後輩の弓田《ゆみた》ちゃんがこちらを見た。

「二階堂さん、珍しく機嫌いいですね」

「珍しいってなによ。わたし、そんなにいつも怒ってる？」

「怒ってはないけど疲れてます。目の下とか特に」

鋭い指摘に、思わず目の下に指を当てた。確かにクマがひどいしむくんでいる。すべて忙しさのせいだ。月刊誌の仕事に加え、櫂くんの小説刊行も迫っている。

単行本の顔とも言える装幀をどうするか、デザイナーとの打ち合わせ。柊光社との合同フェアに参加してくれる書店へ配付するプルーフ作成。懇意にしているライター、雑誌の編集者、書評家、各SNSのブックインフルエンサーなどへ、小説を紹介してくれるようお願い行脚。休日など取れるはずがなく、先日の三連休も忙殺され、裕一は文句も言わずに遊び仲間とゴルフ旅行へ出かけてくれた。

「旦那さん、夫の鑑《かがみ》ですね」

「そうね。広告代理店勤めだから忙しさに理解があるっていうか」

「いいなあ。うちの彼氏、そのあたりほんとにダメダメで」

「亭主関白なの？」

「いいえ。わたしのことすごく好きでいてくれて、ずっとプロポーズされてます」

「愚痴《ぐち》のフリしたのろけ？」

からかってみたが、弓田ちゃんは笑わなかった。

「彼は結婚したら早く子供がほしいって言うんです。きっとかわいいって。でも彼が育児休暇を取るって話は出ません。わたしのこと、絶対にいいお母さんになれるからって励《はげ》ましてくれるけど、的外れすぎてどこから話し合えばいいのやら」

そっちか、とわたしは腕組みで天井を見上げた。弓田ちゃんは優秀な編集者で、今が昇り調子の旬《しゅん》な作家を多く担当している。しかし出産と育児はキャリアの中断を意味する。表向きは不利はないとされているけれど、それでも現実はいろいろとある。産休、育休中に担当作家の新作を他社にかっさらわれたなんて話はよくある。

友人のひとりは、先日、卵子を凍結保存したそうだ。仕事を持つ三十代の女ばかりの集まりで、その話は大いに盛り上がった。昔から女性に求められるものと、現代の女性として求められるものとのギャップをどう埋めるか。それがあまりに個人の裁量任せになっていることについて。そして卵子の凍結保存もやってみると楽ではないことも。

「結婚ってなんなんでしょう」

弓田ちゃんが手元のゲラに目を落とした。

「恋人としてのわたしは彼が好きで結婚したいと思ってる。なのに仕事をしているわたしがストップをかけるんです。ほんとにそれでいいの、よく考えてって」

自問自答する本人も、周りの誰も、簡単に大丈夫とは言えない。編集部内のざわめきだけがわたしたちを取り囲む中、弓田ちゃんがふっと息を吐いた。

「二階堂さんもたまには旦那さんを大事にしてあげてください」

「どういう結論よ」

「せっかくの理想の旦那さんを逃がさないためにも」

考えておくと笑い、わたしたちは仕事に戻った。

午後になって、夜の会食をキャンセルしたいという連絡がきた。やることはいくらでもあるけれど、裕一に予定を訊くと、じゃあぼくも早めに切り上げると返ってきたので、スーパーに寄って高い牛肉を奮発した。帰宅してからビーフシチューを煮込んで、八時を過ぎたころ裕一が帰ってきた。リビングに入ってくるなり、いい匂《にお》いがすると嬉しそうに鼻をくんくんさせる。キッチンにやってきて、鍋《なべ》の蓋を開けて歓声を上げた。

「どうしたの。ご飯作ってくれるなんて」

「最近ずっと忙しかったから。食べる？」

「食べる食べる。先にシャワー浴びてくるね」

「じゃあ用意しておく」

パンとサラダを出し、脱衣所に裕一のパジャマと下着を用意しておいた。若干サービスが過ぎるけれど、たまのことなので機嫌よくできる。これが毎日となるとパンクする。わたしたち夫婦は、そのあたりのバランスがうまく取れているのだろう。

パジャマに着替えた裕一がリビングに戻ってきた。ダイニングテーブルに向かい合って座り、いただきますと手を合わせる。ひとくち目で、おいしい、と裕一がうなずいた。

「絵理ちゃんのビーフシチューは本当にうまいんだよな」

「ほっといたらできあがる料理は得意なの」

笑い合い、仕事の話は特にせず、友人たちのことや最近のニュースについて話した。構える必要もなく、時間が穏やかに流れていく。たまには仕事よりも家庭を優先することも大事だ。幸せな気分に浸っていると、絵理ちゃん、と裕一がスプーンを置いた。

「少し話をしていい?」

妙に改まって問われ、うん、とわたしもスプーンを置いた。また子供の話だろうか。久しぶりにゆっくりした時間を過ごしていたので面倒に思ったけれど、それは常に話し合わなくてはいけない問題だった。わたしとしては正直に今の仕事の状態を告げ、もう少し待ってほしいとお願いするしかできないけれど——。

「離婚してほしい」

一瞬、言葉の意味を見失った。

「え、なに?」

「離婚してほしい」

間髪をいれず同じ言葉を繰り返される。わたしはぽかんとした。じわり……と足下から水が染《し》むように少しずつ意味が浸透してくる。まさか本気ではないだろう。馬鹿のように口を開けていると、裕一が立ち上がった。

「ごちそうさま。すごくおいしかった。洗いものはぼくがするね」

固まっているわたしに微笑みかけ、いつもと変わらず食べ終えた皿を下げ、パジャマの袖をまくって皿を洗っていく。わたしは呆然《ぼうぜん》と問い返した。

「離婚って？」

「うん。そろそろいいだろう」

「そろそろってなに？」

夫婦間でそんな話をした覚えはない。

「悪いんだけど、もう少し順を追って話してくれない？」

そうだなあ、と裕一はスポンジに洗剤をつけ足した。

「子供をどうするかって、ぼくはずっと前から絵理ちゃんに訊いてたよね。そのたびに絵理ちゃんは『仕事が楽しいから、もう少し待ってほしい』って答えた」

話しながら、裕一は顎《あご》へ跳ねた水を手の甲で拭《ぬぐ》った。動作によどみがない。

「絵理ちゃんには、もう少しもう少しっていう細切れの繰り返しだったんだろうけど、ぼくにとってはずっとひと続きの待ち時間だった。その間、ぼくの人生は停滞してたんだよ」

ようやく理解が追いつきはじめ、待って、とわたしは立ち上がった。

「ごめんなさい、わたしが悪かったわ。ちゃんと話し合いましょう」

裕一は驚いた顔をした。

「謝らなくていいんだ。絵理ちゃんはなにも悪くないんだから」

「でも離婚したいって言ったじゃない」

「それはどちらが悪いって話じゃないよ。出産でキャリアを中断したくないっていう絵理ちゃんの気持ちは無視しちゃいけないものだし、そもそもぼくは仕事をしている絵理ちゃんを好きになって結婚したんだから、いまさら仕事を辞めろなんて勝手だよね？」

どうしてわたしが諭《さと》されているのだろう。けれど裕一の言っていることは正しく、常々わたし自身が言っていることでもあり、わたしはうなずくしかない。

「毎回繰り返し言ってるけど、出産で身体にも気持ちにも負担がかかるのは女の人のほうだ。だから子供を産む産まないの選択権はぼくじゃなくて絵理ちゃんにあるべきだ。でもそれと並行して、ぼくは自分の子供を持ちたい。このふたつの話は同じように見えて実はちがう。これは、ぼくたちそれぞれの自由と権利の話。ぼくは自分の自由や権利を侵されたくないし、他人のそれも尊重したい。ぼくは間違ってる？」

首を横に振った。どこにも異を唱える隙《すき》がない。

「この問題について、ぼくは随分と長く待ったつもりだよ。でも絵理ちゃんの答えは変わらなかった。その間にもぼくは年齢を重ねていく。女の人ほど切実ではないかもしれないけど、男だって子供を持つことのタイムリミットは考えるよ。できれば仕事が現役のうちに、定年退職する前に子供を成人させたい、落ち着いて老後を迎えたいとか」

もっともだ。もっともだ。もっともだけれど——。

「待って、ねえ、お願い、わたしにも少し話をさせて」

「ああ、ごめん、ぼくばっかり話して」

皿をゆすぎ終えた裕一がどうぞと聞く態勢を取る。いきなり妻に離婚を切り出している夫という立場からは考えられないほど落ち着いている。なんだか鳥肌が立つ。

「ごめんなさい。ああ、ちがう、待って、わたしが謝ることじゃない。でもわたしは感情的な部分を言ってるの。裕一くんの気持ちを考えなかったことに対して謝りたいの」

「ありがとう。絵理ちゃんは優しいね」

裕一の表情がほろりと崩れ、ようやく話し合いの糸口を見つけられた。

「ううん、わたしの考えが足りなかった。子供がほしいっていう裕一くんの気持ち、離婚を考えるほど本気だって思ってなかった。でも、ここからは真剣に考えるから」

裕一は捨てられた犬のような目をした。なんだか芝居がかっている。

「そうか。ぼくが何年も時間をかけて訴えてきたことを、絵理ちゃんはずっといいかげんに扱ってきたんだね。ぼくはその程度の存在だったんだ。そのほうが悲しいよ」

悲しみすら理路整然としている。わたしはふたたび言葉を失った。

「真剣に考えても絵理ちゃんは変わらないよ。いや、変わっちゃいけないんだ。ぼくのためにやりたいことを我慢して自分の道を歪《ゆが》めたら、将来きみは後悔する」

裕一は優しく微笑んだ。ぞっとするほど体温を感じない完璧な笑顔。

「ぼくは、自分の都合で誰かの人生を変えることは暴力だと思ってる。ぼくは誰にもそんなことはしたくないし、誰かにそんなことをされるのもいやだ。絵理ちゃんがぼくにこれ以上時間がほしいって言うのは、その暴力だよ？」

完全に負けた。わたしの胸に見えないナイフを突き立てると、裕一はパジャマのポケットに手を入れ、取り出したものをキッチンカウンターに広げた。

「判子は押してあるから」

離婚届だった。おいしいねとご飯を食べながら、ふたりで笑い合いながら、裕一はこれを忍ばせていたのだ。いや、ずっとそうだったのだ。ひとつベッドで眠りながら、キスをしながら、セックスをしながら、静かに終わりへのカウントダウンをしていたのだ。恐怖で指先が冷たくなっていく。裕一に対してではなく、他者の心の内など本当のところはわからないのだという単純な現実に。すっかり力が抜け、すとんと椅子に座り直した。

「これからどうするの？」

力なく問いかけた。

「再婚する。年齢的にも早く子供がほしいから」

突き刺さったままの刃物を、内臓ごとぐるりと回された気がした。血が噴《ふ》き出《だ》す。わたしはもう少し近い、わたしたち夫婦が離婚するまでの流れを訊いたつもりだったのに、裕一が見ているのはもっと先の未来だった。裕一の人生にすでにわたしはいない、もしくは前妻という、『終わったコンテンツ』としてのみ在ることを思い知らされた。

「とりあえず、来年の夏までに式を挙げたいって言われてるんだ」

「式？」

「結婚しようと思ってる人が、来年の八月で三十歳になるんだ。その前にって」

裕一はなにを言ってるのだろう。わたしはのろのろと首をかしげた。

「絵理ちゃんとの結婚生活を見直すのと並行して、再婚相手を探してたんだ。もちろん不倫なんてしてないよ。彼女には今の状況を伝えて、離婚したら結婚してほしいって申し込んだ。彼女は年内にぼくが独身に戻れたらって条件で承知してくれた」

——なんなの、それ。

——あんたたち、頭おかしいんじゃない？

そう毒づく気力すら奪われた。不倫はしていない、という言葉は本当だろう。有責配偶者になると離婚しづらくなる。時間もお金も奪われるそんな馬鹿なことを、諍いと無駄をなによりきらう裕一がするはずがない。法的に裕一には落ち度がなく、事実だけ拾い上げるならば、何年も根気よく話し合いを続けたフェアな夫ですらある。

感情を排して理性だけで判断するならば、経済力のある物わかりのいい理想の夫と営む現代的な結婚、という女にだけ都合のいい幻想に甘えて、わたしは裕一の人生を奪っていた。それは家事万能で貞淑で口答えをしない理想の妻と営む保守的な結婚、という男にだけ都合のいい幻想となにがちがうのだろう。

結婚ってなんなんでしょう——手の届かない遠くを眺《なが》めるような弓田ちゃんの目を思い出す。わたしたちは、わたしたち自身の理想に頰をひっぱたかれ続けている。

「絵理ちゃん、わかってくれてありがとうね」

さまざまに渦巻く感情に耐えているわたしの肩にそっと手をかけると、おやすみ、と裕一はリビングを出ていった。静かな部屋でぼんやりしているうち、ふいに室内に立ちこめるビーフシチューの匂いが鼻についた。ふくよかに満ちた肉と酒の香り。

立ち上がり、つけっぱなしだったエプロンを外してソファに放り投げた。この馬鹿みたいな香りから逃げたい。疲れたので横になりたい。でも寝室には行きたくない。裕一と同じベッドでは眠れない。

ウォークインクロゼットへ行き、ジャケットを羽織《はお》って家を出た。どこへ行こうか。スマートフォンを見ると、たかが数時間の間に連絡が山のようにきている。会社に行けばやることはたくさんある。呼び出せば誰かが飲みにつきあってくれる。

大丈夫。大丈夫。平気。平気。

大股で歩き続け、赤信号で立ち止まった。夜の中に所在なく立っていると、じわじわと怖くなってくる。自分を動かしていないと、足下にぽっかり開いた穴に落ちていきそうに感じる。走ってきたタクシーを停め、新宿へ向かった。つきあいのある作家から、みんなで飲んでるからおいでというメッセージがあった。狭い階段を上がっていき、店のドアを開けると、カウンターと三席だけのボックス席に見知った顔が並んでいた。

「二階堂さん、きてくれたの」

谷村《たにむら》先生がご機嫌な様子で手を振ってくる。酒好きな売れっ子ミステリ作家で、今夜も席には各社の担当編集者がそろっている。お邪魔しますと端《はし》に腰を下ろし、ウイスキーをロックで注文すると、谷村先生が「やる気だねえ」と喜んで手を叩《たた》いた。

「二階堂さんはいつだってやる気満々でしょ」

斜め前に座っている顔見知り程度の編集者が言った。確か三葉《みつば》出版。

「青埜櫂のデビュー作、発売前からあちこちで話題だね」

「え、なに、聞いたことない。なに賞の新人さん？」

谷村先生が興味を示し、別の編集者がざっと流れを説明した。

「ああ、もう亡くなってるのか。週刊誌もひどいけど、今はＳＮＳのほうが怖いよ。一般人の無自覚な悪意ってほんとたち悪い。有名税ってだけじゃやってらんない」

谷村先生が肩を落とす。ハードな作風に反して優しい人なのだ。

「そのとおりですよ。けどそういう悲劇すら逆手《さかて》に取る二階堂さんはすごい。柊光社と手を組んで漫画とコラボして売り出そうとするんだから、うまくやったよね」

あきらかに棘《とげ》を感じる口調だった。

「うまくやったというのは、少しちがう気がしますけど」

「柊光社の担当って植木さんでしょ。あの人も仕事できるよねえ」

わたしの話、聞いてますか――と喉《のど》まで出かかった。

「漫画畑はよく知らないけど、植木さんっていろいろ有名でしょ。よその雑誌の作家にまで声かけて、隙あらば引き抜くって評判だよ。有坂誠《ありさかまこと》さんの『ア・カペラ』だってデビュー版元でやるはずだったのに、しつこく口説いて『ヤングラッシュ』で連載させたって聞いてる。それが大ヒットで本人は編集長昇進。にこやかだけど腹は黒い人だよね」

「引き抜きなんて普通のことじゃない？　ぼくだってあちこちで書いてるよ」

不穏な気配を感じたのか、谷村先生が取りなすように言った。

「文芸だと当たり前ですけど、漫画は基本は専属なんですよ。よその雑誌の作家を引き抜くのは横紙破りっていうか、特に有坂さんみたいな売れっ子を――」

「有坂さんは今でこそ売れっ子ですけど、当時はデビュー版元で放置されてメンタル的に潰《つぶ》れかかってたんです。植木さんが声をかけたのはそのころですよ」

みんながわたしを見た。

「有坂さんはデビュー版元で初連載が打ち切りになったあと、『ア・カペラ』のアイデアをボツにされ続けてたんです。その間ずっと植木さんが相談にのって励ましていた。あなたはいつか絶対日の目を見る作家だ、ぼくは信じていますって」

才能があってもヒット作に恵まれない作家は星の数ほどいる。それでもコツコツと書き続け、作家の才能を信じてくれる編集者と出会うことで花開く。プロだから才能はあって当然の世界で、成功するにはさらに努力と運がいる。

「植木さんが引っ張ってきた作家が『ヤングラッシュ』でブレイクすることが多いのは、植木さんに作家の才能を見抜く目と、花が咲くまでじっと待つ胆力があるって話でしょう。恨むなら、金の卵を放置していた自分の見る目のなさを恨むべきでは？」

「い、いやあ、ぼくは植木さんとは面識もないし、そういう話を聞いたってだけで」

「ああ、噂話ですか。なんの根拠もない無責任な」

三葉出版の編集者が言葉に詰まった。

「ちなみに、わたしが青埜櫂の才能に惚れて声をかけたのは九年ほど前です。九年かけて改稿を重ねて、ようやく最初で最後の一作を世に出せるところまできました。植木さんは二十年くらいでしょうかね。デビュー前から大事に育ててきた作家の、未完のまま遺作になった物語を、十年かけてやっと復刊に漕《こ》ぎ着《つ》けた。それを『うまくやった』と？」

座がしんと静まり返った。みんなが気まずそうにうつむいている。ああ、やってしまった。わたしは残りのウイスキーを飲み干して立ち上がった。

「谷村先生、すみません。今夜は失礼します」

「ああ、うん、いいよいいよ。またいつでもおいで」

頭を下げ、わたしは出口へと向かった。最悪だ。せっかくの酒席を台無しにした。あのいけすかない編集者はともかく、谷村先生には申し訳ないことをしてしまった。明日にでもお詫《わ》びの手紙を書こう。店を出ようとしたとき、ドア付近に立っていた男がわたしのあとをついてくるように一緒に出てきた。わたしは眉根を寄せた。

「白尾先生?」

「よ、久しぶり」

トレードマークである黒のキャップのつばの下で目を細める。元担当作家であり、かつての不倫相手だった男だ。しかめっ面のわたしを白尾先生がにやにやと見ている。

「白尾先生、どうしてここに?」

「谷村さんに呼ばれて顔出したら、ちょうどきみが一席ぶってたから」

「ぶってません」

「なかなか、かっこよかったよ」

階段を下りるわたしのあとを白尾先生がついてくる。店に戻らないのかと問うと、おもしろくなさそうだからと返された。ふたりで夜の新宿を歩くなんて何年ぶりだろう。あのころよく待ち合わせたバーの看板が目に入る。

「なんかあったのか」

「なにがです」

「あの程度の煽《あお》り、今のきみなら鼻であしらえただろうに」

今のきみ——思わず笑ってしまった。

「白尾先生には、ずいぶんと鍛《きた》えていただきました」

「いやいや、最終的には俺のほうが鍛えられましたよ」

終幕を思い出して、お互い少し黙り込んだ。子供が成人したら離婚するなんていう男の常套《じょうとう》句《く》を信じて散々泣いたり喚《わめ》いたり、みっともない様をさらした。刺し違える覚悟と口にしたこともあるけれど、本音ではわたしだってキャリアを捨てる勇気はなかった。大人同士、最終的に白尾先生の最新作をもらうことで落着させたのだ。

「ほんとに悪かったと思ってるよ」

「そうなんですか？」

「俺とのこと、結果、きみのほうがずいぶんと悪く言われただろう」

「家庭のある人を欲したんです。覚悟していました」

とはいえ、わたしが女としても編集者としても惨《みじ》めに凋落《ちょうらく》したなら、そこまで非難はされなかっただろう。揶揄と共に同情されたかもしれない。けれど白尾先生と組んだ物語は大ヒットした。男は仕事で成功すれば女性問題のしくじりは大目に見てもらえる。業界によっては芸の肥やしと評される。女は成功すると、その分まで厳しく罰せられる。理不尽この上ないけれど、同情されるくらいなら妬《ねた》まれるほうが百倍いいとも思う。

「誰になんて言われようと平気です。そんなことより」

ほしいものがあったんです——と夜空を見上げた。

「あのときのきみは怖かったなあ。鬼のようだった。ここはエピソードを入れ替えたほうが鮮明になる、この表現を練り直せ、果ては人物がぶれていると言いたい放題だった」

そうだった。最初で最後として組んだ白尾先生の原稿に、わたしは物語を叩き斬る覚悟で赤を入れた。激怒した白尾先生におまえは何様だと怒鳴られたほど——。

「先生も怖かったですよ。わたし『おまえ』って呼ばれたの初めてでした」

「あれは悪かった。忘れてくれ」

「忘れません。ずっと覚えています」

白尾先生はバツが悪そうに肩をすくめた。

「ああ、そういう意味の『忘れない』じゃありません。誤解しないでください」

わかってるよ、と歩きながら肩をぶつけられた。

「俺にとっても、きみはもう女じゃない」

「ええ、作家と編集者です」

「ついでに恩人だな」

予想外の言葉に白尾先生を見た。

「きみに横っ面を張り飛ばされて、俺は作家として生き返ったんだから」

驚いた。白尾先生にその自覚があったとは――。

「あのとき俺は作家としてやばいところにいた。みんな、そのことに気づいてた。でも誰もそれを俺に気づかせないようにしていた。きみ以外は」

返事をしないことで肯定した。人気が出れば出るほど、編集者は作家の世界観を大事にして、あるいは機嫌を損《そこ》ねないよう原稿に手を入れなくなる。

当時の白尾先生は充分に人気作家だったけれど、じわじわと部数は下がっていた。それもしかたない。なにを出してもある程度は売れてしまい、自分でも納得していないものに評価が与えられる。よほど自分に厳しくない限り、そのうち楽をして手癖で書くようになる。頼りの編集者ですらそれを指摘しなくなるので、作家は自覚もできない。

「赤を入れられないことは、ベテラン作家にとって一番怖いことだよ」

底の見えない出版不況の中、作家は昔のように大きな文学賞を獲れば一生安泰の仕事ではなくなった。気を抜けば部数は下がっていく。気を抜かずとも、おもしろくなければ下がっていく。

新人はどんどん出てくる。一作一作が真剣勝負だ。

数字的にはまだ充分売れっ子だった白尾先生の原稿に、あれほどの赤を入れるのは編集者としても覚悟のいることだった。白尾先生には激怒され、けれどわたしはけっして手をゆるめなかった。白尾先生と作る最初で最後だろう物語を、どうしても白尾先生の最高傑作にしたかったのだ。それが編集者としてのわたしの決着の付け方だった。

「不倫相手に縋《すが》って、手切れ金代わりに新作をせびって成功したがめつい女。そんな陰口《かげぐち》とは逆に、実はきみのほうが先に女として俺に見切りをつけていた。その上で編集者として俺という作家を復活させた。あれは、きみなりの俺への詫びだったんだ」

「美化しすぎです」

素直じゃねえなあと白尾先生が言う。

「まあ、ちがうならちがうでいいんだけど」

ちらりと横目で見ると、白尾先生は目を伏せて恥ずかしそうに笑っていた。

――好きだったなあ。こういうところ。

若いころから売れっ子作家としてもてはやされ、強気で露悪的。そんな白尾先生が、たまに見せる物慣れない笑顔。『社会的に成功している男がふとしたときに見せる少年性』というよくあるパターンに、わたしもご多分に洩《も》れず嵌《は》まっていたのだ。

「旦那、元気なの？」

唐突に問われた。

「元気です」

「うまくやってんの？」

「やってます」

大嘘をついた。

「なんだよ、つまんねえなあ。きみの旦那、映画の仕事で一度会ったことあるけど、一緒に酒飲みたくないやつだったよ。仕事はできるし愛想《あいそう》もいいけど、目が笑ってなくて得体がしれない」

今となれば、なんとなくわかる気がする。

「裕一は現代的でフェアな人ですよ」

「表向きはな」

「家でもそのままです。友人たちにも理想の旦那って絶賛されてます」

なにが理想だよとせせら笑われた。

「現代的な男ってのは、現代的な女にとって都合のいい男ってことだろう。それは社会性を前提とした『こうあるべき』って表向きの姿な。社会を構成する一員として、俺たちはそうでなくちゃいけないよ。けど家に帰ってまでそんなやついるかよ。いたら我慢してるか頭がイカれてるかのどっちかだ。あ、今、極論すぎるって目で俺を見たな？」

「いいえ、興味深いなあと思っただけです」

「けど極論になるのが当たり前なんだよ。男と女は対極にあるのが自然だからだ。おんなじもん同士で子供は作れない。種の保存っていう自然に基づいた対立構造なわけ。相手の立場を尊重して認め合うことはできても、同化することは本能としてできない」

そのとおりだ。そんなことはみんなわかった上で『公正』であろうとしている。そして裕一はその『公正』さを盾に、女性を尊重した現代的な離婚を突きつけてきた。

「とにかく、理想なんて追い求めすぎちゃいけないんだよ」

「そうでしょうか」

「そうだよ。完璧ってのはそもそもが間違ってるってことなんだ」

なるほど、となぜかすとんと腑《ふ》に落ちた。

「『美しく理想どおりに整った愛などない。歪こそが愛の本質なのである。』」

つぶやくと、白尾先生がこちらを見た。

「え、すごいな。覚えてるの？」

「どれだけゲラ読み込んだと思ってるんですか」

わたしたちが組んで作り上げた白尾廉の最高傑作、『悪食』の一節だ。

「なんか嬉しくなった。落ち着いたら続編やるか」

「本当ですか。いつ落ち着くんですか？」

編集者として思いきり食いついた。

「わからん。気が向いたときが落ち着いたときだ」

なんですかそれ、とふたりで笑いながら歩いた。大通りに出る前に、もう少し飲んでいくわと白尾先生が昔から馴染《なじ》みにしている店へと足を向けた。

「一緒にどう？」

「仕事が残っているので会社に帰ります」

「せめて戻るって言えよ。寂しいだろ」

白尾先生はひらひらと手を振ってビルの階段を下りていった。わたしは大通りに出てタクシーを拾おうとした。けれどふいにぜんぶが億劫《おっくう》になり、通りに面した店のショーウインドウに背中をあずけた。片足を浮かせてパンプスの痛みを分散させながら、行き交う人波をぼんやりと眺める。疲れた。単純に、深く、疲れた。

——せめて戻るって言えよ。寂しいだろ。

わたしは寂しいのだろうか。客観的に見れば、夜の街でこうしてひとり、どこにも帰れないでいる女は寂しく映るだろう。一日働いたあと帰って食事を作り、夫に離婚を申し渡され、すっかり化粧もはげた三十代半《なか》ばの女の顔を想像してみる。最低もいいところだ。うつむくと泣いてしまいそうで、ぐっと顎を上げた。

「二階堂さん？」

声をかけられ、のろのろとそちらを見た。

シャツにチノパンツ、リュックサックという軽装の植木さんがいた。

「どうしたの。こんなところでぼけっとして」

返事をするまでに数秒かかった。

「飲み会のあと。植木さんは？」

「打ち合わせがてら会食の帰り。いる？」

水のペットボトルを差し出された。封を切り、ひとくち飲むと喉が渇いていたのだとわかった。静かに、ゆっくりと染み渡っていく感覚に安堵して目を閉じた。

「二階堂さんはなんでもうまそうに飲むなあ」

言いながら、植木さんもショーウインドウにもたれた。ふうっと軽く息をついて、通りを行く人たちを眺めている。いつもよく話す植木さんが今夜は無口だ。どうしたのだろうと考えて、誰かのことを考えられるくらいの余力が生まれたことを知る。たったひとくち分の水のおかげ。それをくれた植木さんのおかげ。

「疲れたねえ」

同時につぶやいてしまい、顔を見合わせて笑った。

「今日、いろいろ大変だったの。植木さんも？」

「うん、いろいろ大変だった」

なにが大変だったのとは問わず、言わず、ふたりで夜の街を眺めた。

「疲れちゃうよね」

「ほんと、疲れちゃう」

「いやんなっちゃうよね」

「ほんと、いやんなっちゃう」

「でもがんばんないとね」

「ほんと、がんばんないと」

少しも具体的じゃない。喜びも怒りも哀しみも楽しさも人それぞれで、けれど隣に同じように疲れて、それでも膝をつかない人がいる。それがひどく心強かった。

「『美しく理想どおりに整った愛などない。』」

「どうしたどうした。急に」

「ちょっとね。多分、きっと、そんなの叶《かな》わぬ夢なんだろうなって」

植木さんが笑うのをやめた。短い沈黙が落ちる。

「それでも」

植木さんがつぶやいた。

「追いかけるのをやめたら、それが本当の夢の終わりだよ」

えっと隣を見ると、植木さんは夜空を見上げていた。

「だから、俺は、これからも追い続ける」

――植木さんが『俺』って言うときは本気なんやで。

糴くんがよくそう言っていたことを思い出した。

この人も、今日、なにかがあったのだろう。

いろんな想《おも》いを飲み込んで、今、ここにいるんだろう。

「植木さんは強いなあ」

「逆だよ。弱いからふんばらないといけない」

ああ、そうかもしれない。本当に強い人はもっとしたたかに、しなりながら新しい自分を作り直す。わたしは、しなったら折れてしまう気がする。だから必死で曲がらないようふんばるしかない。負けるな、負けるなと自分に言い聞かせて。

白尾先生と別れたときもそうだった。鬼のようだと言われるほど赤を入れ、白尾先生に怒鳴られたとき、怯《おび》える一方で、けっして退かない、負けないと自分を立たせた。女としては見ることができなかった白尾先生の本気を、編集者として見ることができたとき、わたしは本当の意味で『仕事を信じる』ことができた。どれだけ内心で血を流そうと、わたしにはわたしの聖域があり、それはこれから一生わたしを支えてくれるだろうと。

「うん、そうね。今、折れるわけにはいかない」

深く息を吸い込んで、植木さんと並んで夜空を見上げた。ビルとビルに細かく区切られて、人工のネオンに華やぐ空に星は見えない。けれど確かにそこに在る。

「どこか飲みにいく?」

「ううん、会社帰って仕事する」

働き方改革。働きすぎる上司は部下の迷惑。有休はすべて消化するのが望ましい。わかっている。わかっているけれど、今夜だけは自分のために仕事をしたい。通りへと一歩踏み出したとき、わずかによろめいた。咄嗟《とっさ》に植木さんが支えてくれて、ありがとうと顔を上げると至近距離で目が合った。顔が近くて焦ってしまう。

「ごめん」

同じタイミングで謝り、同じタイミングで身体を離し、タクシーを停めて乗り込んだ。走り出すまで、植木さんはどこか緊張した面持ちで見送ってくれていた。

——なんだか、今、ちょっと危なかったような。

窓の向こうを流れる景色をしばらく眺め、ないな、とシートに深くもたれた。植木さんを尊敬しているし、人として好きだし、きっかけさえあればあっという間に恋をしてしまうかもしれない。けれど、今のわたしは、それを選ばない。植木さんもそうだろう。わたしたちは恋をするより仕事をするほうがずっと楽しいし、ずっと自由でいられるし、ずっと遠く高くまで翔《と》べる。そんな存在は恋人よりも得がたいことを知っている。

スマートフォンが震えてメッセージの着信を告げた。

[絵理さん、谷村先生んとこで暴《あば》れたんだって?]

[三葉の編集者って紺野《こんの》でしょ。ほんとやなやつ]

[二階堂ちゃん、かっこいー]

編集者の友人たちからだった。この業界の噂の速さときたら、と笑った。わたしも植木さんもみんなも、それぞれの場所でがんばっている。わたしもまだやれる。

「なにかいいことあったんですか?」

タクシーの運転手から問われた。まだ若い女性の声。

「そう見える?」

「はい、とても楽しそうです」

そう言われ、裕一との件を忘れていたことに気がついた。とはいえこの高揚《こうよう》は一時的なもので、明日になればやはり血は噴き出るだろうし、痛みにのたうち回ることもわかっている。それでも、一番しんどい今夜を乗り切る力をくれた人たちに感謝したい。

「今日、離婚したの」

正確にはする予定なのだけれど。

「そうなんですね。おめでとうございます」

若い女性の運転手は朗《ほが》らかに言った。ハンドルをにぎる手がおろしたてのような真っ白い手袋に包まれている。清潔なその手が、わたしを次の場所へと連れていく。

□□■□□■□□

［柊光社　ヤングラッシュ編集長　植木渋柿さま］
おつかれさまです。印刷所からゲラが上がってきました。著者不在のゲラ作業は初めてなので修正には神経を使いますが、必ずいいものにしてみせます。
漫画完結編の進行はどうですか。前に見せてもらったネーム、いいものではあったけれど、櫂くんと尚人くんの漫画を踏襲しすぎているというか、さとるくんのカラーがあまり感じられなかったというか。今回の趣旨を考えるとそれが正解なのでしょうか。悩ましいと思いますが、植木さんならクリアできると信じています。がんばって！

［薫風館　Salyu編集長　二階堂絵理］

スマートフォンで二階堂さんからの心強いメールを確認し、ぼくは正面のパソコン画面に映っているさとるくんに意識を戻した。ちょうどオンラインでネームの打ち合わせをしていたのだ。かれこれ一時間ほど話しているが、なかなか出口が見つからない。

『櫂と尚人なら、こう描いたと思うんですよね』

さとるくんの言いたいことはわかる。そうだろうとぼくも思う。現時点でも合格ラインをクリアしている。早逝したクリエイターの未完の作を引き継ぐ『器』として捉《とら》えれば、合格ラインというあたりさわりのなさこそが正解で、逆に百点以上を目指してはいけないのだとも思う、原典を超えてはいけないという意味で——。

「うん、だよね。でも、なんというか……」

あやふやにくちごもるぼくは、キャリア一年目の新人編集者みたいに『なんかちがうんじゃないか』と思ってしまっている。二階堂さんが懸念しているとおり、今作は櫂くんと尚人くんの漫画であると同時に、さとるくんの漫画でもある。そこでさとるくんが忖度《そんたく》したら、さとるくんがこれを描く意味はどこにあるのだろう。

『何年も待っていたファンが望んでいるのは、櫂と尚人の漫画です。わたしは出過ぎちゃいけない。ファンが望むものを描かなくちゃいけない。今回はそれがプロの仕事だと思って引き受けました。それが不満なら、わたしは引き受けちゃいけなかった』

「さとるくん、ぼくはそんな限定した枠の中での依頼はしていないよ」

『でも植木さん』

画面越し、訴えるように見つめられた。

『櫂と尚人の漫画があんな形で幕引きにされたのが、わたしは本当にいやだったんです。悲しいんじゃない。怒ってました。たかがひとつの週刊誌の記事だけで、それまでふたりが何年もかけて紡いできた物語を否定した連中に、おまえら、ふたりの漫画のなにを読んでたんだよ、なにもわかってなかったんだな、ふざけるなって怒りまくってました。本当のことを言うと、ふたりを守れなかった植木さんや編集部にも怒ってました』

そう言ったとき、言われたぼくではなく、言ったさとるくんのほうが深く傷ついた顔をした。

すみません、とさとるくんがうつむく。

『なにもできなかったのは、わたしも同じなのに』

「いや、ぼくは立場的に責められて当然だから」

『自覚して申し訳ないと思ってる人を、さらに責めた自分に腹を立ててます』

苛立ちを隠さず、さとるくんは思いきり眉根を寄せる。ふいに彼女の現役時代を思い出した。打ち合わせが限界まで詰まったとき、作家が編集者に見せる素の不機嫌さ。現役時代、櫂くんたちと同じく彼女も気難しいと評判だった。こんなときだというのに、ぼくは彼女のその顔をふたたび見られたことが嬉しいと感じた。

『だから、なんて言うか……最初はそういう当時の自分の悔しさとか、怒りとか、ふたりの弔《とむら》い合戦《がっせん》的なこと考えてて、でも描いてるとやっぱり「わたしの漫画」っていう自意識が出てくるんです。プロとしてすべきことはわかってるのに、その自意識の扱いにいらいらして——ああ、ちょっとちがう。わたしはきっと怖がってるんです』

早口で話しながら、長い髪をぐしゃぐしゃとかき回す。

『だってわたしは引退した身なんですよ。わたしには才能がないって、一度自分に見切りつけた人間で、ここで自分のプライド出すような半端《はんぱ》なことをするのって恰好《かっこう》悪いじゃないですか。この仕事が終わったら家庭の主婦に戻るくせに、わたしは――』

さとるくんが口を噤《つぐ》む。彼女が言いたくて、でも言えないことが画面越しにぼくに雪崩《なだ》れ込《こ》んでくる。彼女はふたたび潜りたくなっているのだ。あの窒息しそうに苦しい、水圧で心をぐしゃりと潰されそうな、深い、深い、創作という底のない海へ。

「戻っておいでよ」

さとるくんは髪をかき回すのをやめた。のろのろと顔を上げてぼくを見る。その目は、死にそうな思いをした人間だけが知っている恐怖に怯えていた。

『簡単に言わないでください』

さとるくんの薄い唇《くちびる》が震えている。

『わたしは主婦なんです。夫と子供がいて、家族を支えなくちゃいけないんです』

「主婦が支える側って、そんなこと誰が決めたの。きみが支えてきたように、今度は家族に支えてもらえばいいじゃないか。結婚してたって、子供がいたって、夢を見てもいいじゃないか。闘ってもいいじゃないか」

『うちは田舎《いなか》なんです。そんな絵に描いた理想論なんて通じない。女が働くのは構わない。でも家事もしっかりやる。夫に迷惑はかけない。それが「普通」ってされてる地方なんです。東京とはちがう。今わたしすっごくつまんないこと言ってますよね。でもこっちが現実なんですよ』

さとるくんがぼくをにらみつけて言う。

『編集者に、描く側の怖さなんてわからない』

瞬間、ありありと思い出してしまった。

おまえになにがわかるのかと、あのとき櫂くんもこんな目でぼくを見つめた。

週刊誌の記事が発端で、既刊は絶版、電子書籍も順次配信停止になるということを伝えた直後だった。あのときから、ぼくはずっと後悔している。もう二度とあんな思いはしたくない。助けてくれと伸ばされた手を二度とつかみ損ねたくはないと。

「そうだね。ぼくが言ってるのは理想論だ」

画面越し、さとるくんとしっかり目を合わせた。

「でも、ぼくがなにを語ろうと本当のところは関係ないんだよ。きみの理想を殺せるのはきみだけだ。きみが追いかけるのをやめたら、それが本当の小野寺さとるという作家の終わりだ。でもきみが死にたくないと思うなら、ぼくは全力できみを支える。絶対に見放さない」

さとるくんが息を呑《の》んだ。ぼくは彼女を見据え続ける。

『おかあさーん、ただいまあ』

ふいにかわいらしい声がした。『なにしてるの?』と画面の横から小さな男の子が顔を出し、お仕事中だからダメ、とさとるくんが慌てて男の子を画面から追い出した。

『すみません、子供が帰ってきちゃって』

「いや、長引かせてごめん。とにかくぼくはもう一度ネームを見直します。だからさとるくんも合格ラインとかではなく、自分の物語として練り直してください」

『……はい』

画面を切ったあと、冷めてしまったコーヒーをひとくち飲んだ。気持ちがずっと波だったままで、落ち着くために椅子に深くもたれて目を閉じた。

きみが追いかけるのをやめたら、それが本当の夢の終わり——さとるくんに言ったことを、ぼくはずっと自分に対して言っていた。しんどい局面になるたび繰り返していた。自分の大事な人たちの手を二度と離すなと。しっかりつかんで引き上げるのだと。そうすることで、ぼくはぼく自身を立たせているのだと。

「植木さん」

目を開けると、後輩の司《つかさ》くんが立っていた。困った顔をして、口を開けたり閉じたりしている。なにかトラブっているのはあきらかだった。どうしたのと問う。

「筧《かけい》先生から連絡がきて、ぼくもさっき知ったんですけど」

「なに？」

「筧先生がＳＮＳで炎上してます」

発端はたったひとつのつぶやきらしい。連載している漫画の中で、表現の一部が女性差別に当たるという読者の言葉がじわじわ広がり、数人が説明を求めるメッセージを筧先生のアカウントに飛ばし、身に覚えのない筧先生は相手をブロックした。

「あー……、それはまずかったね」

女性差別問題はＳＮＳでは特に燃えやすく、さらに有名人側が一般人をブロックするのは基本的に悪手だ。案の定、対応が不誠実だとブロックされた相手が怒りのつぶやきを連投し、それをまたフォロワー数が多い人たちに拾われたのが不運だった。

「やっぱりこの漫画家は女性蔑視《べっし》してるって一気に広がっちゃって」

自分でも経緯を確認してみた。最初は読者間のまっとうな議論だったが、ジェンダー問題に敏感な層が入ってきてから騒ぎがひとり歩きしはじめ、筧先生の漫画を読んだこともない人たちが、歪曲《わいきょく》されたネットのまとめ記事だけで判断し、『差別主義者』『恥を知れ』と人格否定や誹《ひ》謗《ぼう》中傷レベルのメッセージを筧先生に送ってひどいことになっている。

「筧先生はどうしてるの？」

「最初は怒ってましたけど、今は……すごく落ち込んで原稿が止まってます」

「だろうね。これだけ一斉に攻撃されたら」

矢を射るほうに自覚はないだろうが、小さな矢でも千本射れば相手は血塗《ちまみ》れになる。下手したら人生ごとねじ曲がる。なのにそのころには相手は自分が矢を射かけたことすら忘れている、もしくは自分は正義を行ったと信じている。

——物事の一面しか見ずに、なにが正義だ。

その結果、尚人くんは命まで絶つことになった。鮮明に当時の憤りが蘇《よみがえ》ったが、意思の力で抑え込んだ。感情的になるな。そんな連中と同じ土俵で勝負する理由はなにひとつない。けれど、それでも、なにもできなかった当時の自分と、SNSでの無責任な誹謗中傷に対する怒りは、この先もぼくの中でけっして風化することはない。

「あの、とりあえず筧先生に謝罪文を出してもらおうと思ってるんですけど」

司くんが言い、ぼくはゆっくりと、しかし厳然たる態度で向き合った。

「必要ない。筧先生にはブロックの解除だけしてもらって」

司くんが目を見開いた。

「あの、でも、騒ぎが大きくなる前に謝っちゃったほうがよくないですか？」

「そもそも発端になった表現、筧先生に差別的な意図はあったの？」

「ありません。漫画をそんな手段に使う人じゃありません」

言い切った司くんが、筧先生と信頼関係を築いていることがわかった。

「だったら必要ない。公式謝罪なんてしたら、それこそ差別的な意図があったと拡大解釈される。それよりもすぐ筧先生のほうに行って。ひとり暮らしだったろう？」

「え？」

「大勢から一斉に攻撃されてるんだ。こういうときは孤独感が募《つの》るものだから、側についてメンタルを守ってあげて。それと会社は全力で作家を守りますと伝えてほしい」

「いいんですか。騒ぎがどうなるかわからないのにそんなこと言って」

「構わない。責任は俺が取る」

あのときぼくが言ってもらいたくて、けれど言ってもらえなかった言葉だった。

それまで、ぼくはいい作品を作ることだけが編集者の使命だと思っていた。そんな自分の甘さを突きつけられ、作家と作品を守るためには力が必要だと思い知った。あれから出世にも意識を向けるようになった。やりすぎだと眉をひそめられることもあった。それでも全力で駆け上がってきたのは、いざというとき大事なものを守るためだ。

「ありがとうございます。あの、でも、これから打ち合わせがあって」

「誰の？」

「仲村《なかむら》トキオさんです。来月の読み切りの」

「わかった。それはぼくが行く」

編集長として、雑誌に関わるすべての作品を把握している。出かける支度をするぼくを司くんが不安そうに見ている。ああ、そうだったとぼくは気がついた。大事なのは作品と作家だけではない。ぼくは過去のぼくと視線を合わせた。

「司くん、大丈夫、心配しなくていい。こっちはぼくに任せて、きみは今は筧先生に集中して。作家と作家の表現を守るのが編集者の仕事だろう」

司くんはぐっと眉根を寄せ、はい、と頭を下げてデスクへと戻っていった。鞄《かばん》を手に小走りで編集部を出ていく司くんを見送っていると、斜め前に座っている内藤《ないとう》さんが、じっとぼくを見ているのに気がついた。うーん、と内藤さんは首をかしげている。

「植木さんって、普段は『ぼく』なのに、気合い入ると『俺』って言いますよね」

「え、そう？」

意識はしていなかった。内藤さんはにやっと笑い仕事に戻った。意外と観察されているのだなと恥ずかしくなってくる。打ち合わせの用意をして、編集部を出てエレベーターを待つ間、静かに、ゆっくりと、腹の底からせり上がってくるものに身を委《ゆだ》ねた。

確かに、編集者に作家の本当の苦しみはわからない。どれだけ寄り添って作品について共に考えようと、最終的に、ぼくたちは作家が創り上げるものを待つしかできない。じっと待って、待って、待って、けれど受け取ってからはぼくたちのターンだ。差し出された物語をぼくたちは全力で読者に届ける。そして作家と作品を全力で守る。

スマートフォンを取り出し、さとるくんのアドレスを表示させた。

——さとるくん、ぼくは、やっぱりきみの物語が好きです。

——もう一度、ぼくたち編集者を信じてください。

多くの言葉は必要なかった。短いメッセージを打ち込んで、送信をタップする。同時にエレベーターの扉が開き、ぼくはぼくが目指す次の場所へと踏み出した。

司くんから引き継いだ打ち合わせのあと、会社に戻って会議。合間に筧先生の件を上に報告し『公式謝罪の必要なし』の確認を取った。司くんにも報告し、司くんからは筧先生の様子を報告してもらった。SNSでの誹謗中傷は続いているが、作品の一番の理解者である担当編集者が側についているのだから大丈夫だと信じている。

夜から来季放送予定のアニメの制作陣と打ち合わせがてら会食をして、解散したときは深夜近かった。心身共に疲れて新宿駅へ向かっていると、二階堂さんを見かけた。通りに面したショーウインドウにもたれて、珍しくぼうっとしている。

「二階堂さん?」

少し迷ったが声をかけた。のろのろとこちらを向いた二階堂さんの顔には疲れがへばりついている。常に抜かりない、武装のようなメイクが崩れて唇が乾いていた。

「どうしたの。こんなところでぼけっとして」

「飲み会のあと。植木さんは?」

「打ち合わせがてら会食の帰り。いる?」

リュックから水のペットボトルを出して渡した。二階堂さんはわずかに迷惑そうな顔をしたけれど受け取った。余計なお節介《せっかい》だったかと思ったが、ひとくち飲んで二階堂さんは少し驚いた顔をしたあと静かに、けれど力強く、水を飲んでいった。細い喉のラインが水の流れに伴って上下する。そうして満足したように目を閉じた。

「二階堂さんはなんでもうまそうに飲むなあ」

お節介ではなかったことに安堵して、ぼくもショーウインドウにもたれた。ふたりで行き交う人や車の流れをぼんやり眺める。いつものべつ幕なしに話すのに、今は特に話さなくてもいい気分だった。話さなくても二階堂さんが疲れていることはわかるし、ぼくが疲れていることもわかられている。しばらくのあと、

「疲れたねえ」

同時につぶやき、お互い笑った。こういうタイミングが合う人は貴重だ。疲れちゃうよね、いやんなっちゃうよね、でもがんばんないとねと交わし合う。

「『美しく理想どおりに整った愛などない。』」

唐突に二階堂さんがつぶやいた。

「どうしたどうした。急に」

「ちょっとね。多分、きっと、そんなの叶わぬ夢なんだろうなって」

彼女の目はぼくではなく、目の前を横切っていく人たちでもなく、もっと遠く、もしくはもっと近く、自分の内側へと向いているように感じた。なんだかわかる。しんどいときほど内省する。自問自答する。これでいいのか。なにか見落としてはいないか。苦しいけれど、もう立ち止まりたいけれど、それでも――。

「追いかけるのをやめたら、それが本当の夢の終わりだよ」

ショーウインドウにもたれて夜空を見上げた。都会のネオンで薄まった夜に星は見えない。けれどそこに在ると信じて目指すしかできない。

「うん、そうね。今、折れるわけにはいかない」

深く息を吸い込んで、二階堂さんも夜空を見上げた。ぼくのしんどさと彼女のしんどさは同じ

ではない。けれどこうして隣同士で見えない星を見上げられる。ただそれだけのことに励まされる。ぼくたちはそれぞれひとりではあるが、孤独ではないのだと。

「どこか飲みにいく?」

「ううん、会社帰って仕事する」

言い切った彼女の顔は、どこかさっぱりしていた。タクシーを停めようと二階堂さんが通りへと一歩踏み出し、その拍子《ひょうし》によろめいたので咄嗟に腕を取って支えた。二階堂さんが顔を上げる。思った以上の至近距離で目が合ったので戸惑った。

「ごめん」

数秒の空白をはさんで、同じタイミングで身体を離した。おつかれさまと二階堂さんはそそくさとタクシーに乗り込み、ぼくは地下鉄で帰宅した。

——さっきのは、ちょっとダメだったな。

不覚にも胸が高鳴ってしまった自分を恥じた。二階堂さんは尊敬できる仕事仲間であり、そういう対象として見るのは失礼だ。それ以前にぼくは既婚者である。しかしやはり二階堂さんは素敵な女性であり——ぐるぐる考えているうちに我が家に着いた。

ただいま……と声には出さず、静かに玄関の鍵《かぎ》を開けた。編集者は朝は比較的ゆっくりだが夜は遅い。帰宅するころには家族はみな寝ている——はずが、今夜は二階のリビングダイニングに灯《あか》りがついていた。

「おかえりなさい」

妻が階段を下りてきて、ぼくはなぜか動揺した。二階堂さんとなにかがあったわけではないのに、なんとなく悪いことをしたような後ろめたさを感じる。

「珍しいな。こんな時間まで起きてるなんて」

「夏樹のこととか、いろいろね」

妻が階段を上がっていき、いつもならぼくは寝室に直行するのだが、今夜はなんとなくついて上がった。途中で妻が怪訝《けげん》そうに振り返った。

「なに？」

「え、なにかあったんだろう。話を聞こうと思って」

「いいわよ。疲れてるんでしょう。早く寝れば」

そうですか、じゃあお先にとは言えない雰囲気だった。妻はリビングダイニングのソファに腰を下ろし、ぼくは冷蔵庫から缶ビールとグラスをふたつ取ってソファに戻った。会食のあとで特に飲みたくもなかったが、普段から会話に乏しい夫婦なので潤滑剤としてのアルコールがほしい。それぞれのグラスにビールを注ぎ、さてと向かい合ったが特に話がはじまらない。

「ええっと、それでなにがあったの？」

水を向けてみると、そうねえと妻はなにから話そうか考える顔をした。豪速で片付けていかねば到底終わらないタスクと一日格闘してへとへとの身体に、このスローリーさは応える。ああ、いや、駄目だ。ここは会社ではなくて家なのだ。

「夏樹の模試《もし》の成績がよかったのよね」

ようやく妻が話しだした。いい内容なので安堵した。

「このままなら、予定よりひとつ上の学校も狙えるって言われたんだけど」

「いいじゃないか。なにをそんなに暗い顔してるの」

そう言うと、妻はぼくの顔を見て溜息をついた。一体なんなんだ。なにが不満なのかわからない。疲れと眠気をこらえているとスマートフォンの振動音がした。ぼくかと思ったら妻だった。ちょっとごめんなさいとメッセージを確認する。

「ママ友。いろいろ悩みを聞いてもらってて」

こんな夜中に——という言葉を飲み込んだ。しかし妻は見逃さなかった。

「ふたりの子供を育ててる共働きのお母さんなの。仕事終わって、こんな遅くまで家事をして、やっと自分の時間が持てたから連絡をくれたのよ」

「ああ、そうなんだ。大変なんだね」

「そう、大変なの。本当ならあなたに相談したいところだけど、あなたに言っても細かなところはわからないし、いちから説明するのも面倒だし、聞くほうも面倒だろうし」

言い方に棘を感じ、ぼくは黙り込んだ。家族なのだからもちろん相談に乗りたいが、現場を知らない上司が的外れなアドバイスをするようなことにならないか。だからといってすべてを把握できるよう常に話を聞ける時間は取れない。ぼくの仕事を一から十まで妻が把握していないのと同じだ。いいや、その言い方はフェアではない。そもそも相談に乗るという姿勢が間違っている。父親なのだから自分事として取り組むべきである。

——そんな絵に描いた理想論なんて通じない。

さとるくんの言葉を思い出した。

——追いかけるのをやめたら、それが本当の夢の終わり。

そんなふうに返したくせに、家に帰ればこのざまである。仕事でできることを、どうして家庭ではできないのか。家庭人としてのぼくは未熟であると認めざるを得ない。

「わたし、そろそろ働こうかと思って」

伏せていた視線を妻の顔に移した。なんだ。いきなり話が飛躍した。

「前から考えてたの。夏樹が中学に上がったらって」

妻は結婚前は会社勤めをしていたが、妊娠をきっかけに家庭に入り、そのまま専業主婦になった。結婚が早かったのもあり、社会人経験は実質四年ほどだ。

「あなたは仕事でほとんど家にいないし、今は子供の世話があるから充実してるけど、そのうち子供たちは独立するし、そうなったときのことを考えるとね」

「なるほど、それはそうだね。いいんじゃないかな」

話の方向がわからないまま、とにかく妻の気持ちに寄り添ってみたのだが、

「そんな簡単に言わないでよ」

と、ふたたび溜息をつかれてしまった。一体なんなんだ。

「夏樹がもうワンランク上の中学に行ったら、勉強についていくの絶対に大変よ。また成績とにらめっこで、本人も不安定になるかもしれない。前にあの子が塾をサボったのもそういう問題なのよ。でも最近は志望校も絞れて落ち着いてたし、このまま無事に受験が終わったら一段落する、そうしたらわたしも仕事できるかなって思ってたの」

ああ、なるほど。ようやく話が見えてきた。

「勉強についていけるかどうかは入学してみないとわからないし、将来のことを考えるなら、少しでもいい学校に行かせてやるべきなんじゃないかな」

「わかってる。わたしの社会復帰より夏樹の将来のほうが大事なことくらい」

ああ、この流れはいけない。フォローの必要を感じた。

「どっちが大事なんてことはないよ。時期的に、今は夏樹の将来を優先してやりたいと思うだけ

で。あと社会復帰って言葉をきみは使ったけど、報酬が発生しないだけで主婦業は立派な仕事だ。ぼくも子供たちもいつも感謝してる」

ありがとうと言うと、妻は嫌そうにぼくを見た。

「え、なに。なにか気に障《さわ》ること言った?」

戸惑うぼくに、言ってない、と妻はますます嫌そうな顔をした。

「むしろ、あなたはいいことを言った。今の時代っぽい、女性や主婦業を軽んじない『いいこと』をね。でもそうやって理解してる夫のふりをしないでほしいの」

「ふりじゃないよ。本当にそう思ってる」

「じゃあ、あなたが代わりに主婦をやってみる? 立派な仕事なんでしょう?」

暴論すぎて、さすがに眉根が寄った。

「ちょっと落ち着こうか。これじゃ話にならないよ」

「そりゃそうでしょう。わたしは最初から話をするつもりなんてなかったの。あなたも疲れてるんだから早く寝ればって言ったのに、話せって言ったのはあなたじゃない」

確かにそうだった。普段から家庭のことは妻に任せきりだという負い目があり、二階堂さんとのこともあったので、たまにはと思ったのだが見事に裏目に出てしまった。

「別に怒ってないからね」

妻は淡々と言った。

「普段仕事仕事でうちはほぼ父親不在だけど、あなたはわたしたちのために一生懸命働いてくれてる。わたしが働く必要なんてないくらいのお給料を稼いでくれる。今の時代にありがたいって感謝してるし、友人からも羨ましがられるくらいよ」

全部わかってるのよ、と言い、妻はそれきりなにも話そうとしない。

今や共働きは当たり前となり、家事は夫婦で負担し合い、男性も育児休暇を取る時代になってきている。二階堂さんのような現代的結婚にぼくも賛成だ。けれどそれは社会を構成する一員としての賛同であり、ひとりの家庭人としてのぼくはまたちがう。

正直、ぼくの仕事は激務だ。頭も身体も常に最速で稼働させていないと、とてもじゃないが追いつかない。優秀だと周りからは評価されている。自負もある。けれどやはり、妻がきっちりと家を守ってくれているのは大きい。能力のほとんどを仕事につぎ込んで走り抜けられるのは、それ以外の部分を妻が支えてくれているからだ。

――やだー、絶滅したと思ってた昭和の亭主がここに。

二階堂さんの文句が聞こえる。ああ、そうだ。現代の男性に必要な正論は正論として、個人としてのぼくは実はいささか古いタイプの男なのだ。そして面と向かっては言えないが、結婚当時の妻は仕事よりも専業主婦を希望するタイプの女だった。ぼくと妻はまったく現代的ではない、しかし個人としては需要と供給が嚙《か》み合《あ》った夫婦だったのだ。

けれど人と人の関係に永遠はあり得ない。これまではうまくやってこられたが、子供の成長に合わせて夫婦の形も変わっていく。妻が働きたいというのなら、今まで支えてもらった分、ぼくは夫としてそれを実現できるよう考えていくべきだ。

「きみの自由にすればいいよ。ぼくは協力する」

数秒間、ぼくたちは見つめ合った。

「ありがとう。でも、いいの」

妻はそう言い、こくりとひとくちビールを飲んだ。言いたいことは山ほどあるだろうに、飲み込んでくれた妻の気持ちを思った。二階堂さんと見つめ合った数秒間とはちがう。胸の高鳴りはなく、代わりにこれまで紡いできた夫婦としての時間の重みを感じる。

「今度の休み、ふたりで温泉でも行こうか」

「なに、急に」

「たまにはいいだろう。子供は実家にあずけてさ」

「仕事大丈夫なの？」

疑わしそうな顔をされた。

「大丈夫にする。どこに行きたい？」

じわりと妻の顔に笑みが広がっていく。妻のこんな顔を見るのは久しぶりだ。どこに行こうかと相談しようとしたときスマートフォンが震えた。今度はぼくで司くんからだ。

「あ、ごめん。これだけはちょっと確認しないと」

途端、妻は笑みを引っ込めた。やばいと思ったときには遅かった。

「はいはい、お好きにどうぞ」

妻はビールを飲み干し、空になったグラスを手にさっさと立ち上がった。

「ちょっと待って。すぐ終わるから」

「もういい。寝る」

「絶対休み取るから、温泉どこ行きたいか考えておいて」

「ほんとに行けるならね」

皮肉っぽく言い、妻は冷蔵庫から小鉢を出してきた。ほうれん草のおひたしだ。

「お酒ばっかじゃなくて、野菜もちゃんと食べてよね」

「食べてるよ。外食でもなるべく意識してる」

「焼き鳥の合間に、せいぜい冷やしトマトをつまむくらいでしょ」

どきりとした。なぜわかるのだ。妻はふんと鼻を鳴らした。

「旅行なんてもうあきらめてるから、せめて健康で長生きしてよね」

表情は不機嫌なまま、けれど伝わってくるものがあった。

うんと答えると、妻がふわあとあくびをした。

「じゃあ、わたし先に寝る。おやすみなさい」

リビングを出ていく妻を見送り、間の悪すぎるメッセージを確認した。

[おつかれさまです。筧先生はかなり元気になって原稿に戻ってくれました。会社は絶対に作家を守ると伝えたら泣いていました。ぼくも今から帰宅します。]

律儀な司くんにおつかれさまでしたと返し、やれやれとおひたしをつまんだ。今日も一日忙しかった。きっと明日も忙しい。けれど妻のために次の休みは死守しよう。

□□■□□■□□

[薫風館　Salyu編集長　二階堂絵理さま]
『汝、星のごとく』発売即重版おめでとう!
こちらも復刊した愛蔵版が好調で重版が決まりました!
相談なのですが、ぼくと二階堂さんに愛媛のテレビ局とラジオ局から出演依頼がきました。瀬戸内が舞台ということで特集したいそうです。どうしましょう?

［柊光社　ヤングラッシュ編集長　植木渋柿］

待ち合わせた焼き鳥屋で、植木さんは先にきてビールを飲んでいた。

「遅れてごめんなさい。注文お願いしまーす」

店員に向かって手を上げると、早い早いと植木さんにツッコまれた。

「忙しすぎて朝からなにも食べてないのよ」

「ぼくもだよ。忙しいとつい食べそびれるよね」

と言いながらも飢餓感が薄い植木さんを待っていられず、さくさく注文していった。

「モツ煮込みと焼きおにぎり、鮭と味噌一個ずつ、串はレバー、ハツ、せせり、つくね、心のこり、うずら卵、納豆巻き、あ、皮も。全部二本ずつ」

「二階堂さん、それと――」

「ハルピンキャベツでしょ」

「それと冷やしトマトともろきゅうもお願いします」

「どうしたの。もしかして食欲ないの？」

問うと、ちょっとね……と植木さんは言葉を濁《にご》した。

「まあ、いいけど。それで植木さん、愛媛の件はＯＫです。校了終わった中旬以降だと助かります。テレビ出演とかしちゃうと、またいろいろ言われそうだけど」

「やり手とか出たがりとか、好き放題言ってくれるよね。まあ言わせておけばいい。ひとりでも多くの読者に届けるためなら、ぼくはなんでもやりますよ」

「わたしもです。気が合いますね」

もう定年退職した先輩に言われたことがある。輝くべきは作家であり、編集者はその星を輝かせる黒子であれと。基本的にはそうあるべきだ。けれど作家が魂を削って書いた物語に少しでも光を当てるためなら、わたしたちも身を削る覚悟を持ちたいと思う。

「あの先輩、今のわたしを見たらどう思うんだろう」

「どう思われてもいいだろう。やり方は人それぞれなんだから」

植木さんはあっさりと言い放った。この人はいつもにこやかで人当たりもやわらかいけれど、自分の中に譲れないなにかを明確に、いやもっと強く、祈りや願いのような形で持っているように感じる。わたしは植木さんのそういう部分を尊敬している。

「全員にわかってもらいたいって思うのが、そもそもの間違いよね」

「どんな傑作も気に入らない人がいるし」

「売れてる本を売れてるからという理由で下に見る人もいる」

「ほんと人それぞれ」

ビールがきたので、互いに発売即重版を祝って乾杯をした。喜びとアルコールが空《す》きっ腹《ぱら》に染み渡っていく。けれどやはりすべてがハッピーにはならない。

「『ヤングラッシュ』、SNSでちょい燃えしてますね」

そう言うと、植木さんは苦笑いを浮かべた。安藤圭くんがあれは真剣な恋愛だったと語ってくれたことをきっかけに、連載の打ち切りや絶版は『ヤングラッシュ』編集部の判断ミスだった、出版社は作家を守るべきだったという意見が飛び交っている。

「世間は手のひら返しが得意だよ。まあそういう批判も含めて愛蔵版がよく動いてるし、作品の再評価につながるなら、ぼくはなんと言われようと構わない」

そう言ったあと、でも、と植木さんは遠い目をした。

「作家を守れってのは、当時言ってほしかったな」

言いたいことはもっと、もっと、山ほどあるだろう。それらをまき散らす代わりに、この人は黙ってやるべきことをやってきたのだ。そして見事に果たした。わたしはビールグラスを植木さんのそれにぶつけた。

「植木さんは守ったじゃない」

「うん？」

「少し前に『ヤングラッシュ』の作家が炎上したとき、公式謝罪は必要ない、出版社は作家を守るってバシッと言い切ったって聞いた。かっこよかったって」

「え、誰から聞いたの？」

「さあ、誰でしょう。この業界せまいから」

いよっ、敏腕編集長と囃《はや》すと、やめてーと植木さんは手で顔を覆った。

□□■□□■□□

［柊光社　ヤングラッシュ編集長　植木渋柿さま］
ごめんなさい！　トラブル続出で出発が遅れています。
十五時には松山空港に着くので、直接ラジオ局に行きます。
［薫風館　Salyu編集長　二階堂絵理］

二階堂さんからのメールを受け取ったとき、ぼくもまだ東京にいた。せっかくなので早めに行って地元の書店に挨拶回りをしようと思っていたのに、いつものごとく予定がずれ込み、校了明けぎりぎりで愛媛へ飛び、同じくぎりぎりに到着した二階堂さんとラジオの生放送番組に出演し、終了後、へろへろの状態でホテルに向かった。

「顔が見えないラジオでよかった」

ホテル裏の砂浜に腰を下ろし、スッピンの二階堂さんはしみじみとつぶやいた。

「散歩より、部屋でひと眠りのほうがよかったかな」

「ううん、わたしもこの風景が見たかったの」

なかなか暮れない夏の夕方、黄昏《たそがれ》の薔薇色《ばらいろ》とやがて訪れる夜の藍色《あいいろ》が混ざり合っていく中、西の空に一粒だけ小さく輝く星がある。夕星《ゆうづつ》、一番星、宵の明星、金星。ここは櫂くんと暁海ちゃんが最後を過ごした島ではないけれど、同じ瀬戸内の海から夕星を見てみたかったのだ。ふたり並んで、ゆっくりと色を変えていく空を眺めた。

ひどく静かだった。静かすぎて、なんだか不思議な気持ちだ。海とは絶えず波音のするものだと思っていた。実際、ぼくはそういう海しか知らない。なのに、この海の穏やかさといったらどうだろう。その底に感じる恐ろしいほどのうねりまで——。

櫂くんの中に生涯在った海は、この海だったのだ。さまざまな想いが去来する中、スマートフォンの無粋《ぶすい》な振動音がした。二階堂さんだ。

「ごめんなさい。無視して」

うんと答える前に、今度はぼくのスマートフォンが震えた。互いに次々と振動が続き、顔を見合わせて吐息した。とりあえず急を要する案件にだけ返信した。

「少しは浸らせてほしいね」

「わたし、定年退職したら田舎で犬を飼って家庭菜園しながらのんびり暮らしたい」

「素敵だね。都会のパワーカップルが憧れる概念としての田舎暮らしだ」

「はいはい、ただの夢語りです。それとうち離婚したから」

えっと隣を見ると、二階堂さんが立ち上がった。

「わたし、これからもっとがんばる。昨日も今日もよく働いたし、明日も明後日《あさって》もよく働くつもり。作家さんといい本作って、読者さんに届けて、定年になっても東京に残って仕事する。いい本作って届けて作って届けて……休まないまま死にそうね」

二階堂さんが腕組みで首をかしげ、ぼくは笑ってしまった。

「ぼくも似たようなものだよ」

これが一段落したら休もう、これが終わったら休もうと毎日走り回っているけれど、ひとつ終わらないうちにまた次がくる。永遠に一段落などしない。

「今度、さとるくんの担当をすることになったんだ」

「編集長なのに直接担当持つの？」

「迷ったけどね。彼女、やっぱりいい作品描くんだよ」

「完結編の読み切り、すごくよかった」

「だろう？」

さとるくんは漫画家として本気で復帰したいことを旦那さんに打ち明け、家族はさとるくんを応援してくれることになった。いざ連載などを持つようになったら必ず問題は出てくるだろうけれど、それも含めてぼくは本気で伴走すると約束した。

「植木さん、どこまでも楽ができない人ねえ」

あきれた目で見られる。

「でも、実はわたしも担当したい作家がいるの」

「編集長なのに直接担当持つの？」

やり返すと、持ちますけどなにか、と二階堂さんは開き直った。

「初めて会ったときの櫂くんに、どことなく雰囲気が似てるのよね。ぶっきらぼうで、すごく優しい。三冊出してるんだけど売れなくてデビュー版元から切られちゃって、でもきっといつか、あの人の物語はたくさんの人を揺さぶると思う」

「それは楽しみだ。ますます忙しくなるだろうけど」

「お互い身体にだけは気をつけましょう」

「それはほんとに」

今だって校了明けのへろへろの状態で愛媛に飛んできて宣伝に励み、明日はテレビの収録を終えたら、すぐ東京に戻って会議に出る。二階堂さんも似たようなものだろう。四十も越せばいろんなことが落ち着くと思っていたけれど、現実は物語のように章立てなどされず、打ち寄せる波のように区切りもなく続いていく。

「櫂くん、わたしたちのこと見て笑ってるかもね」

後ろに両手を突いて、二階堂さんが砂浜にサンダルの足を投げ出した。

「かもね」

——ふたりとも、そろそろ楽してもええんやで。

そう言って笑う櫂くんが目に浮かぶ。

――でも櫂くん、ぼくも二階堂さんも、大変なのは嫌いじゃないんだよ。

ただひとりの恋人に、ただひとつの星のような物語を遺《のこ》し、すべての悩みから解き放たれた櫂くんが少し羨ましい。櫂くんと尚人くんはもういないけれど、ふたりが遺した作品にはいつでも会える。そこには青埜櫂と久住尚人という人間の魂が宿っている。

どれだけ近くに寄り添って物語を共に作ろうと、ぼくたちは星にはなれない。けれどぼくたちは光り輝くそれを愛して、編んで、物語を必要としている人たちへとつなげることができる。ぼくたちは、ぼくたちの仕事に誇りを持っている。

静寂を保っていた海が、微《かす》かに波音を立てた。

まるで、どこか遠い場所から届いた返事のように聞こえた。

今日も、明日も、それぞれの胸に星のように輝く物語を編むために、ぼくたちは地上を歩む。

喜び、怒り、哀しみ、愉しみながら日々を紡ぐぼくたちを、黄昏の空に浮かぶ夕星が静かに見下ろしている。

波を渡る

北原暁海《きたはらあきみ》　三十八歳　夏

月に一度、北原先生は菜々《なな》さんに会いにいく。

車に乗り込む前にポストをのぞき、きてますよと郵便物を渡してくれる。

夏の遅い午後、庭の水まきの手を一旦《いったん》止めて受け取った。請求書やダイレクトメールに紛《まぎ》れて書籍サイズの厚い封筒がある。東京の二階堂《にかいどう》さんからだ。

「また重版がかかったんでしょうか」

北原先生が言い、だったらいいですねとわたしは答えた。

「なにか買ってきてほしいものはありますか？」

いつもの問いに、首をかしげて考えた。

「刺身醬油《しょうゆ》が切れかかってます」

「いつものでいいですか？」

うなずくと、玄関から結《ゆう》ちゃんがばたばたと出てきた。いつもはTシャツにジーンズというラフな恰好《かっこう》が多いけれど、今日はカナリアイエローのワンピースを着ている。

「暁海さん、これ変じゃない？」

「すごく素敵。似合ってる」

ノースリーブの袖《そで》からすんなりと伸びた腕、前髪が目の上でぱつんと切り揃えられたおかっぱのボブヘアも結ちゃんの細い首筋を際立たせていて、身内の贔屓目《ひいきめ》ではなくかわいい。

「がんばってるみたいで恥ずかしいんだけど」

スカート部分を指でつまみ上げ、ま、たまにはいいかと結ちゃんは北原先生の車に乗り込んだ。北原先生が運転席の窓を開け、明日には帰りますとわたしに言う。

いってらっしゃいとふたりを送り出し、わたしは水まきに戻った。ホースの先を指で押さえ、角度を調節して水膜を噴《ふ》き上《あ》げる。蒸《む》し暑い午後の空気に飛沫《ひまつ》が煌《きら》めくのを眺《なが》めながら、もう数時間すれば西の空に上がる宵の明星をわたしは待っている。


——夕星《ゆうづつ》やな。


目を閉じて、鼓膜に残る声に耳を澄ませてみる。

櫂《かい》を見送ってから、五回目の夏の中にわたしはいる。

日が暮れかかってきても気温は下がらない。冷やしたレモン緑茶を淹《い》れ、縁側に腰を下ろして郵便物の封を開けた。文庫本と一筆箋《いっぴつせん》が同封されている。

『北原暁海さま
ご無沙汰《ぶさた》しております。青埜《あおの》櫂さんのご著書、『汝《なんじ》、星のごとく』が重版の運びとなりました。文庫版は五刷になりました。単行本と併せると八万部になります。今年の夏のフェアでも好評をいただき、長く愛される物語となっているのが喜ばしい限りです。

夏の盛り、お身体《からだ》に気をつけてお過ごしください。

薫風館《くんぷうかん》　Salyu編集長　二階堂絵理《えり》』

レモン緑茶を飲み干して、わたしは郵便物を手に仕事部屋へ向かった。

糸や布、ビーズがしまってある細かな仕切り棚が壁一面を埋め尽くす。向かいの壁には資料の本棚。その一角に櫂の本が並んでいる。単行本が三冊と文庫本が四冊。タイトルはどれも同じ『汝、星のごとく』。そこに新たな一冊を加えた。

櫂の小説が重版されるたび、二階堂さんは律儀にわたしにまで報告と共に本を送ってくれる。植木《うえき》さんも同様で、小説の横には櫂と尚人《なおと》くんの漫画がたくさん並んでいる。手に取ってページをめくってみる。それぞれの人物の台詞《せりふ》から今も櫂を感じることができる。それはわたしの知っている櫂であったり、まったく知らない櫂であったりする。

物語は不思議だ。内容は同じなのに、自分の気分や状況によって胸に残る場面や台詞が変わる。以前に読んだときはあまり好きではなかった人物をなぜか好きになったり、苦手なままだけれど気持ちを理解できたりする。物語は『今の自分』を映す鏡のようであり、言葉という細い細い糸を手繰《たぐ》って、今も櫂と手をつないでいるように感じさせてくれる。

初版から最新版が並ぶ中、わたしが手に取るのは常に初版だ。繰り返し読んだのでカバーの角は破れているし、中のページも読みあとだらけだ。食事をしながら読んだし、お風呂《ふろ》にも持ち込んだし、御守《おまも》りのように出張にも持っていった。ぼろぼろだけれど、そのほうがわたしの本という気がする。世界に一冊の、わたしだけの——。

空気が震える気配に振り向いた。ソファに置いていたスマートフォンを確認すると、瞳子《とうこ》さんからメッセージがきていた。セロリが足りないので持ってきてほしいとある。今日は瞳子さんと約束をしている。了解のスタンプを返し、出かける用意をした。

こんにちはーと玄関で声を張ると、入ってきてーと奥から返ってきた。リビングダイニングのドアを開けるなり、部屋中に充満しているトマトの青い香りでむせそうになる。キッチンではエプロン姿の瞳子さんが大量のトマトを刻んでいた。

「すごい量。セロリ多めに持ってきてよかった」

「今年はトマトが豊作でどっさりもらっちゃったからね。あ、寸胴《ずんどう》の用意お願い」

はーい、とわたしはパントリーから一番大きなサイズの鍋《なべ》を取ってきた。

「瞳子さん、にんにくは？」

「お願い。みじん切りで。あ、セロリも」

はいはいとまたパントリーへ行き、にんにくをカゴごと持ってくる。トマトを刻んでいる瞳子さんと並んで、にんにくとセロリをチョッパーに放り込んでいく。ここの台所は大人ふたりが並んで作業ができるアイランド型だ。

「お父さん、いつ帰ってくるんだっけ」

「来週の水曜日」

「今ごろしごかれてるのかなあ」

想像して笑ってしまった。我が家では縦のものを横にもしなかった父親が、瞳子さんと暮らすようになってから料理に目覚め、経営しているカフェの料理を一手に担うまでになり、そして先週から東京に料理とカフェ経営の研修に行っている。

「シェフが留守して、カフェのほう大丈夫なんですか？」

「高峯《たかみね》くんがいるからなんとか回ってる。大学時代にイタリアンの店でバイトしてたおかげで料理もよくやってくれるのよ。わたしも昼間はキッチンに入るし」

瞳子さんの視力が低下して刺繍《ししゅう》の仕事を引退したときは悲しかったけれど、瞳子さん自身は父親とカフェを切り盛りするのが本当に楽しそうだ。もちろん内心で葛藤《かっとう》はあっただろうけれど、一旦こうと決めたことに泣き言や愚痴《ぐち》を言わない人だ。

「でもお父さんが料理人って、なんか今も違和感がある」

寸胴鍋にオリーブオイルとにんにくを入れてからガスの火をつける。焦《こ》げないよう弱火でじっくり香りを立たせていく。いい匂《にお》い。ふたり同時に鼻を鳴らした。

「わたしからすれば、台所に立たないあの人のほうが違和感だけど」

「同じ人とは思えない。二重人格みたい」

「朱に交われば赤くなるって言うでしょう」

「それあんまり良い意味で使われないと思う」

「それもわたしとあの人らしいじゃない」

露悪的でもなく、ぽんと突き放すような言い方がおかしかった。

瞳子さんという朱に交わって、父親は赤くなった。他のなにを犠牲にしようと、自らの色が変わってしまうほどに瞳子さんを愛してしまった。善《よ》し悪《あ》しではなく、是か非かでもなく、どれだけ誹《そし》りを受けようとも、自分でもどうしようもなく、そうとしかできないことがこの世にはあるのだと、大人になった今ならわかる。

玉ねぎとセロリを香ばしく炒《いた》め、刻まれたトマトを鍋に入れると、勢いよく油と汁が跳ねる音が響いた。あとは味つけして煮込んでいくだけなので手間はかからない。

「あれ、塩多くないですか？」

瞳子さんの手元を見て気がついた。

「調整してるの。夏は汗かくから塩分やや多め」

「じゃあ冬は？」

「冬は蜂蜜《はちみつ》多め。ほっとできるように」

気づかなかった。でも言われてみるとそうだったかも。

「なにごとも尻尾《しっぽ》をつかませない程度がちょうどいいのよ」

伏し目で微笑《ほほえ》む瞳子さんは、童話に出てくる良い魔女のように見えた。

「やっぱり不思議」

「うん？」

「お父さんにとって瞳子さんが魅力的だったのはわかる。でも逆は？　今はともかく、あのころのお父さんって、どう考えても特に魅力的だったとは思えない」

瞳子さんは思い出し笑いをしながら、そうねえ、となにもない宙を見上げた。

「じゃあ暁海ちゃんは、櫂くんのなにがよかったの？」

質問に質問で返すのはずるい。トマトソースを木べらで混ぜながら、わたしは考え込んだ。櫂はわたしにとっては最愛の男だったけれど、他から見ればどうだったろう。漫画家として成功していた時期ならともかく、晩年は世間一般でいう落ちぶれた状況だった。けれどわたしは羽振りのよかったころよりも、鎧《よろい》をすべて剝《は》ぎ取《と》られたあとの櫂のほうが好ましかった。櫂自身が楽そうで、それを見ているることが幸福だった。そして、ようやく『わたしだけの男』になった櫂に安心していた。恋愛に於《お》いて慈愛と独占欲は共存する。

「一言では言えないですね」

「わたしもよ」

なるほど、と納得した。いい男、いい女だから惚《ほ》れるとは限らない。瞳子さんには瞳子さんにしか刺さらない、わたしにはわたしにしか刺さらない、それぞれの恋人の魅力があったのだ。そもそも、わたし自身がアイドルのような世間一般に受ける魅力的な女ではない。愛はどこまでもパーソナルなもので、逆に『瑕疵《かし》』や『不完全』こそが、最後まで心に刺さって抜けない甘い棘《とげ》になるのかもしれない。

できあがったトマトソースのパスタと鯛《たい》のサラダを縁側へ運び、瞳子さんが島のレモンで作ったお酒で乾杯した。瞳子さん特製リモンチェッロはとびきりおいしくてアルコール度数が高い。わたしはソーダで割るけれど、瞳子さんはストレートで飲む。

「瞳子さん、いつまでも強い」

「六十越して、さすがに弱くなったわよ。でもこの時間帯に酔うのが好きなのよね」

「わかります」

暮れかかる夏の夕刻、縁側で風を受けてわたしたちは目を閉じた。アルコールで一日の疲れをじんわりほどきながら、やがてくる夜の気配だけを気怠《けだる》い身体で感じている。

「パスタソース、北原先生の夕飯に少し持って帰る?」

「お気遣《きづか》いなく。今日は今治《いまばり》の人のところに行ってるので」

「北原先生と彼女、もう六年目だっけ?」

「それくらいですね。ずっと月一ペースで会い続けてます」

「不倫まで律儀なのね」

瞳子さんが笑い、わたしもつられて笑った。

「まあ、そろそろ離婚しなくちゃと思ってます」

「別れたいって言われたの？」

「いいえ。でも結ちゃんも結婚が決まったことだし、いいきっかけだと思って」

話しながら、グラスにリモンチェッロとソーダを足した。ついでに追いレモン。にんにくと塩気の効いたトマトソースによく合って、ついついお酒が進んでしまう。

菜々さんを初めて紹介されたのは櫂を見送った日だった。そのあとも月に一度、北原先生は菜々さんの元へ通っている。頻度としては少ないほうで、わたしに遠慮しないでくださいねと言ったことはあるけれど、ふたりの逢瀬《おうせ》のペースは変わらなかった。

たまに結ちゃんも連れ立って行き、親子三人水入らずで過ごしているのだと思うと寂《さび》しくなったけれど、北原先生と結ちゃんを置いて出奔したわたしが言えることではない。自由に生きるとは、そのことで生じたマイナスも受け止めることだ。

「離婚を切り出されたら、いつでも応じるつもりでいるんですけど」

しかしそんな話は出ないまま時間だけが経《た》ってしまった。

「今日は北原先生と結ちゃん、菜々さんに結婚の報告をしに今治へ行ってるんです」

お相手はおとどし旅行先で知り合った日系オーストラリア人の寿司《すし》職人で、日本で結婚式を挙げたあと、オーストラリアで暮らす算段をしている。お相手が経営している寿司レストランで、結ちゃんは妻兼寿司職人として見習いから入るつもりらしく——。

「待って待って。情報量が多いから整理させて」

瞳子さんからストップがかかった。

「ええっと、結ちゃん、お店のマダムじゃなくて職人を目指すの？」

数多《あまた》の情報の中から、瞳子さんはそこに着目した。

「役場の職員からいきなり？」

「相手の人からも驚かれたみたい。ほんと、おもしろい子ですよね」

「でもいいわね。将来はお寿司食べ放題じゃない」

「マグロとサーモンとアボカドと照り焼きがメインらしいですけど」

期待した方向じゃなかったわ、と瞳子さんは肩を落とした。

「まあそういうことで、このあたりでわたしたちも離婚してしまおうかなと」

と話を戻した。結ちゃんの結婚は喜ばしいことだけれど、このままだと式では母親席にわたしが座ることになる。実母不在ならともかく、菜々さんがいるのにそれはおかしい。

「そんなことまで暁海ちゃんが気にしなくてもいいんじゃない？」

「ええ、でもやっぱり」

北原先生はぼうっとした見た目とは裏腹に、しっかりと筋を通す人だから離婚を言い出せないのかもしれない。だったらわたしから切り出してあげたい。

「先生のことが大事なのね」

「もちろんです。一番苦しいときに助けてくれた人ですから」

——世間一般では、ぼくの過去は石を投げられる類《たぐ》いのものです。でもぼくは後悔していない。ぼくはあのとき、なにを捨てても彼女の望みを叶《かな》えたかった。きみはそういうぼくを受け入れて、共に生きると言ってくれた。

だから、と続けた北原先生の言葉を今も鮮明に覚えている。

——きみが本当になにかを欲したときは、必ずぼくが助けようと決めていました。

「あのとき北原先生がくれた言葉を、わたしはそのまま返したいんです」

瞳子さんが目を細めてわたしを見る。

「暁海ちゃんらしい理由ね」

「融通がきかないって言いたいんでしょう？」

横目で見ると、それでいいじゃないと返された。

「いかに自分らしく生きたか、最後に残るのはそれだけよ」

瞳子さんはパスタのトマトソースを指で掬《すく》ってぺろりと舐《な》め、すかさずストレートのリモンチェッロを口に含んだ。うん、おいしいとつぶやいている。

三十代も半《なか》ばを越して、瞳子さんとは友達みたいに話せるようになったけれど、こんなとき、自分はまだまだだなと思い知る。わたしらしさとはなんだろう。揺らがない自分自身を、わたしはいつ手に入れられるのだろう。

西の空、月に寄り添うように夕星が輝いている。

北原草介《そうすけ》　五十二歳　夏

マンションのドアを開けるなり、焦げ臭い匂いが鼻を突いた。

「ごめんなさい。歓待する意欲はあったんだけど」

つい仕事に熱が入ってしまい、牛肉のワイン煮込みを焦がしてしまったと明日見《あすみ》さんは落ち込んでいる。結の結婚祝いなのだからと、昨夜から張り切って仕込んでいたそうだ。

「大丈夫だよ。わたしがちょっとスーパーでなにか買ってくる」

結が言い、明日見さんが駄目よと目を見開いた。

「だったらわたしが行ってくるわ」

「いいのいいの。どうせノアを迎えに行かなきゃだし」

ぼくから車のキーを奪うと、じゃあ行ってきまーすと結は出て行った。

婚約者のノアくんがオーストラリアからきている。我が家に泊まればいいと言ったのだが、遠距離恋愛で久しぶりに会うのだからふたりきりにしてと結から言われた。

――物事をはっきり言い過ぎるのがきみの悪いところです。

――だってはっきり言わないと、お父さん、わからないでしょう？

けろっと言い返され、隣で暁海さんまでが噴き出したので、さすがに傷ついた。とはいえぼくがそういう方面に疎《うと》いのは事実なので、わかりましたと結の主張を受け入れた。ノアくんは国際ホテルに宿を取り、結も今夜はそちらに泊まる予定だ。

「相変わらずフットワークが軽い子ですね。誰に似たんでしょう」

「きみ以外いないのでは？」

視線を向けると、そうかしら、と明日見さんは品よく首をかしげた。高校生で家を出奔してから相当な苦労をしてきたはずなのに、彼女からはそれらが垣間見《かいまみ》えない。育った環境のせいか、若いころから意志の力で自分を律することができる子だった。昔は痛々しかったそれが、今は彼女をやわらかくも凛《りん》とした空気で包み込んでいる。

明日見さんは家を飛び出したあとしばらく、年齢を偽って海や雪山で住み込みのリゾートバイトをして暮らしていたそうだ。そして二十歳のころ、沖縄の民宿で働いているときに沖縄の若年妊娠率の高さについて取材にきていた東京のフリーライターと知り合った。

最初は民宿のスタッフとして話をしていたが、いつしか明日見さん自身が取材対象になっていき、のちにそのフリーライターの著書『ぼくの鞄《かばん》は重すぎる』の中に、明日見さんは『ラプンツェル』という仮名と後ろ姿の写真で登場している。

『年齢を隠しても未成年ってなんとなくバレるんですよ。お給料も一日三千円、はいってオーナーの財布から直接渡されて、ちゃんと正規のアルバイト料をくださいって言いたいけれど、でもとりあえず住むところが必要だから我慢した。早く大人になりたかった。』

『自分の力で生きていくって、こんなにきついんだ。親がいないってこんなに大変なんだ。家に帰りたいと思ったこともある。でも帰らなかった。意地だったのかも。』

『グリム童話のラプンツェルは知ってる？　妊娠して塔から追い出されてしまった話。でもわたしは自分から塔を下りたの。守ってくれる両親も王子さまも手放して、それでも守りたかった子供は失った。自分が愚かだと知れたことが唯一のよかったこと。』

取材が終わったあとはフリーライターの事務所でアシスタントとして雇ってもらえることになり、ライターの勉強もさせてもらった。三十歳を前に独立し、今はプロのライターをしつつ、取材を通して関わった若い女性の妊娠出産を支えるＮＰＯ法人のスタッフとして働いている。彼女の著書の中に、ぼくが出てきたときは複雑な気持ちになった。

『わたしの人生を変えてくれた恩人たち。高校時代のK先生、フリーライターの周《あまね》由香《ゆか》さん、NPO法人「それいゆ」の代表である柄本立夏《えもとりっか》さん。わたしを今のわたしとして立たせてくれたのは、その三人だ。わたしを誕生させてくれた両親に深く感謝している。けれどただ生まれ与えられるだけでは、人は人になれないのだと思う。』


「今日は柄本さんは？」

「香川に行ってます。相談者の女性と一緒に彼女の実家へ」

柄本さんはNPO法人『それいゆ』の代表であり、明日見さんの恋人でもある。取材を通して知り合い、明日見さんが東京から愛媛へと拠点を移すきっかけになった人だ。

「彼もノアくんに会いたがってたんですけど」

「いくらでも機会はありますよ。きみと結は親子なんですから」

「わたしはあの子に、親らしいことをひとつもしていません」

そう言い、明日見さんは目を伏せた。

「きみの罪悪感の半分はぼくのせいです」

あのとき、ぼくが他のなにをおいても彼女に結の存在を知らせていれば、彼女は家を出なかったかもしれない。出て行くにしても結を連れていけたかもしれない。少なくとも我が子を死なせてしまったと思い込んだまま生きる必要はなかった。

「いいえ。先生がいてくれなかったら結を産めなかったかもしれません。先生が父親だと嘘《うそ》をついてくれなかったら結を養子に出されていたかもしれません。わたしが家を出る前にせめて先生にだけは相談していれば、あのときわたしがもっと――」

彼女は口を噤《つぐ》んだ。あのときああしていたら、こうできていれば。あとになって言うことはたやすい。実際のところ、ぼくたちは失敗を繰り返してしか前に進めないのに。

「今からでも遅くはありません」

「そうでしょうか」

「現に結は娘として、きみに夫になる人を紹介しようとしています」

明日見さんは唇《くちびる》を嚙《か》みしめ、はい、と無理矢理に口角を上げた。

五年前、今治のスーパーマーケットで彼女と再会したときは、互いにカートに手をかけたまま野菜売り場で立ち尽くし、幻ではないとわかるまでしばらくかかった。とにかく最初に結が生きていることを告げたとき、彼女は絶句した。彼女を襲った後悔は、そのままの大きさでぼくを襲い、これからのことを考えるまでには時間も必要だった。

その前年のぼくの誕生日に、明日見さんとぼくとの間にあったことは結に告げていたので、ふたりを引き合わせた。明日見さんは不安と緊張で、結にしても珍しくいろいろ考えて眠れなかったのか、赤い目での初対面となった。今治のファミリーレストランで、ぎこちなくはじまった親子の会話は、普通にしゃべっていいですか？　という結の言葉で一気にくだけた。

明日見さんの両親にも連絡をした。彼女は定期的に元気でいることをハガキで知らせるだけで、居場所は一切知らせなかった。こちらの親子も二十年ぶりの再会となり、泣き崩れる両親に明日見さんは手をついて無沙汰を詫《わ》び、これまでのことを淡々と語った。

その姿に、改めて、明日見菜々という人がどんな人物だったのかを思い知らされた。やはり彼女は温室に咲く花ではなかった。彼女の両親も今はもうなにも口出しをせず、穏《おだ》やかに彼女の生き方を見守っている。

「ただいまー」

玄関から声がした。リビングのドアが開き、結のうしろから背の高い男の子が姿を現した。婚約者のノアくんだ。日本とオーストラリアのハーフだが、見た目は日本人の母親の血が濃く出ている。おじゃまします、と彼は流暢《りゅうちょう》な日本語で挨拶《あいさつ》をした。

その夜は、明日見さんが焦がしたメイン料理の代わりにと、ノアくんが寿司をにぎってくれた。さすが本職という手つきに感心しつつ、サーモンとアボカドと海老《えび》とローストビーフの寿司が並ぶ図に、国際結婚なのだなと改めて納得してしまった。

「安心して。正統派のお寿司はノアに弟子入りしてわたしが担当するから」

と結がにぎったマグロやイカは、しかし現時点では完全なミニおにぎりだった。

ノアくんは人懐《ひとなつ》こい男の子で、明日見さんのことを『菜々ママ』と呼んだ。結は変わらず『菜々さん』と呼び、ぼくは昔どおり『明日見さん』と呼ぶ。明日見さんは呼ばれ方に対して思うところはないようで、和やかに顔合わせは終わった。

「じゃあ、わたしはノアと一緒に帰るね。明日の夕飯いらないから」

後片付けまできっちりしたあと、おやすみなさーいとふたりは連れ立って帰っていき、明日見さんはふうと息を吐《は》いて日本酒を出してきた。

「先生、一杯どうですか。山形の純米酒です」

「いいですね」

「以前に『それいゆ』でお世話をした女性が毎年送ってくれるんです」

お水みたいにすうっと喉《のど》を通っていくんです、と美しい模様の入った切子硝子《きりこガラス》の猪口《ちょこ》に酒を注ぐと、ふいになにかを考える顔をした。

「水みたいなお酒って、褒め言葉ではないんでしょうか」

「どうでしょう。日本酒は醸《かも》すという言葉を使いますが、それぞれ別のものを時間をかけて熟成させてひとつにしていく、調和というイメージも含まれる気がします。ですので刺々《とげとげ》しさのなさは褒め言葉だとぼくは思いますが、解釈は人によるでしょう」

明日見さんが小さく笑った。

「先生、ほんと変わらないですね」

「そんなことはありませんよ。いろいろと変わりました」

「どこが変わりました？」

「良い人でいることをやめました」

明日見さんは意外そうな顔をした。

「先生は昔と変わらず良い人だと思います。だって結をあんなに素敵な女性に育ててくれた。それは先生のおかげだし、悪い人にそんなことはできません」

「子育てはお互いさまです。ぼくも結に育ててもらいました」

仕事と子育てをひとりで担うことは想像していたよりも大変で、暮らしのあらゆる場面が手抜きになった。できないことがあって当たり前という感覚が普通になり、それは他者への優しさになった気がする。それまでのぼくは『大変なこと』を投げ出さずに遂行することで自分を支え、それはぼく自身を縛る不自由な鎖になっていたのだ。

ふいにチャイムが鳴った。結たちが忘れ物でもしたのかと思ったが、明日見さんのパートナーである柄本さんだった。思ったよりも早く仕事が片付いたそうだ。

「北原さん、こんばんは。結ちゃんとノアくんにお土産買ってきたんだけど」

柄本さんは鞄から日本酒の瓶《びん》を取り出した。このカップルは酒が好きだ。

「さっきまでいたんだけど、一足違いだったわね。柄本さん、お腹空《なかす》いてない？　結ちゃんとノアくんがお寿司にぎってくれたのよ。赤だしもまだ残ってるけど」

「そりゃいいね。いただきます」

明日見さんが赤だしの鍋を火にかけた。

「じゃあ、ぼくはこれで失礼します」

「北原さん、せっかくだから一杯やりましょうよ」

「もう充分いただきました。これ以上飲むとお風呂に入れなくなるので」

無趣味なぼくは、月に一度のホテルの大浴場とサウナを楽しみにしている。鞄を手に立ち上がると、明日見さんが玄関まで見送りにきてくれた。

「申し訳ないですが、お酒を飲んだので明日まで車を置かせてください」

靴を履いていると、先生、と呼ばれたので振り返った。

「わたしが言えた義理ではありませんけど、結も結婚することですし、ここからはもう先生ご自身の人生に戻られてもいいんじゃないでしょうか」

「どういうことでしょう」

「いつまで暁海さんにわたしを恋人だと誤解させておくんですか？」

質問の意図がわかり、ぼくは改めて彼女に向き合った。

「きみと結には嘘の片棒を担がせて申し訳ないと思っています」

「わたしのことはいいんです。でも暁海さんにとって、今の状態は気持ちのいいものではないと思って言いました。自分の夫が他の女の元に行くのを見送るなんて」

「そういう気遣いなら無用です。以前にも説明しましたが、ぼくたちの結婚はあくまで互助を目的としたもので恋愛要素はありません。彼女の想い人《おもびと》は櫂くんです」

そう言うと、明日見さんは困ったような顔をした。

「人の気持ちは変わりますよ。互いに助け合いながら、それもひとつ屋根の下で暮らしを共にしていれば尚更《なおさら》です。今までなかった気持ちが生まれるのも普通です」

「今のところ、生まれたと言われていないので大丈夫でしょう」

「今の状況で、生まれましたとためらいなく言える人はなかなかいません」

「そうなんですか？」

さらに困った顔をされた。明日見さんはできの悪い生徒を根気よく導こうとする教師のような目をしていて、ぼくはなんとか期待に応《こた》えたい生徒のような気持ちになった。

「暁海さんの恋人が亡くなってから五年経ちます。その間に暁海さんが先生のことを夫として好きになっていてもおかしくありません。なのにわたしを恋人だと誤解して言い出せないのだとしたら、という可能性の話をしています」

なるほど、と自分では思いもしない角度からの指摘を受け止めた。

「先生、暁海さんは生きているんですよ」

「は？」

「確かに暁海さんと櫂さんは大恋愛だったんでしょう。彼を失って、物語ならそこで終わって永遠になるんでしょう。でも暁海さんの人生はそのあとも続くんです。彼のいない世界を毎日、毎日、これからもずっと生きていかなくてはいけません。どれだけ時間を止めたくても、嫌でも進まざるを得ない。そして生きている限り人は変わり続けます」

明日見さんはどこかが痛むかのように眉《まゆ》をひそめた。結の父親と結を失ったと思い込んで生きてきた彼女の人生。それでも彼女は悲嘆に暮れているばかりではなかった。一生の仕事を見つけ、しっかりと自分の足で立ち、愛する人と手をつないだ。

——お父さんにはお父さんの考えがあるんだよね。

——でも、ずっと暁海さんに勘違いさせたままってどうなのかなあ。

以前、結もそんなことを言っていたのを思い出した。

けれど暁海さんとぼくの関係は、ぼくたちにしかわからないとも思う。

教え子だったころから、自分ではどうしようもない鎖に彼女が縛られてきたことを知っている。若かった自分を見ているような、若かった明日見さんを見ているような、そんな彼女をぼくはどうしても放っておけなかった。自由に思うまま生きてほしかった。

一方で、ぼくも彼女に救われてきた。結婚もせず、シングルファーザーとして血のつながらない結を育ててきた。そのことに後悔はない。幸せな時間だった。それでも生涯ひとりでいいと言い切れるほど、ぼくは達観してはいなかった。

互助会のパートナーとして、ぼくたちは互いを大事に想っている。

毎日は穏やかで、ぼくにはなんの不満もないけれど。

——今までなかった気持ちが生まれるのも普通です。

そうなのだろうか。しかし『普通』とはなんだろうか。そこに依《よ》ってしまえば、ぼくの人生は今とはちがったものになっていただろう。そして暁海さんの人生も。そんなぼくたちが、今さら『普通の夫婦』の定型にはまるのだろうか。ぼくは彼女に窮屈な思いをしてほしくない。なにより彼女の心にはいまだに櫂くんが生きていて、ぼくにも恋人がいると思っているほうが彼女も気が楽だろうと、ただそれだけのことだったけれど——。

「手遅れになる前に、なんとかしたほうがいいと思います」

なにが手遅れになるのでしょうと訊《き》こうとしたとき、奥から「菜々さーん、鍋に入ってるワイン煮も食べていいの?」と柄本さんの声がした。早くお暇《いとま》しなくては。

「可能性は限りなく低いですが、近日中に対処したいと思います」

とりあえずそう答えておいた。

「そうしてください」

明日見さんは安心したように小さく微笑んだ。

おやすみなさいと礼儀正しく挨拶をして、職員室ならぬ明日見家を辞去した。

夏の夜、潮の香りがする湿った空気の中を歩いていく。アルコールの熱も合わさってじんわりと汗がにじんでくる。今夜の風呂は気持ちいいだろう。

十分ほど歩いたところにあるビジネスホテルのフロントマンが、チェックインを告げるぼくに親しげな笑みを向けてくる。かれこれ五年、月に一度このホテルに泊まっているのだから顔なじみにもなる。会釈をしてカードキーを受け取った。

部屋に入ると、すぐ風呂の用意をして大浴場のあるフロアへ向かう。サウナも使ってさっぱりして部屋に戻り、ベッドに入って持ってきた文庫本を開き、そのうち眠ってしまうのが月に一度の夜の過ごし方だった。けれど今夜はなかなか眠りが訪れない。

——先生、暁海さんは生きているんですよ。

そのとおりだった。ただひとりに心を捧《ささ》げ、喪に服して一生を終えるには彼女は若すぎる。どんな歓《よろこ》びも、哀《かな》しみも、時間は留め置いてくれない。優しく人を癒《い》やす、あるいは残酷に殺す薬のように、ぼくたちを次の場所へと連れていく。

櫂くんが亡くなってから、ぼくと暁海さんの暮らしは時間が止まったかのように凪《な》いでいた。けれど波音もしない一見穏やかな海の底で、思いもよらぬ方向へと流れを導く渦が生まれていたのだろうか。彼女が育ったこの瀬戸内《せとうち》の海のように。

本を閉じ、起き上がってカーテンを開けた。窓の向こうに広大な漆黒が広がっている。夜の海は空よりも暗い。見慣れた穏やかな海には今夜も美しい月が映っている。


「そろそろいいんじゃないでしょうか」

翌日の遅い午後、暁海さんが鍋を覗《のぞ》き込《こ》みながら言った。夕飯は茹《ゆ》で豚《ぶた》の野菜巻きというメニューらしいので、てっきり肉の茹で具合のことだと思った。

「そうですね。あとは余熱で火を通すほうが柔らかく仕上がるでしょう」

暁海さんが振り返った。なぜか困った顔をしている。

「豚じゃなくて、わたしたちのことです」

「ぼくたち?」

「はい。そろそろ離婚してもいいんじゃないでしょうか」

咄嗟《とっさ》に反応できなかった。

「いつにしましょう。わたしはいつでもいいんですけど、結ちゃんの結婚式が秋ですし、それまでにはきちんとしたいですね。わたしも家を見つけて引っ越さないと」

「ぼくがなにか不快なことをしたんでしょうか」

ようやっと頭が回りはじめた。

「なにもしていません」

「今の暮らしになにか不都合でも？」

「なにもありません」

「仕事の関係で拠点を東京に移す必要ができたのでしょうか」

「いいえ。刺繡はどこでもできます」

「人生を共に歩みたいパートナーができたのでしょうか」

「今のところ先生がいるだけです」

「では、なぜ？」

これ以上なく困った顔をされ、そんな顔をしたいのはぼくのほうですと言いたくなったが、それは事態の解明・進展になにも寄与しない。とりあえず無理にでも建設的な方向へと思考を進める中、昨夜の明日見さんの話を思い出した。明日見さんの進言に対処すると答えたが、いざ実行に移すとなるとかなりの勇気が必要だった。

「あの、まさかとは思いますが」

「なんでしょう」

「きみの気持ちになんらかの変化があったのでしょうか」

「変化というか、以前からそうしなくちゃと思っていました」

言いながら、暁海さんは鍋蓋《なべぶた》を少しずらして豚の茹で具合を確かめた。問いの意味が伝わっていない。もっと具体的に言う必要を感じて無意識に胃のあたりを押さえた。

「きみは、ぼくを、男として好きになったのでしょうか」

口にした瞬間、回れ右をしたくなった、ぼくだってそんなことは思っていないのですが、と早口で説明を加えたい。ぐつぐつと湯が沸く音をBGMに、ぼくたちは対峙《たいじ》している。暁海さんは鍋蓋のつまみを持ったまま口を半開きにして固まっている。そんなに驚かなくてもいいじゃないですか、と言いたくなるほど驚いている。

「そうではないようですね」

努《つと》めて冷静に言った。内心は恥ずかしさでもんどり打っている。

「大丈夫です。安心してください。念のために訊いただけです」

「ああ、そうなんですね。よかった」

心底ほっとしたように息を吐き、暁海さんはガス台に向き直った。火を止め、茹で豚が乾かないよう濡《ぬ》らしたキッチンペーパーをかぶせて再び鍋に蓋をする。その様子からは恋だ愛だという儚《はかな》い感情の揺らぎは伝わってこず、明日見さんを恨めしく思った。

「理由は、わたしじゃなくて先生ですよ」

「ぼく？」

「これ以上、菜々さんを待たせるのはよくありません。探していた人とやっと再会できたんです。結ちゃんの結婚式では、菜々さんが母親席に座るべきです。自分が先生たちの幸せの足枷《あしかせ》になっている今の状況、わたしもいやなんです」

話しながら、暁海さんは洗ったサニーレタスをちぎりだした。

「でもふたりの問題だからわたしが口を出すのもあれだし、いつだって籍を抜くつもりで心の準備をしているのに、いつまで経っても切り出してくれないし」

ぶちぶちとサニーレタスをちぎる手つきがやや乱暴だ。

「そうでしたか。気を揉《も》ませてしまい、申し訳ないことをしました」

「いいえ、わたしのほうこそ。で、いつ離婚します？」

あまりにあっけらかんと、いや、投げやりにも感じる様子にようやく違和感を覚えた。ぼくが知っている彼女はもう少しウエットだ。ぼくはもう一度恥をかく覚悟をした。

「きみは離婚をしたいのですか？」

「だから、わたしじゃなくて先生です」

「解消しようとしているのは、ぼくときみの婚姻関係です。それをぼくと明日見さんの都合だけで決めていいはずがない。ぼくとの生活に不満があるのなら離婚もやむを得ないと思いますが、そうではないのでしょう？」

「……わたしは」

暁海さんはサニーレタスをちぎる速度をゆるめた。しばらく待ったが、なかなか言葉が出てこない。今までそんなことを考えもしなかったようだ。

「ぼくと明日見さんは恋人同士ではありません」

暁海さんが振り返った。手元のザルにはちぎられたサニーレタスがこんもりと森のようになっている。明日の朝もサラダとして食べなくてはいけないだろう。

「別れたんですか？」

「元々つきあってないんです。結もぼくの子供ではありません」

暁海さんがぎょっとしたように目を見開く。

「ぼくときみとの関係には、最初から櫂くんという存在がありましたし、それらを踏まえた上での互助会結婚でした。なのでぼくにも恋人がいると思っていたほうが、きみも気が楽だろうと特に誤解をとかずにきてしまいました」

信じられないという顔をされ、慌てて続けた。

「しかしきみの考えを聞いて、間違った判断だったと気づきました」

話しながら立ち上がり、暁海さんの手から小さくなったサニーレタスを取った。保存袋に入れて冷蔵庫に戻し、暁海さんをダイニングテーブルの椅子《いす》に座らせた。

「なるべく手短に説明しますが――」

「いいえ、省かずにちゃんと説明してください」

眉根を寄せている彼女に、はい、とうなずいて話し出した。

明日見さんとの出会いからはじまり、彼女の妊娠出産、彼女の両親にぼくの子供ですと嘘をついて結を引き取ったあたりで、ちょっとごめんなさい、と暁海さんは立ち上がって流しの下から瓶を取り出した。瞳子さんからもらったリモンチェッロをグラスに注ぐ。

「飲みます?」

「いただきます」

ぼくも少々アルコールを入れたい気分だった。

「じゃあ、ちょっと待ってください。つまめるものも出しますね」

壁時計に目をやると、そろそろ夕飯の時間だった。

「食べながら話しますか?」

「こんな深刻な話を食べながら?」

暁海さんが非難のこもった目でぼくを見る。

「ご飯もつまみも一緒じゃないですか」

「……先生って」

暁海さんはなにかを言いかけたが、まあ、そういう人ですよね、と夕飯の仕上げにかかった。暁海さんが茹で豚をスライスし、山盛りのサニーレタスと人参《にんじん》とピーマンの千切りと一緒に大皿に盛りつける。ぼくは冷蔵庫から卵のサラダを出し、皿や箸《はし》を用意していく。長年繰り返してきたことなので、お互い動きに無駄がない。

いただきますと手を合わせ、まず卵サラダに箸を伸ばした。辛子マヨネーズと胡椒《こしょう》で和《あ》えた茹で卵に古漬けの沢庵《たくあん》を刻んだものが入っている。複雑な大人の味わいで、これは酒が進むと思ったときには、暁海さんはすでにおかわりを作っていた。リモンチェッロに冷たいソーダを注いでレモンを追加し、こくこくと飲んでいく。

「きみの飲み方は気持ちがいいですね。とてもおいしそうだ」

「少しは成長したんでしょうか」

暁海さんは恥ずかしそうに目を伏せ、ぼくは口元だけで笑った。

「そういえば、昔はむちゃな飲み方をしていましたね」

「わたしの酒癖《さけぐせ》なんて、先生のやんちゃぶりに比べたら」

暁海さんが本来の話題に戻し、今度はぼくが苦笑いを返す番だった。

一番きつい場面を話し終えたあとだったので、残りのシングルファーザー子育て奮戦記と、島への移住物語を暁海さんはたまに笑いながら聞いていた。早回しだったが一通りの説明を終えると、わたし……と暁海さんが居住まいを正した。

「ごめんなさい。他人の勝手な先入観や島の噂話《うわさばなし》にあんなにいやな思いをさせられたくせに、そのわたし自身が先生の過去を勝手に決めつけていました」

「きみは悪くありません。ぼくがすべてを話さなかったせいです」

「ええ、すべてを知ったわけでもないくせに『こうだ』と決めつけました。先生の教え子が結ちゃんの母親であることと、先生が教え子に手を出したことはイコールじゃない。なのになにも疑わず、事情があるのではと思い巡らすこともなく、自分が知っている先生の人となりに照らし合わせることもせず、ただの思い込みで決めつけました」

暁海さんは深々と頭を下げるが、ある程度しかたのないことでもある。それらの一般的な推察、共通認識、常識のおかげで円滑に回っていることもたくさんあるのだから。

「まあ、でも、もっと早く話してほしかったです。確かにわたしの中から櫂が消えることはありません。だからって先生に対して罪悪感は覚えません。わたしたちは最初から互助会結婚だったし、なにより櫂の元へと背中を押してくれたのは先生じゃないですか」

「そのとおりです。妙な気を回したことを反省しています」

暁海さんはもうすっかり大人だった。ぼくたちの結婚の形態を正しく捉《とら》え、なんら後ろめたく思っていない。彼女は本当にぼくの生徒ではなくなったのだ。

「そもそも、わたしに直接訊いてくれればよかったんです。櫂のことで『ぼくに罪悪感を持っているんですか？』って。そうしたら『持ってません』って答えて終わりだったのに」

「さすがにそれは無理です」

「どうして？」

「暁海さん、ぼくにもデリカシーというものがあるんですよ」

「え、そうなんですか？」

驚かれてしまい、やや心外に思った。

「先生は鉄の人かと思っていました」

「鉄だって錆《さ》びますよ」

一拍置いて、なるほど、と今度は感心された。それも複雑な気持ちになる。教え子のときならいざ知らず、大人の女性になった彼女の目にぼくはどう映っているのだろう。

「迷いもすれば失敗もする、ぼくはただの男です」

暁海さんはなにも言わず、じっとぼくを見つめた。生真面目《きまじめ》そうな濃い眉と瞳《ひとみ》に、若かったときにはなかった意志の強さが備わっている。彼女はこんな顔だったろうか。造り自体は変わっていないのに、昔よりずっと美しいと感じる。

「とりあえず、わかりました」

彼女がうなずき、我に返った。ぼくは彼女に見とれていた。

「事情はわかったので、わたしからの離婚の申し出は取り下げます」

ふうと息を吐き、暁海さんは三杯目の酒を作り出した。グラスに氷を詰める彼女の軽快な手つきを見ながら、心の底から安堵《あんど》している自分を不思議に思った。ぼくはこの結婚の最初から、彼女が望むならどこにでも飛んでいってほしいと思っていた。それこそがぼくの使命のように感じていた。なのに離婚を切り出されたとき、予想外に焦った。彼女がここから飛び立っていくのを引き止めたいと思ってしまった。ぼくはどうして——。

「先生もおかわり作りましょうか?」

「いえ、そろそろご飯にします。自分でやるので飲んでいてください」

少し酔ったのかもしれない。考えごとを横にのけ、立ち上がって炊飯器を開けた。湯気と一緒にふわりと爽《さわ》やかな香りが広がった。今夜は生姜《しょうが》の炊《た》き込《こ》みご飯だった。

「ぼくの好物です」

「だから作ったんです。先生は夏になるといつも食欲が落ちるから」

「離婚を切り出しながら、ぼくの好物を作ってくれたんですか？」

「嫌いで離婚しようと思ったわけじゃないですし」

おかしい？　というように首をかしげられ微笑みを返した。茶わんにふんわりと生姜ご飯をよそい、刻んだ茗荷《みょうが》をのせてひとくち食べると、薬味の香りに重なって瀬戸内で獲《と》れたいりこの出汁《だし》の旨味《うまみ》が広がった。暑さにやられた胃に染《し》み渡《わた》っていく。

「きみの料理は本当においしいです」

「手がかからないものばっかりですけど」

「手間と味は必ずしも比例するものではないでしょう」

「じゃあわたしたち、舌が合うのかもしれませんね」

「ずいぶん長く一緒に暮らしていますからね」

「おいしいねって一緒にご飯を食べられるのは、それだけで最大の幸せです」

彼女がふと遠くに想いを馳《は》せるような目をした。彼女が島を出て櫂くんの元へ行ったとき、櫂くんは病気で胃の大部分を切除したあとだった。ふたりの日々の食卓は制限の大きいものだったろう。彼女と櫂くんの暮らしは本当に儚く短いものだった。

櫂くんとの暮らしが男女の愛情に基づくものであるならば、ぼくとの暮らしはどう定義されるのだろう。助け合って生きていくための方法として、日本では結婚以上に優れた制度がない。ぼくたちの関係はそこに収まらないと思っていたけれど——。

「ただいまー」

玄関から声がした。軽快な足音と共に結が入ってくる。

「ノア見送ってきた。これ、暁海さんによろしくって」

結が差し出してきた紙袋には、大阪名物豚まんのイラストが入っている。

「ノアくん、豚まん好きなの？」

暁海さんが問う。

「子供のころは大阪に住んでたんだって。あ、生姜ご飯」

少し食べようかなあと言う間に自分の茶わんを出してくる。この子は迷うということをあまりしない。良く言えば決断力があり、悪く言えば出たとこ勝負。

「結婚もそんなふうに勢いで決めたんではないといいんですが」

「え、結婚は勢いでするものでしょう？」

結はすでに着席し、生姜ご飯を口に入れていた。

ぼくはやれやれと首を振った。しかしそれもまた若さの力である。

暁海さんのご飯ってなんか好き、と結が言う。ぼくもですと言い添える。暁海さんはリモンチェッロをストレートで飲みながら嬉しそうに目を細めている。

誰かがぼくたちを歪《いびつ》と指差そうと、今この瞬間、ぼくたちは間違いなく幸せだ。ささやかで、けれど世界を充分に満たしているこの食卓で。


海風も涼やかな十月の終わり、島で結の挙式と結婚披露パーティが行われた。会場は瞳子さんのカフェで、母親席には明日見さんと暁海さんのふたりが座った。いい島だねと和やかムードの両家親族とは逆に、島の年輩のゲストは愛人と妻を同席させるという北原家の大胆さに目を白黒させている。

けれど新郎新婦が入場してきた瞬間、ぴたりと雑音は止《や》んだ。結のウェディングドレスとヴェールには、暁海さんの手による精緻《せいち》を極めたリュネビル刺繡が施されている。銀色、虹色《にじいろ》、何千粒ものビーズやスパンコールがやわらかく光を集めて花嫁を彩《いろど》っている。

「先生」

暁海さんがさりげなくハンカチを差し出してくれて、ぼくは盛大に涙を流している自分に気がついた。ありがたく貸してもらったが、標準よりも小さな赤ちゃんだった結を思い出すと、涙はなかなか止まらなかった。

披露パーティのあとの二次会は友人のみの参加で、ぼくたちは帰宅した。慣れないネクタイをほどき、スーツをハンガーに掛けたあと、温かいお茶で人心地ついた。

「ノアくんと結ちゃんらしいお式でしたね」

「ええ、大変ゆるかったです」

暁海さんの父親と瞳子さんが作るビュッフェ形式の料理の他に、新郎であるノアくんが島の魚で寿司をにぎり、結がゲストにサーブしていった。最初は明日見さんを遠巻きにしていた島の住人も、結と明日見さんと暁海さんが談笑しているのを見て、北原先生は優男に見えて意外と甲斐《かい》性《しょう》があるなどと的外れすぎる感心の仕方をしていた。

「素晴らしいドレスでした。暁海さん、ありがとう」

「わたしにとっても娘ですから」

ごく自然な口調だった。

「先生、なんだか小腹が空きませんか?」

実は空いていた。注ぎつ注がれつで親族はほとんど食べられない。

「お茶漬けでもしますか」

しかし、ちょうどご飯を食べきってしまっていた。パンならあったが、酒を飲んでいるので汁物がいい。乾麺《かんめん》を茹でるのは億劫《おっくう》だ。暁海さんが思案顔をしたあと、あ、と立ち上がって食器棚の下からなにかを取り出した。

「これはどうでしょう」

暁海さんの両手にはどん兵衛《べえ》のカップ麺があった。きつねと天そば。野菜、果物、魚とお裾分《すそわ》け文化の結果として、早く食べなければいけない食料があふれかえる島の家ではインスタント食品の需要は少ない。我が家も同様なはずだが――。

「結ちゃんのおやつです」

合点《がてん》がいった。健康にも配慮が必要になってきたぼくたちとちがって、結はまだまだファストフードやインスタント食品を好む。その結は本日巣立っていった。

湯を注いだどん兵衛ふたつをテーブルに置き、向かい合い、久しぶりだとか、若いころはよく食べたとか、今はいろんな味が出ているとか、他愛《たわい》ない話をしながら出来あがりを待った。タイマーが鳴り、ぺりりと紙蓋を剝がすとジャンクな出汁の香りが漂った。

「あ、おいしい」

ひとくちすすり、同時につぶやいた。院生だったころ、遅くまで研究室に残っていたときよく食べた。暁海さんも似たようなもので、会社勤めと母親の世話と刺繡の仕事をしていたとき夜食にしていたそうだ。当時の記憶を含めてのおいしさを味わった。

「あのころは食事する間も惜しいくらい忙しかった」

「今もそれほど余裕があるわけではないですが」

確かにと笑い、しばらく黙ってどん兵衛をすすった。

「なんだか、いつもより静かですね」

「結がいないから」

うるさくするわけではないが、存在そのものが明るい子だった。暁海さんがいなかったら、この静けさを寂しいと感じていただろう。そんなことを考えていると、ふいに暁海さんが自分の天そばを差し出してきた。もう食べないのだろうか。

「きつねも食べたいです」

ああ、はい、とぼくのどん兵衛と取り替えっこをした。

「ふたりいてよかったですね。どっちの味も食べられる」

暁海さんがどん兵衛をすする姿を、なぜだろうか、ぼくはちょっとおかしいほど幸せな気持ちで眺めた。ぼくの人生の中で、今日は特別にいい一日だったと思いながら。

北原暁海　四十三歳　梅雨

母親から電話がかかってきたのは、松山《まつやま》空港で保安検査場を抜けたあとだった。

『この年で、しかもパートのまま昇進するなんて思いもしなかったわよ。仕事内容は変わらないんだけど、なんか妙にシャキッとするから不思議ね』

電話の向こうから、母親の張りのある声が聞こえてくる。六十代も半ばになって、パートとして勤めていた農園で主任を任されることになったそうだ。

母親は高校を卒業して今治の食品会社に三年ほど勤めたあと、友人の紹介で知り合った父親と結婚して家庭に入った。離婚で経済的基盤と精神的支柱を失い、立ち直るにも時間がかかり、数十年ぶりの外でのお勤めに苦労していたけれど、この数年でようやく本来の自分を取り戻した。経済的に自立できたことが大きな自信になったのだろう。既婚、独身、男女の別にかかわらず仕事の重要さをつくづく思い知る。

『今年中に「日だまりホーム」も出ようと思うの』

「え、どうして？」

『どうしてって、まあお給料も上がったことだし』

妙な歯切れの悪さを感じた。『日だまりホーム』は母親と同世代の女性が暮らすシェアハウスで、人間関係もとてもいいと言っていたのに急にどうしたのだろう。

「なにかあったの？」

『なにもないから心配しなくていいわよ。それよりあんたたちはどうなの』

「なにが？」

『本当に子供を作らないの？』

「またその話。作らないって前にも言ったでしょう」

そもそも、わたしと北原先生の互助会結婚から性行為は除外されている。

『草介さんはなんて言ってるの』

「特にほしいとは思いませんって」

やれやれといったふうに母親が溜息《ためいき》をついた。

『それはね、草介さんには結ちゃんっていう子供がいる余裕なの。それどころかもう孫までいるんだからお祖父《じい》ちゃんなのよ。あんたとは根本的にちがうの』

結ちゃんは五年前に結婚して島を出て行き、翌年には妊娠して子供を産んだ。セレーナと名づけられた女の子は今年で四歳になる――とはいえ、結ちゃんは北原先生の血を分けた子供ではない。それを言うとややこしくなるので黙っていた。

『ねえ暁海、今からでも離婚してもっと若い人と再婚したらどう？』

今度はわたしがあきれる番だった。

「わたし、もう四十過ぎてるのよ。今さら再婚して出産なんて」

『そうじゃなくて、せめて一緒に年を重ねていける人と生きてほしいのよ』

思いがけない言葉だった。

『そもそも男のほうが早死になのに、草介さんはあんたより十五も年上なのよ。普通の夫婦なら定年して、さあのんびりしようってときにコロッといっちゃう計算なの。だから子供を作りなさいって言ってたの。それが無理なら、せめてもっと若い人と再婚してほしいのよ』

親心からのアドバイスと知り、わたしは反論するのをやめた。

『そりゃあ、草介さんには悪いと思うわよ。一時期あの人も今治に愛人作ったりなんだりいろいろあったけど、その間もお父さんみたいに離婚なんて言い出さず、外は外、家庭は家庭ってきっちり線引きしてあんたを守ってくれたんだから。今は向こうさんとも切れたみたいだし、夫婦仲もよくて安心してた。でもね、その分、年取ってからあんたがひとり残されるかもしれないと思うとかわいそうになっちゃって』

そんな先のことまで考えてたら生きていけないよ、と喉まで出かかるのをこらえていると、タイミングよく飛行機の搭乗案内がはじまった。

「ごめん、そろそろ時間だから行くね」

『あんた、どこにいるの？』

「松山空港。今日から東京出張なの」

『相変わらず忙しいわね。気をつけて行ってくるのよ』

「なにかお土産でほしいものある？」

なにもいらない、といつもなら返ってくるのだけれど、

『そうねえ、じゃあショールがほしいわ』

「どんなの？」

『薄手で、軽くて、明るい色目で、でも派手じゃないもの』

「難しい注文ね」

『ほっそり見える色だと嬉しいわ』

自分のグループの呼び出しがはじまったので、わかったと答えて通話を切った。機内モードに切り替えるとき、向井《むかい》くんからメッセージが届いていることに気づいた。

——今夜の夕飯の店を予約したという知らせと、楽しみにしています。

その言葉に若干の甘さと重さを感じたとき、なぜか母の言葉が巻き返された。ほっそり見える色だと嬉しいわ——母は恋をしているのかもしれないと、ふと思った。


雑司《ぞうし》ヶ谷《や》にある向井くんの事務所は、通りから奥まった旗竿地《はたざおち》にあるおかげで静かだ。大きな窓からは桜の木が見えて、今は夏へ向けて明るい緑の葉を茂らせている。

向井くんは懇意にしているギャラリーオーナーから紹介されたテキスタイルデザイナーで、オーナーも交えて初めて三人で食事をしたとき、彼はわたしの代表作である『Homme fatal』に衝撃を受けたという話を熱心にした。わたしも彼の個展を見たことがある。会場の天井一面から布細工の藤《ふじ》の花が垂れ下がっていた。単色だと思った紫のそれが、複雑で繊細な赤と青に染められた布を組み合わせた階層的な紫なのだと気づいたとき鳥肌が立った。

話が盛り上がった後日、同席していたギャラリーオーナーの勧めでコラボ展の企画が決まった。互いに予定が詰まっていて実現までは時間がかかりそうだけれど。

「ひとりじゃできないことをしたいよね。いままでの向井一佳《いちか》カラーと井上《いのうえ》暁海カラーをとことん抑えて、必然として生まれて出会った世界を見せたい」

コンクリート打ちっぱなしの壁に、グレーと青と水色で統一されたインテリア。冷ややかな印象を受ける事務所なのに、主たる向井くん自身はいつも熱っぽい。

「ぼくたちはいつもどう表現するかに重きを置くけど、逆に絶対見せないぞと閉じても防ぎきれずに洩《も》れてくるものが本質っていうか真髄だと思う。だから相当しんどい試みになるだろうね。自分で自分に制限をかけることになるんだから。暁海さんはどう思う」

向井くんが身を乗り出してくる。彼は最初からこんな感じだった。ぼくはこう思うけれど、あなたはどう思う。ぼくならこうしたけれど、あなたならどうした。彼は感覚に引っかかったものを解きたいタイプで、意見がちがうなら納得するまで話し合おうとする。真っ直《ます》ぐ向かってくる熱量に当てられ、わたしはたまにぼうっとする。

櫂もよくこんなふうに尚人くんと漫画を語っていた。そういうとき、一緒にいるのにわたしは弾《はじ》き出《だ》されたような気分になった。けっして入っていけなかったクリエイターの世界。憧《あこが》れながら、自分には届かないと思っていた世界に、今、わたしはいる。

「暁海さん」

意識を戻すと、じっとこちらを見ている向井くんと目が合った。

「また青埜さんのところに行ってただろう」

「ちゃんと聞いてたわ」

「嘘だ。ぼくにはわかるよ」

わたしは小さく笑ってごまかした。

初対面のとき、彼があまりにも『Homme fatal』を絶賛するので、作品イメージと一緒について櫂との話をしてしまった。青埜櫂の名前は久住《くずみ》尚人と揃って、今も彼らの作品と共に残っている。インターネットで検索すれば、すぐに経歴と報道被害で運命を狂わされた早逝の天才といった伝説じみたエピソードまで知ることができる。

「あなたといると、あのころの櫂と一緒にいるような気になるの」

「写真を見たことあるけど、顔はそんなに似てないよ」

「雰囲気かな」

「ぼくを媒介に青埜さんとデートするのはやめてほしいな」

向井くんは不満げに唇を尖《とが》らせた。子供っぽい様子に、彼がわたしより六つも年下なことを思い出す。ごめんなさいと謝ると、向井くんは少し居住まいを正した。

「ぼくとの話、ちゃんと考えてくれてる?」

前回の打ち合わせの帰り、ふいに気持ちを告げられた。なんとなくそういう雰囲気になって、なんとなくそういう関係になるのが大人だと思っていたので、好きです、あなたとおつきあいがしたい、と学生のように生真面目に告げてきた彼に驚いた。

——暁海さんは結婚してるんだから、順番を守るのは当たり前だろう。

そう言われ、わたしはもうずいぶんと長い間、そういう『真っ当さ』から外れたところで生きてきたことを思い知らされた。自分のこれまでの選択を悔《く》いてはいない。今さらそちらに戻りたいとも思わない。けれど世の中には『正しさ』や『誠実さ』がちゃんと存在していて、久しぶりに触れたそれを素直に眩《まぶ》しいと感じた。

——いや、そもそも人妻に告白をするなって話かもしれないけど。

とバツが悪そうに彼はつけ足し、それもそうねとわたしは笑い、なんとなくまた歩き出した。

別れ際、ちゃんと考えて、と向井くんが改札の向こうで手を振った。

「すぐ返事できることじゃないのはわかってる。ぼくはちゃんと待つ。でも青埜さんがライバルっていうのは不利すぎるから、適宜アピールしていこうと思って」

素直な人だなと思い、けれどその気持ちはわたしの中で恋には通じていない。

「向井くん、わたし――」

「待って。お断りはもうしばらく様子を見てからにして」

手を軽く突き出してストップをかけてくる。

「どうして断ろうとしてることがわかったの？」

「ああ、もう、待ってって言ったのに」

大袈裟《おおげさ》に肩を落とすリアクションをされ、ごめんなさいと謝りながら笑ってしまった。

「いや、まあでもぼくが悪いよね。あなたは人の奥さんなんだから」

向井くんはテーブルに頬杖《ほおづえ》をつき、でもさ、とわたしを斜めに見た。

「暁海さんの結婚はまともじゃないからなあ」

わたしは曖昧《あいまい》に首をかしげた。まとも。正しさ。真っ当さ。常識。倫理。道徳。いろいろな言い方がある。わたしはある時期思い切ってそこから外れ、いつしか外れていることも特に気にしなくなり、向井くんをきっかけにそれらの存在を思い出したところだ。

「旦那さんと寝てないんでしょう？」

ストレートな問いに、え、とわずかに目を見開いた。

「前に飲んでたとき、ちらっとそんなこと言ってたよ」

思わず視線が泳いだ。若いときはお酒でよく失敗をした。もうあんなことはないと思っていたけれど、酔うと気が弛《ゆる》むのは変わらないらしい。大人になるって難しい。

「レスなんて、よくある話だと思うけど」

「あったものがなくなるのと、最初からないのとはちがうんじゃない？」

「うちは特に不都合はないの」

「女性として不幸だよ」

「主語が大きくなると、途端に信用度が低くなるって知ってる？」

「ごめん。男も同じように不幸だよ」

「少なくとも、わたしは不幸じゃない」

「個じゃなくて、人という種の哀しみだよ」

向井くんは最近の少子化問題、若者の恋愛離れ、ひいては性欲の減退について、それらはすべて人類という種が限界にきているからではないかという話をはじめた。わたしと北原先生が寝ていないという話から、ゆるやかな人類滅亡論へと。主語が大きいどころかテーマが壮大になってきて、こうなるとかえって愉《たの》しく話せてしまう。

「暁海さんの旦那さん、教師だったよね」

ひとしきり論じたあと、向井くんはふいに話題を戻した。

「暁海さんが教師の奥さんをやってるなんて不思議だな」

「なにが？」

「ものを作る人間にしかわからないことってあると思うんだよ。青埜櫂なんて没後十年経っても熱狂的なファンがいる作家だし、パリのメゾンからも依頼がくる暁海さんとはお似合いというか、ジョンとヨーコみたいな感じで納得できるんだけど」

最後のジョンとヨーコで噴き出してしまった。

「なんで笑うんだよ」

「だって、すごいところと並べるから」

そう言うと、向井くんは気恥ずかしそうに唇を尖らせた。

「伝説の恋人同士って憧れちゃうんだ。シド&ナンシー、ボニー&クライド。でもロミオとジュリエットは惹《ひ》かれない。不器用で愚かなのは一緒なのになんでだろう」

「狂気の成分が足りないのかしら」

「なるほど。甘すぎるロマンスには血飛沫《ちしぶき》がよく似合う。あれ、これよくない？　ぼくと暁海さんのコラボ展、テーマはロマンスと血飛沫、赤と白」

わたしはくすくす笑った。向井くんのわたしへの気持ちの正体は、櫂が残した『汝、星のごとく』に登場するヒロインへのものだ。向井くんは現実のわたしではなく、伝説の恋人同士に憧れている。それがわかっているから、わたしも彼に恋をできない。

「わたしも櫂も、あなたが思ってるようなものじゃない」

わたしたちが過ごした十五年間は、小説のようにドラマチックでもロマンチックでもなかった。挫折《ざせつ》と失敗と後悔を繰り返した末、やっと辿《たど》り着《つ》いた高円寺《こうえんじ》の小さなアパートでの一年間。

櫂はどんな気持ちであの物語を綴《つづ》ったのだろう。

わたしたちがまだずっと若かったころ、櫂が言ったことがある。酒も、物語も、自分を『ここ』から逃がしてくれる手段だったと。現実にいながら、どこにもないもうひとつの世界へと翔《と》ぶ心持ち。わかるようで、わからない。わたしも刺繍をしていると現実を忘れることがある。一針一針、星のように煌めく極小なビーズやスパンコールを刺していくたび、浮かび上がってくる美しい世界に呑《の》み込《こ》まれていく。それは無心の時間だ。けれど小説家はそうではない。絶えず思考し、言葉を選び取っていく。無心ではできない。

「また青埜さんのところに行ってる」

視線を戻すと、向井くんは苦笑していた。

「十年経っても忘れられない恋か。太刀打ちできないよね」

向井くんが言い、わたしはゆっくりと視線をなにもない宙に移動させた。ずっと覚えていることと、忘れられないことは、どうちがうのだろう。櫂のことを想っているのか、自分のことを考えているのか、それとも過ぎ去った時間そのものを慈しんでいるのか、すべてが渾然一体《こんぜんいったい》となり、もはや恋とは言えないものになっている気がする。

「ぼくとのことはともかく、せめて東京に出てくればいいのに」

「事務所があれば便利だとは思うけど」

忙しいときは月に何度も上京する。ホテル暮らしは正直疲れる。

「仕事だけじゃなくて、生活ごと拠点を移せばいいんだよ。あなたの才能を必要としている人はたくさんいるし、実際のところ旦那さんよりも稼いでるだろう。島暮らしは素敵だけど、あなたはそれを言い訳にして自分を守っているようにも見えるよ」

「守る？」

「あなたは青埜櫂を忘れることが怖いんじゃない？」

的外れすぎる。けれどそれを言葉にする必要は感じなかった。

「新しいものを入れたら、古いものが押し出されてしまうと思っているみたいだ。だから自分の暮らしを変えようとしない。そうすることで青埜櫂との恋を永遠にしようと思ってるんじゃないかな。だから刺激も変化もくれない今の旦那さんは都合がいいんだ」

的外れ、プラス勝手な決めつけ。それもしかたない。自分の価値観の中で整合性の取れる物語を作る、それが一番簡単で気持ちのいい他者への理解の方法だからだ。

「もっと自由になりなよ」

「わたしは好きにやってる」

「そう自己暗示をかけてるんだよ」

当事者よりも物事をよくわかっている、という顔をする人がいる。わたしは好き勝手に語られることに慣れている。言い返して波立たせるよりも、水のようにゆるやかに受け流せばいい。それでわたしのなにかが傷つくことはない。

「あなたを自由にさせてあげられる人が他にいると思う」

「たとえば向井くんとか？」

茶化《ちゃか》すように問いかけてみた。

「少なくとも、今のあなたの旦那さんよりはね」

「どんな人かも知らないくせに」

自分の声の冷たさにびっくりした。向井くんも驚いている。わたしは場を取り繕《とつくろ》うことも言葉を取り消すこともしなかった。自分のことを言われるのは慣れている。けれど北原先生を貶《おとし》められることは許せなかった。激しい怒りの感情にわたし自身が戸惑うほどに。

「ごめん。言い過ぎた」

「わかってくれてありがとう」

うなずいたものの、怒りで波立った心はすぐには静まらない。これほど御しきれない感情がまだ自分の中にあったこと。それの出処が北原先生だということにも困惑する。

わたしは窓辺に目をやった。微《かす》かにさらさらという音が聞こえている。いつの間にか雨が降っていて、濡れて色艶を増した緑が目に映る。蜘蛛《くも》の巣に囚《とら》われた雨粒が光を反射させている。繊細な美しさが揺れる心をなだめてくれる。

「来週には梅雨明けらしいよ」

向井くんが言い、視線を動かさずに「うん」と返した。

今年も夏がやってくる。

櫂を見送ってから十度目の夏が。


一週間の出張も終わり、松山空港から今治行きの電車に乗って、あとはタクシーで櫂のお墓のある霊園へと向かった。梅雨が明けた空はからりと晴れ渡っている。霊園の入口でタクシーを降り、掃除道具をレンタルしてゆるやかな坂を上っていく。

緑の木立の隙間《すきま》を、蟬《せみ》の啼《な》き声《ごえ》が埋め尽くしている。途中で息が切れてきた。四十歳を越したあたりから体力が落ちてきて、反比例するように体重が増えた。ダイエットと健康維持を兼ねて運動をはじめたけれど、仕事が立て込んでくるとサボってしまう。

櫂のお墓はいつものように雑草に埋もれていた。櫂が死んで二、三年は櫂のお母さんもお盆にお参りにきていたけれど、それ以降はほったらかしにされている。

——櫂はここにはおらんもん。

昔流行《はや》った歌のようなことを言っていた。櫂のお母さんは相変わらずで、年齢を重ねても良くも悪くも自分を貫いているところがもはやあっぱれだ。世間的には最低の親だけれど櫂は赦《ゆる》していたし、そういうだらしないほど優しくて寂しい櫂をわたしは愛していた。

軍手をはめて、レンタルした鎌《かま》で雑草を刈り、墓石を洗い、最後に線香とお花、そしてウイスキーを供えた。初めて一緒に飲んだ千円程度の安い銘柄《めいがら》だ。漫画家として成功して大金を稼ぐようになり、一回の飲み会でわたしの月の給料分くらいを散財していた時代でも、櫂の自宅にはいつもこのウイスキーがあった。

墓石の前にしゃがみ込んでぼんやりしていると、背後から風が吹いてわたしの髪を巻き上げた。暁海、と名前を呼ばれた気にはもうならない。これはただの風だ。以前は一筋の風にも、雨にも、光にも、櫂の気配を感じていた。

けれど少しずつそれも失われて、十年が経った今年の夏、光は光で、風は風で、ただゆるやかに櫂のいない世界として再構築されてしまったことを思い知る。あのときわたしを櫂の元へと羽ばたかせた自由が、今度はわたしを櫂から解き放とうとしている。自由とは哀しみや痛みを伴うものだということを、わたしは久しぶりに思い出した。


帰宅すると、大きなスーツケースがふたつ玄関に置いてあった。見慣れない靴が二足。大人と子供のサイズ。居間とひと続きになっている台所に入ると、喪服姿の北原先生と、奥の居間で喪服をハンガーにかけている結ちゃんと娘のセレーナがいた。

「暁海、おかえりなさーい」

ややアクセントの怪しい日本語でセレーナが駆け寄ってくる。ただいまと腰のあたりで抱き止めた。今年で四歳。前に会ったときよりぐんと背が伸びている。

「お疲れさま。お葬式、いろいろと大変だったでしょう」

セレーナの明るいブラウンヘアを撫《な》でながら、結ちゃんへ声をかけた。

東京での仕事中、菜々さんの母親が亡くなったと北原先生から連絡をもらった。菜々さんと現在の菜々さんのパートナーである柄本さん、北原先生、そして結ちゃんとセレーナが急遽《きゅうきょ》オーストラリアから帰国することになった。葬儀は滞りなく終わりました、と北原先生から連絡をもらったけれど、『葬儀は』という部分にざらつきを感じた。

明日見家は三年前に父親が亡くなり、今回、母親が亡くなったことで財産のほとんどを菜々さんと結ちゃんが継ぐことになった。明日見家は地元では名の知れた総合病院を経営しているらしく、そちらはすでに親戚《しんせき》が継いでいるそうだ。その他の遺産の分配に関しては生前から段取りをしていたそうだけれど、いざとなると揉めるのが相続というものだ。

「大叔父さんとか大叔母さんとかが出てきて細かい話をされたけど、まあ結局は遺産を寄こせってことだった。菜々さんもわたしもそんなにたくさんはいらないと思ってたけど、寄こせって言われると絶対やらんって気持ちになるの不思議だよね」

部外者が踏み入りすぎないようにというわたしの遠慮を、結ちゃんは特に気にすることなく踏み越えてきた。明日見家の顧問弁護士を交えて協議は続くそうだけれど、相当な額が確実な取り分として保証されているので文句はないと結ちゃんは言う。

「きっとお祖母《ばあ》ちゃんがわたしの背中を押してくれたんだと思う。これで安心して離婚できるわ。いろいろ決まるまでの間、セレーナとここに住まわせてね」

え、なに？　と思わず聞き返してしまった。

「①ノアが店の従業員と浮気した。②許せないから離婚する。③お祖母ちゃんの遺産でこっちでお寿司屋さんをやる。事後報告になってごめんなさい」

しばらく厄介になりますと頭を下げられた。ここは結ちゃんの実家なので、戻ってくることに問題はないけれど、てっきり幸せにやっていると思っていたので驚いた。北原先生を見ると、そのようです、とさすがに複雑そうな顔をしている。

「寿司屋はともかく、勢いで離婚を決めたんではないといいんですが」

「離婚なんて勢いでするものでしょう?」

結ちゃんがあっけらかんと言う。

「きみは結婚するときもそんなことを言っていましたよ」

北原先生はやれやれと首を振った。離婚については、北原先生もなにも知らなかったそうだ。葬儀の連絡をしたとき、ちょうどよかった、わたしとセレーナだけ帰るわと返事がきて、なにやら不穏な気配を感じていたそうだけれど——。

「ノアくんはなんて言ってるの?」

「浮気をしたのは悪かった。相手の人に対しては友人以上の気持ちがあって、デートしたのは五回で寝たのは一回。お互いの幸福な人生のための離婚なら応じるつもりだって」

ずいぶん淡々としていると思ったけれど、オーストラリアでは離婚は人生をよりよくするためのポジティブな選択肢のひとつとして捉えられているらしい。

「とはいえ問題はあるんだよ。日本みたいに夫婦とか家族単位じゃない、個人の幸せに焦点が当てられてる分、離婚するときの財産分与や養育費やその他諸々《もろもろ》の取り決めが信じられないくらい細かいの。素人には手に負えないから弁護士が必要で、その費用がバカ高い」

それが原因で籍を入れないという選択をする人も多いそうだ。

「なんとかやり直す手立てはないの?」

わたしは台所へと目をやった。セレーナは北原先生の膝《ひざ》に座り、小さく切ったスイカを食べさせてもらっている。セレーナはパパっ子だと以前に聞いた。

「わたしたちが離婚したって、ノアはセレーナの父親のままだよ。父親の助けが必要なときはノアに連絡するし、ノアも当然だって言ってる。セレーナが会いたいときはいつでも会えるし、セレーナがノアと暮らしたいならそうすればいい。選択権はすべてセレーナにある。でも夫婦であり続けるかどうかはまた別の問題でしょ」

非の打ち所がない——なさすぎる鉄壁の正論だ。それが逆に必死でなにかを守ろうとしている盾のように感じられる。結ちゃんは早口で話しはじめた。

生活って、積み重ねるほど色褪《いろあ》せていくものだよね。どんなに好き合って結婚してもだんだん新鮮みは薄れていく。でもさ、ときめきとか、そういうのじゃないもので補い合って、支え合って、一生やっていこうと決めるのが結婚だよね。夢のない言い方したら、確実になにかを諦《あきら》めることでもあるじゃない。それでもいいから、それ以上のものを得られるって信じて、ふたりで力を合わせて生きていこうって約束することだよね。

慣れない海外暮らし、最初は高校生レベルの英語からスタートで、仕事だって初挑戦の寿司職人で、まあ、これは自分からやりたいって言ったことだからしかたないけど、なんとか慣れはじめたところで妊娠して、セレーナ産んで、また初挑戦の嵐《あらし》だよ。ふたりでたくさんがんばったんだよ。しんどいときも支え合ってきたんだよ。

「でもね、そういう忍耐を美化する精神性自体、海外では通用しないんだよ」

「ノアくんだって半分は日本人でしょう」

ちがう、と結ちゃんは首を横に振った。

「価値観って血じゃなくて、育った環境によって作られる。ノアの価値観は日本人とはちがう。いつも家族単位で考えるわたしと、ううん、ノアもちゃんと一番にわたしたちのこと考えてくれてたけど、それとは別にノアは自分自身の人生の——」

結ちゃんはふいに言葉に詰まり、ぐっと眉間《みけん》に皺《しわ》を寄せた。

「……ちがう、そんな小難しい話じゃなくて」

結ちゃんの目の縁に涙がたまっていく。ああ、もう決壊する。視線を送ると、北原先生が黙ってうなずき、散歩に行こうとセレーナを抱き上げて台所を出て行った。

「……わたし、油断してたのかもしれない」

うつむく結ちゃんの目からぽたりと涙が落ちた。

「最近、ずっと自分のメンテをサボってた。母親やって、仕事して、疲れて、ノアと過ごすときが一番手を抜いてた。ノアのことどうでもいいんじゃなくて、逆にわたしだけのほっこりできる場所だと安心してた。夜もセレーナが産まれてからは断ってた」

最初はそのことでノアくんと喧嘩《けんか》になったという。今は疲れているからそれよりも眠りたい、子育てが落ち着くまで待ってと拒否し、それが何度も続いたある夜、セックスレスは離婚の理由になるとノアくんから言われて頭に血が上った。売り言葉に買い言葉で、夫婦間でもレイプは成立するんだよと過激な言葉をぶつけてしまった。

その日を境に、ノアくんは一切誘ってこなくなった。少々言い過ぎたと結ちゃんも反省していたが、わざわざ話を蒸し返してまた喧嘩になるのは面倒だった。とりあえず自分の気持ちを理解してくれたのだとのんきに構えていたそうだ。

「日本の友達に聞いてもほとんどがレスって言うし、そういうものだと思ってた。でもそうじゃなかった。ノアは父親であると同時にひとりの男だった」

ノアくんの浮気が発覚したとき、セックスレスはパートナーへの虐待だとノアくんから言われた。逆ギレするつもりかと思ったけれど、ノアくんは悲しそうだった。

――きみにとってぼくとの行為は苦痛だったかもしれないけど、ぼくにとっては愛する妻とのコミュニケーションの手段で、愛情で、癒やしだったんだ。

「そう言われて、ノアのつらい気持ちが少しわかった。だからって『じゃあ、これからはしましょう』ってことじゃないし、浮気したことを簡単に許したくなかったし、ノアに反省してもらいたくて順番がおかしいってことは言った。だったらわたしと離婚してからその子とつきあえばよかったんだよって、どっちも手に入れることはできないよって」

ノアくんは黙り込み、結ちゃんは自分の正しさと勝利を確信したけれど、

――そうだね、きみの言うとおり、離婚という選択肢をまず入れるべきだった。

結ちゃんは呆然《ぼうぜん》とした。ぼくが悪かった、浮気なんて二度としない、離婚なんて言わないでくれと泣きついてくると思っていた。慌てたけれど、ここで譲歩すれば意に沿わないセックスを受け入れることになる。それはノアくん相手でも嫌だった。対価が金銭か家庭の平和かだけのちがいで、なにかと引き換えに身体を差し出すことに変わりはない。

そんなつもりではなかったのに、結果として、自分から離婚に話を発展させてしまったのだと、なんでこんなことになっちゃったんだろうと結ちゃんはしゃくり上げた。

単独親権制の日本では、離婚すれば父親側と母親側で家族が真っ二つに割れるイメージが強く、そのせいで子供を理由に離婚に踏み切れない夫婦も多い。一方のオーストラリアは共同親権制度に近いので、離婚しても子供を中心に別の形で家族の縁が続く。養育費も国がきちんと取り立てる。そのせいか離婚へのハードルが日本人よりずっと低いのだと結ちゃんは言う。それは夫婦間で話が嚙み合わないだろうと、改めて国際結婚の難しさを感じた。

「どうしたらよかったんだろう。わたしは週に何十分かだけ家庭の安泰のために我慢してセック

スすればよかったのかな。ノアは男であることを封印して、父親としてだけ生きていけばよかったのかな。婚外交渉を認め合うオープンマリッジも提案したけど、それはノアから拒否された。セックスは心から愛する人とだけしたいって。そこはわたしも同じなのに」

「ねえ結ちゃん、少し時間を空けて、落ち着いてからもう一度考えたらどう？」

疲れているときや悲しいときはあらゆる処理能力が低下する。それでなくても結ちゃんもノアくんも若いのだ。相手をとことん追い詰め、逃げ道をすべて塞《ふさ》いでしまえば、あとは刺し合うしかない。正しさを主張するあまり、本末転倒な結果を招いてしまう。

しかし結ちゃんは首を横に振った。今回のことだけではなく、価値観のちがいは様々なところに転がっていたと言う。家族観、宗教観、日常の中の些細《ささい》な習慣のちがい、生じる違和感。それらを今までは愛情と思いやりで擦り合わせてきたけれど——。

「一緒に乗り越えるぞって自分を奮い立たせるエンジンが壊れた感じ。ノアを今も好きだし愛してる。でもわたしは自分を騙《だま》し続けるような結婚生活はいや」

結ちゃんはハーフパンツの布地を皺が寄るほどにぎりしめている。結ちゃんは正しい。けれど正しさだけでは救われないのが人の心だということも知っている。

「……うん、よく決めたね。結ちゃんは偉い」

日に焼けて少しぱさついた髪を、良い子、良い子とゆっくり何度も撫でた。昔、こんなふうに自分も瞳子さんに頭を撫でてもらったことを思い出す。

「子供じゃないし」

結ちゃんが顔を上げ、鼻水を垂らしながら笑う。

「じゃあ大人扱い。お酒でも飲もうか」

そう言うと、結ちゃんは手の甲で乱暴に涙と鼻水をぬぐった。

「よし、飲むかー」

立ち上がり、ふたりで台所へ行った。お漬物やチーズを適当に切って、仕事先からもらった良い白ワインを手に縁側へ行き、冷えるのを待てずにグラスに氷を放り込んで乾杯した。

「暁海さんとふたりで飲むの初めてじゃない？」

「そうね。なんせ初めて会ったとき、結ちゃんは五歳だったから」

「寝てたから覚えてない。おばさんが瞳子さんの家に火をつけようとしたんだっけ」

「すごい緊張感の中で、あなただけは車の中ですやすや寝てた」

「とんでもない修羅場だよね。今の明るいおばさんからは想像できない」

一時はもう回復しないかと諦めたこともあったけれど——。

「忘れることはないけど、時間が経てば傷は塞がる。たまに古傷が痛んだりするけど基本的にご飯もお酒もおいしいし、天気がいいと気持ちいいと感じるようになる。すやすや寝てた五歳児が、結婚して子供産んで離婚して酒を飲むようにもなる」

ふたりで笑って、もう一度グラスを合わせた。人生は凪《なぎ》の海ではなく、結婚は永遠に愛される保証でも権利でもなく、家族という器は頑丈ではなく、ちょっとしたことでヒビが入り、大事に扱っているつもりが、いつの間にか形が歪《ゆが》んでいることもある。

「ねえ、暁海さん」

「なあに」

「櫂くんのこと、まだ好き？」

「好きよ。昔も今もこれからもずっと」

迷いなく答えた。

「お父さんのことは？」

「大事に思ってる。昔も今もこれからもずっと」

こちらも迷いなく答えた。

「女として好きだったのは櫂くんだったでしょ」

「そうね」

「じゃあお父さんと暮らしてる限り、この先もずっと恋愛っていう意味でのあれやこれやはないんだよね。その寂しさはないの？　もう一度恋をしたいと思わないの？」

思わずまばたきをしてしまった。

「そんなふうに考えたことなかったわ」

「じゃあ、今、考えて」

詰め寄られ、首をかしげて自分の心を覗き込んだ。

「考えたことがなかった、というのが答えなんじゃないかな」

「どういうこと？」

「そんなことを考えなくてもいいほど、北原先生との暮らしが幸せなんじゃない？」

結ちゃんはぽかんとし、それから噴き出した。あんまりおかしそうに笑うので、わたしもつられて笑った。結ちゃんがわたしの肩にもたれかかってくる。

「わたし、いつか暁海さんみたいな大人の女になりたいなあ」

どうだろうとわたしは夕空を見上げた。自分を大人の女だと思ったことはない。若いときから失敗ばかりしてきた。そんなわたしを掬い上げ、翔ばせてくれたのは——。

櫂への気持ちは恋愛という意味での愛情で、北原先生とは暮らしを共にするパートナーとしての情愛。種類がちがう。ちがうことすら意識しないほど、わたしは北原先生に守られてきたのだと、皮肉にも離婚する結ちゃんから教えられた。

北原草介　五十七歳　夏

暁海さんは喜怒哀楽がわかりやすい人だ。本人は気づいていないだろうが、なにかいいことがあったとき、いやなことがあったとき、顔を見ればなんとなくわかる。

最近、スマートフォンを操作しながら暁海さんがふっと微笑むことがある。おそらく誰かからのメッセージを読みながらだろう。気づかないふりをしたかったが、そうもいかない。

その日、夕飯の支度《したく》を終えて食卓につき、さて、とぼくは切り出した。

「離婚しましょうか」

暁海さんはちょうどピンクの断面が美しい肉を口に入れようとしていたところだった。お中元でいただいた上等なフィレ肉を慎重に焼き上げたものだった。開いたままの口を閉じ、暁海さんは遺憾の表情でカトラリーを皿に置いた。

「せめて食後にしてほしかったです」

ぼくもそう思ったが、満腹状態で離婚を切り出すのもどうかと思ったのだ。

「結たちがいないのでちょうどいいと思ったんですが。気にせず食べてください」

先日から実家暮らしをはじめた結とセレーナは、本日、友人たちと食事へ出かけている。

「離婚を切り出されながらご飯なんて――」

食べられませんと続けるのかと思いきや、暁海さんはカトラリーを持ち直してステーキをぱくりと口に入れた。ああ、おいしいと眉間に深い皺を刻みながら言う。まずいのだろうかとぼくもひときれ食べると、やわらかなとてもいい赤身肉だった。

「おいしいと思いますが？」

「だからおいしいって言ってます」

暁海さんはむすっと、またひときれステーキを食べた。

「タイミングが悪くて申し訳ありません」

「そうですね。でも離婚はするのでご心配なく」

とりつく島もない言い方だった。

「説明をしたいので、まずは怒りをしずめていただけないでしょうか」

「怒ってなんかいません」

暁海さんはぱくぱくと肉を食べる。よっぽどお腹が空いていたのだろう。やはり食後に話をするべきだったと後悔していると、暁海さんがカトラリーをふたたび置いた。

「ごめんなさい。理由も言わずに怒るなんてフェアじゃないですよね。不満があるなら言葉にするべきです。ただ、ちょっと思い出してしまって」

「なにを？」

「前にわたしが離婚を切り出したとき、北原先生は『もりもり』ご飯を食べてたなあと」

表現の仕方に若干の棘を感じた。

「確かに食事をしながら話をしましたね。けれど『もりもり』食べてはいませんし、一番大事なことを話したあとだったので多少は空気がゆるんでいたと記憶しています」

「そうでしたっけ」

「そうです。そもそもきみが話の途中にお酒を作り出し、ついでにつまみも作ると言い出したんです。だったら食事にしませんかとぼくは提案しただけで、きみは自分から離婚を切り出し、そのうえ酒を飲み、茹で豚を『もりもり』と食べていました」

「わたしだって『もりもり』なんて食べてません」

「たくさん食べるのはいいことです」

「でも今の『もりもり』には棘がありました」

「きみのほうが先に『もりもり』に棘を仕込んだんですよ？」

軽くにらみ合い、なんの話をしているのかわからなくなってきた。

「先生が悪いんです」

「ぼくのなにが」

「いきなり離婚なんて言い出すから」

暁海さんはふいと横を向き、椅子に深くもたれた。ふてくされた態度は高校時代の彼女を思い起こさせる。状況も忘れ、ぼくは妙に懐《なつ》かしい気持ちになった。

「話し合いはします。きみが気持ちよく離婚できるように」

「気持ちよく？」

暁海さんが片眉をきりきりと吊り上げ、ぼくは慌てて口を閉じた。

「もういいです。離婚はしますからどうぞ安心してください」

彼女は立ち上がり、棚からウイスキーを取り出してグラスに注いだ。

「待ってください。なにか誤解が生じているのではないでしょうか。ぼくが離婚を提案しているのは、きみからは言い出しづらいのではないかと思ったからです」

「わたしがなにを？」

「好きな人ができたのでしょう」

ぼくは努めて冷静を装った。

「きみはまあまあ態度に出る人なので、すぐにわかりましたよ」

「それで離婚を？」

いぶかしそうに問われた。

「きみを大事に思っています。だから幸せになってほしい」

家族として十年以上共に暮らしてきたのだから、決断までには一抹の、いや、多大な葛藤があったが、それは自身で処理するべき問題だ。とにかく暁海さんが負担に感じないようにと感情を表に出さずにいると、彼女はなんとも言えない顔をした。

「確かに好意を持ってくれてる男の人はいました。口説かれるなんて久しぶりすぎて、ちょっと浮かれていたのかもしれません。とても恥ずかしいです。ごめんなさい」

「謝ることなど、なにひとつありません」

「でもその人とは仕事以外なにもありません」

「なぜ。今のきみにとても似合う人なのだろうと想像していますが」

似合う……と暁海さんは繰り返した。

「わたしより六つも年下なのでたまに会話がズレますけど、仕事について語り合うことができるし、クリエイター同士、お互いの世界を美しいと感じて尊敬しています」

「いいお相手ではないですか」

のろけだろうか——とぼくはつけ合わせのほうれん草を囓《かじ》った。苦い。

「先日、その人に言われたんです」

まだ続くのか——とうつむきがちにほうれん草を咀嚼《そしゃく》する。本当に苦い。

「今の旦那さんより、わたしをもっと自由にさせてあげられる人が他にいるって」

一瞬、顔も知らない男への怒りが湧《わ》いた。

「瞬間、怒りが湧きました」

感情を読み取られたのかと焦った。

「わたしの夫がどんな人かも知らないくせにって、自分でもびっくりするくらい冷たくしてしまいました。自由と言うなら、先生ほどわたしを自由にしてくれる人はいません。先生はわたしを櫂の元へ送り出してくれた。自由になる覚悟を決めろと言ってくれた」

ああ、そうだ。ぼくは自分にできる全力で、彼女が望む未来へと彼女を押し出したかった。その気持ちは今も変わっていない。なのに、あのときのような清々《すがすが》しさがない。彼女が飛び立っていく姿を見たくない。ぼくはもうずいぶんと以前から彼女を——。

「でも、そうじゃなかったのかもしれないって最近思うんです」

暁海さんが言う。

「櫂の元より、先生はもっともっと先へとわたしを放ったのかもしれない」

ぼくはどう答えていいのかわからなくなった。

「ごめんなさい。なにを言ってるのかわからないですよね」

わたしにもわかりません、と暁海さんも言葉を切った。

ぼくたちは緊張感を持って見つめ合った。ぼくの頭に、ある提案が浮かんでいる。それを口にするのは勇気がいる。以前離婚話が持ち上がったときも、ぼくは間抜けな質問をしてずいぶんと恥ずかしい思いをしたのだ。できるならあんな思いは二度としたくないけれど——。

「互助会のルールを変えてみませんか」

勇気を出した。恥をかいても死ぬわけではないと自らに言い聞かせる。

「旅行をしませんか。普通の夫婦のように」

さきほどとはまた種類の違う緊張感が生まれる。

「普通の夫婦って、具体的にはなにをするんですか？」

答えに窮した。暁海さんはぼくをデリカシーがないと言うけれど、同じくらい、いや、それ以上に今の質問にはデリカシーがないように思う。それに気づいたのか、ごめんなさいと彼女が慌てて小さく謝った。心なしか耳が赤い。

「はい、わかりました。旅行をしましょう。普通の夫婦のように」

暁海さんが急に居住まいを正した。ぼくから視線は逸《そ》らしたままだ。

「少しでもいやなら断ってください」

「いやじゃありません」

「断られても、ぼくはなんら傷つきませんので」

暁海さんがむっとぼくを見た。

「先生って本当にデリカシーがない」

今のは確かに。

「申し訳ありません。でもきみも相当なので、おあいこではないでしょうか」

「わたしのどこが？」

「自分で考えなさい」

「先生みたいな言い方しないで」

理不尽すぎる。込み上げる腹立ちをこらえ、申し訳ありませんと再度謝った。しかしなぜぼくは謝っているのだろう。初めてと言ってもいい馬鹿《ばか》らしい喧嘩に目眩《めまい》がしてきた。

黙り込んでいると、わたしもごめんなさい、と暁海さんも頭を下げた。

「わたしたち、なんだか馬鹿みたいですね」

「ええ、どうしてこんなことになったのか」

離婚について話をしようと思っていたのに——。

「先生にもわからないことがあるんですね」

「当たり前です。ずっと前にもきみは同じことを言っていましたが」

「覚えてます。わたしが島を出る前の夜でした」

「互いに成長がない、わけではないと思いたいですね」

そう言うと、暁海さんはテーブルの端《はし》に置いていたスマートフォンを手に取った。それをぼくの前に突き出して、探しましょう、と言った。

「旅行先、今日中に決めて予約しましょう」

「ずいぶん急ですね」

「善は急げって言いますし」

善とは、と問う前に暁海さんはいそいそと棚の下からシャンパンのボトルを取り出した。栓を覆《おお》うシールを剝がすと針金に固定されたコルクが顔を出す。

「冷えていないのでは？」

暁海さんは冷凍庫から氷を手づかみでグラスに投げ入れた。栓が抜かれるときぽんっといい音が鳴り、細長いグラスに注がれた酒が底から金色の気泡を立てる。

「乾杯」

暁海さんがグラスを差し出してくる。なんの乾杯かはわからないが、理由などどうでもよかった。ぼくたちはグラスを合わせ、テーブルの真ん中にスマートフォンを置いて、北海道はどうか、沖縄もいいですね、温泉は時期的に暑いです、などと相談をした。

「お肉だし、赤ワインのほうがよかったかなあ」

彼女がシャンパンのグラスを手に首をかしげる。ですますではない語尾はあまり聞き慣れず、まるで普通の夫婦のようだと少し酔った頭で思った。

ある意味、ぼくたちはずっと常識からは外れた生き方をしてきた。それをいまさら普通のことをしようとしている。形を変えようとしている。それは今うまくいっている関係を壊すことにならないだろうか。こんな気持ちは初めてだった。不安と同じくらい、十代の若者のように心が浮き立ち、これからの未来に想いを馳せている。


ある日の夕飯のあと、珍しく結から散歩に誘われた。なにか話がありそうな雰囲気を察した暁海さんが、一緒にお風呂に入ろうとセレーナを連れていってくれた。

日没までは間があり、夏の濃いオレンジの光が海面に反射して目が痛い。近所の砂浜を目を細めて歩いていると、結がおもむろにポケットに手を入れた。

「これ、見つけたんだけど」

見せられたのは離婚届だった。ぼくのサインが入っている。

「洗濯する前にポケットの中をチェックしたの。こういう大事なものをチノパンの中とかに迂闊《うかつ》に入れるのやめて。入れてもいいけど、入れたことを忘れないで。ほんと心臓に悪い。っていうかなんで離婚？　暁海さんに好きな人ができたの？」

ぼくに好きな人ができたと考えないところが、この子の観察眼と洞察力の鋭さを物語っている。これは先日、離婚を提案したとき用意していたものだ。必要であればすぐ出せるよう、いやなことは一度ですましてしまいたいという合理的考えの産物だった。

「心配と迷惑をかけて申し訳ない。廃棄しておきましょう」

無用になった離婚届を受け取り、穿いているパンツのポケットに入れようとしたが、結の視線を感じたので、とりあえず手に持って歩くことにした。

「離婚はしないので安心してください」

「問題は解決したの？」

「そうですね。問題は最初からなかった、いえ、あったのだろうと推察しますが表面化する前に話し合いで、いや、表面化したのですが。なんだかよくわからない、けれど悪いものではない、名前のつけようがない、なんらかの作用で消失しました」

「とにかく円満なんだね？」

「はい」

「ラブラブなんだね？」

はいと答えることがためらわれたので、別の答え方をした。

「今度ふたりで北海道へ旅行します」

結の表情がぱっと明るくなった。

「え、いいねいいね。え、ちょっと待って。わたしが覚えてる範囲で、お父さんと暁海さんがふたりで旅行するのって新婚旅行以来じゃない？」

そうですねと流したが、あれは余計な憶測が生まれるのが面倒だったので形式的に旅行をしただけで、新婚旅行ではなかった。一応その夜に性交渉をするか話し合い、合意のもと行為に及んだが序盤で断念した。恋愛という意味での情愛がない相手との行為は気まずさしか生まず、ぼくたち夫婦のルールから性交渉は削除された。

しかし今度の旅行はちがう。あれこれ考えるとプレッシャーに襲われる。

考え込んでいるぼくの隣で、いいなあと結がつぶやいた。

「お父さんと暁海さんって、わたしの理想なんだよね。島の中じゃいろいろ言われてたけど、ふたりはどこ吹く風ですごく仲良かったじゃない。普通の夫婦とはちょっとちがう感じだけど、お互いをひとりの人間として尊重し合ってるのがすごくいい」

ぼくと暁海さんの結婚の内情を結は知らない。それは夫婦の問題で、子供と共有するものではない。それでも結の目に自分たちがそんなふうに映っていたことに安堵した。

「うちとは大違い」

あーあ、と結はうつむきがちに波打ち際を歩いている。

「結婚って難しいね」

「結婚に限らず、人間関係はすべて難しいですよ」

ゆっくりと暮れていく砂浜を、ゴールを決めずにぶらぶらと歩いていく。

「お父さんはやっぱりすごいよね。暁海さんが恋愛として好きだったのは櫂くんだし、暁海さんを島から出したとき、お父さんだっていろいろ思うことはあったでしょう。でも結局、櫂くんごと暁海さんを受け入れて、こうして今もずうっと仲良く暮らしてる」

「先日は喧嘩をしましたが」

「普通でしょ。夫婦なんだから」

その普通を、ぼくたちは初めてしたのだ。

「ねえ、お父さん」

結が立ち止まり、海をバックにぼくと向かい合った。

「なんでしょう」

「わたしは失敗したけど、お父さんはがんばってね」

太陽は今にも水平線に沈みそうになっていて、強烈に赤い日差しを背中に受けて結の表情はよく見えない。声は明るい。けれど今にも泣きだしそうに感じた。

「きみは失敗などしていません。新しい道を選んだだけです」

顔を見ないよう先を行くと、うん、と彼女がうしろをついてきた。

波音と砂を踏む音を聞きながら、ぼくは幼《おさな》いころの彼女を思い出した。初めて笑いかけてくれた日のこと。初めて見た『おんまく』の花火に手を叩いてはしゃいでいたこと。ランドセルに背負われているような入学式、美しかった結婚式。どれほど大人になっても、結婚しても、海を渡っても、子供を産んでも、ぼくの中で彼女は永遠に守るべき愛《いと》しい娘だ。

「ママー、おじいちゃーん」

細くて高い声に視線を上げると、護岸ブロックの傾斜を駆け下りてくる小さな影が見えた。セレーナのうしろには暁海さんがいる。結がさりげなく手の甲で目元を拭《ぬぐ》った。

「もうお風呂終わったの？　ほんと、あの子ってカラスの行水」

ノアにそっくりと苦笑いをすると、結は駆けてきたセレーナを抱きとめた。

「先生、今日のお湯、セレーナが苺《いちご》ミルクの香りにしちゃいました」

暁海さんが言い、たまにはいいでしょうとぼくは笑みを返した。

すっかり日が落ちた夜の砂浜を四人で歩いていく。セレーナがふいに、きれい、と濃紺の空を指差した。不安定に傾いた月の斜め下に明るく輝く一粒の星がある。

「金星ですね」

ぼくが言うと、夕星、と暁海さんがつぶやいた。どっちとセレーナが問う。

「金星にはいろんな名前があるのよ。夕星、一番星、宵の明星、明けの明星、赤星《あかぼし》」

「そんなにあるの？」

「そう、たくさんあるし、どう呼んでもいいの」

暁海さんが微笑んで夜空を見上げ、ぼくも釣られて見上げた。

時間は蛇行《だこう》する川のようにゆるやかに、あるいはごうごうと流れていく。川幅は次第に広くなり、やがて海へと辿り着く。波間から顔を出すと、頭上には煌めく夜空が広がっている。

生きていくということが、そんなふうであるようにと願う夜だった。

北原暁海　四十七歳　冬

二月の連休、北原先生の還暦祝いに旅行をした。

本当はもっと早くにするつもりが、うちの父親が脳梗塞《のうこうそく》で倒れるというアクシデントがあった。一命は取りとめたけれど右半身に軽い麻痺《まひ》が残ってしまった。

リハビリで日常生活に支障がないくらいには回復するらしいけれど、料理の仕事を続けるのは難しくなった。瞳子さんも介護があるので、思い切ってカフェの経営を結ちゃんに任せられないかと相談を受け、それを結ちゃんは「よろこんでー」と勢いよく引き受けた。

数年前に離婚した結ちゃんはその後、祖父母の遺産で寿司居酒屋を出し、インバウンドと瀬戸内ブームに乗って観光客をつかむのに成功した。意外や経営の才覚があった結ちゃんにとっても、カフェ経営は事業拡大の好機だったのだ。

父親と瞳子さんは生活に便利な今治のマンションに引っ越したけれど、回復したら戻るつもりで島の家はそのまま売らずに残している。やはり生まれ育った島がいいと父親は言い、わたしはどこでもやっていけると瞳子さんは笑っていた。芯《しん》の強い人だ。けれど父親より六つ年上の瞳子さんは七十歳を越している。なにかしら不調は抱《かか》えているはずで、そこに介護まで加わるのはきついだろう。できる範囲で助けたいと思う。

父親の見舞いに頻繁に行くわたしは、あんたは偉いね、お母さんとあんたを捨てて出て行った父親の面倒をみるなんてと褒められたり、一方であんな女など放っておけ、父親を奪って家庭を壊した元凶じゃないか、罰が当たったんだと、島の人達に諫《いさ》められたりした。相変わらず明後日《あさって》の方向から矢が飛んでくるが、まあねえ、でもねえと笑って流している。

父親と瞳子さんが大変だった一方、母親から突然の結婚報告の電話を受けた。とはいえ薄々気づいてはいた。最初の兆候は服装が明るくなったことだった。次になんの不満もなさそうだった『日だまりホーム』を出て、ひとり暮らしをはじめたこと。母親からは楽しそうな空気が伝わってきていたので、わたしも余計なことは言わなかった。

相手は月に二度開かれるファーマーズマーケットでボランティアをしている男性で、松山でも大きい農家のご隠居さんらしい。母親が勤める農園もファーマーズマーケットに出店していて、お互い配偶者の浮気が原因でバツイチという共通点もあり親しくなったそうだ。今月中には相手が新居のために購入したマンションに引っ越すらしい。

——お祝いとかなんにもしなくていいからね。草介さんにも言っておいてよ。

——そういうわけにはいかないでしょう。

——いいのいいの。籍も入れないし式も挙げないんだから。

——え、そうなの?

もしや結婚詐欺《さぎ》なのではと心配したけれど、

——籍入れると、財産とかややこしいことがあるでしょう。

向こうには娘さんと息子さんがひとりずつ。どちらも結婚して子供もいる。顔合わせをしたが温厚な人たちらしい。そうは言っても財産が絡むとこじれるのが現実だ。母親も相手の男性も、これからはゆっくり穏やかに過ごすことだけが望みだという。それでも新居の新築マンションは母親名義にしてくれたそうで、誠実な人なのだと安心した。

──だから気遣いはなしでお願い。あんたも今はあっちの手伝いが大変でしょう。

父親が倒れたことは、母親の耳にも入っていた。

──まだ六十代なのにね。やっぱり神さまは見てるのかもね。

母親が言った。湿り気を帯びていたら怖かったけれど、今は愛する人がいる余裕もあって母親の声音は朗《ほが》らかでさえある。それはそれでまた別の怖さがあるけれど。

籍も入れない、式も挙げないとは言っても向こうの親族と顔合わせくらいはしておいたほうがいい。来月のどこかの土曜日で調整することに決めて通話を切った。


「お義母《かあ》さんが幸せそうでよかったです」

「ええ、ようやく肩の荷が下りました」

浴衣《ゆかた》の裾をたくし上げて、露天風呂の湯に足だけつけながら言った。

今回の旅行は結ちゃんが北原先生の還暦祝いにプレゼントしてくれたのだけれど、部屋に案内されて驚いた。座卓のある主室とは別に寝室があり、山々が見渡せるテラスには石造りの広い露天風呂までついていた。備え付けの浴衣に着替え、露天風呂にまずは足湯として入ってみた。冷えた足にじんわりと湯が沁《し》みて、全身に血が巡っていく。

「でも人生ってわからないものですね。お父さんが家を出て行ってからずっと、何年も家に閉じこもってたときは、正直、お母さんはもう回復しないと思ってました」

「幸も不幸も、一点に留《とど》まり続けるものではないということでしょう」

「ええ。でもお父さんと瞳子さんも不幸ではなさそうです」

今いる場所で愉しみを見つける瞳子さんがついていれば、父親は大丈夫だ。幼いころはどこか怖かった父親だけれど、強くあらねば、自分が家庭を支えねば、という男性の呪《のろ》いにかかっていたのかもしれないと、大人になった今では思う。瞳子さんの隣にいるときの父親は、不思議なことに晩年の櫂に重なるときがある。

櫂もずっと男性の呪いをかけられてきた人だった。母親には頼れず、逆に守らなければという想いが櫂を年齢より大人びさせ、逆に大人になってから綻《ほころ》びがでた。わたしは櫂を身軽にしてあげたかった。もう荷物など持たなくていいのだと言ってあげたかった。

「この宿はいくらするんでしょう」

北原先生がうっすら雪化粧を施された山々へ目をやった。林に張り出す形で作られたテラスの下には川が流れていて、はりはりと透明な水音が聞こえる。

「高級そうですよね。でも結ちゃん、仕事がかなり順調なようですよ」

「それはよかった。けれど先ほども言ったように、幸も不幸も一点に留まり続けるものではありません。あの子は良くも悪くも勢い任せなところがあるので心配です」

「先生、結ちゃんにだけは心配性ですよね」

指摘すると、親ですからねと照れたように笑った。数年前まで、北原先生がこんな表情をすることを知らなかった。わたしは北原先生のことを鋼《はがね》のように感じていた。常に迷いのない完璧《かんぺき》な師のように思っていた。そんな人、いるはずがないのに。

「夕飯は特大サイズの蟹《かに》がひとり一杯ずつ出てくるそうですよ。皇室に献上するランクの蟹みたいで、それが宿代を押し上げてるって結ちゃんが言ってました」

「それは勢いがよすぎるというものでしょう」

まったくあの子は、と北原先生は父親の苦悩を垣間見せた。

「そもそも、そんな大きな蟹をぼくたちは食べきれるんでしょうか」

北原先生だけでなく、最近はわたしも食事量が減ってしまった。

「残した蟹は朝食に出してくれるって結ちゃんから聞きました」

「それなら罪悪感がなくていいですね。食事を残すのは好まないので」

「北原先生に似て、結ちゃんも基本的にはしっかり者ですよ。だから心置きなく献上蟹を楽しみましょう。なんせ今までで一番豪華な旅行ですから」

「確かに」

「今のはシャレですか？」

問うと、北原先生はちがいますと慌てて首を横に振り、その様子にわたしは笑った。

「ふたりでいろんなところへ行きましたね」

「暁海さんはどこが記憶に残っていますか？」

そうですねえと、足で湯をかき回しながら記憶を辿った。

初めては新婚旅行だった。もう十五年以上前になる。櫂と会うのは東京の櫂のアパートか今治がほとんどで、ちゃんとした旅行を男の人とするのも初めてだった。互助会形式とはいえ結婚なので夜の営みも一応試してはみたけれど、違和感が先に立ってそれを排除したのも今となっては笑い話だ。当時は真剣だったのだけれど。

二度目は四年前、北海道の美瑛《びえい》を訪れた。遥《はる》か遠くまで、ゆるやかに連なる丘陵地帯一面に広がる麦畑。風が吹く方向へと一斉に穂先が流れ、金色の海を渡る風の姿をふたりで見た。その夜、初めて北原先生と肌を合わせた。新婚旅行のときに感じた違和感はまるでなく、自然すぎることに戸惑ったほどだった。けれど翌朝はお互いにやや照れた。

それからは季節ごとにいろいろな場所へ出かけた。二年前はわたしの個展に合わせて一緒にパリへ行った。北原先生は夢のように美しいですと楽しそうにしていた。おしゃれとは縁がない人なのに、未知の世界を楽しめる性質なのでどこに行っても心地いい。

それらは、わたしにとっても未知の時間だった。

それまでわたしは櫂という愛の形しか知らなかった。わたしと櫂のそれは優しい形をしていなかった。激しい祈りと呪いだった。北原先生は、わたしが生まれた瀬戸内の島に果てなく打ち寄せる波のようだ。やわらかく、不定形な波間でわたしを自由に泳がせる。わたしは安心してどこまでもゆける。

「そろそろ夕飯ではないですか」

意識を戻すと、あたりには群青《ぐんじょう》色の夜が迫ってきていた。特に盛り上がって話をするわけではないのに、ゆったりと満ちた時間が過ぎていく。立ち上がると、濡れているので気をつけてと手が差し出される。わたしは自然とその手を取る。

夕飯が出されるダイニングからも山の景色が見えた。照明を絞ってあるので雰囲気がいいけれど、献立《こんだて》の字が読みづらい。折り畳まれた本日のメニューを卓上の灯《あか》りに近づけたり遠ざけたりしていると、こちらを見ている北原先生に気づいた。

「老眼がはじまっちゃって。わたしもおばさんになりました」

照れ隠しにつまらないことを言ったわたしを、北原先生はまじまじと見つめてきた。

「きみは今のほうがいい顔をしていますよ。ぼくはとても好きです」

わたしは返事に困り、ありがとうございます、と小さな声でお礼を言った。この人は普段は朴念仁に近いのに、たまにこういうことを言うので困る。

北原草介　六十一歳　夏

東京は年々人が多くなる。若いころは関東の高校に勤めていて、たまには買い物にきたりしていたけれど、ぼくが知っている東京と今の東京はちがう。

「東京に住んでても思いますよ。よく通る道なのに、こんな建物いつできたんだろうって不思議になるときがあります。人の多さはインバウンドのせいですけどね」

少し前を歩く植木さんが快活に話す。雑踏の中でも不思議とよく通る声だ。彼とは櫂くんの葬儀の際に顔を合わせているはずだが、慌ただしかったのでよく覚えていない。暁海さんから名前だけは聞いていたけれど、ほぼ初対面と言ってもいいだろう。

ビルで埋め尽くされた景色を眺めていると、こちらですと植木さんが立ち止まった。新宿《しんじゅく》駅にほど近い大きな書店だ。書店のない街のほうが多いこのご時世に、ここはビルの一階から九階まですべて本屋さんだ。若いころ、ぼくも何度か利用したことがある。

「初めてきたとき、広すぎて中で迷っちゃいました」

隣で暁海さんが言う。昔、櫂くんと一緒によくきたそうだ。

「もう三十年ほど前ですけど、ここもずいぶん変わりましたね」

ビルの前では柱の縦型ビジョンに有名作家の新刊案内が流れている。

「暁海ちゃん、北原先生、こっちです」

植木さんに呼ばれ、エスカレーターで二階へと上がった。聞いていたとおり、売り場正面の棚には櫂くんの漫画と小説がびっしりと並べられていた。内容を紹介するポップの他に『早逝のカリスマ、青埜櫂の自伝的小説ついに映画化!』などと煽《あお》る大型パネルも飾られてある。思ったより大々的な宣伝に感心した。

「うちと薫風館が協力して推していますからね。あと売り場担当の方たちが、若いころ櫂くんと尚人くんのファンだったんですよ。だから張り切ってくれました」

「……カリスマかあ」

暁海さんは目を細めてパネルに見入っている。その横顔に切なさはない。ただ懐かしさにあふれた笑みを、ぼくと植木さんは黙って見守った。彼女にとっては恋人、植木さんにとっては担当作家、ぼくにとっては教え子であり妻の恋人であった櫂くん。

彼の小説『汝、星のごとく』が映画になると暁海さんから聞いたのは二年前。今さらと驚いたけれど、櫂くんと尚人くんの漫画を読んで育った若い監督からの、たっての希望で実現したのだという。櫂くんの小説には本人のみならず、暁海さんやぼくを想起させる人物も出てくる。どんなふうになるのだろうと暁海さんと話したけれど、それからなんの報告もなかったので頓挫《とんざ》したのだと思っていた。それが去年の半ばにクランクインの連絡をもらい、先月には完成披露試写会のお誘いが暁海さんとぼく宛《あ》てにきた。

「映画の情報が解禁になってから、書籍にもまた重版がかかってるんですよ」

振り返ると、すらりとした小柄な女性が立っていた。

「北原先生、こちらは薫風館で櫂くんの担当だった二階堂絵理さんです」

植木さんが紹介してくれた。こちらも櫂くんの葬儀で会ったと思うが、やはりよく覚えていない。ご無沙汰しておりますと互いに頭を下げた。

「遠いところ、お越しいただきありがとうございます。監督がぜひ暁海さんと北原先生に観《み》ていただきたいと熱望していたんです。それにもうひとつ――」

話しながら、二階堂さんが店内を進んでいく。奥はギャラリーのような場所になっていて、壁一面に映画の撮影風景を写した写真パネルが展示されていた。制作陣や俳優さんに混じって、櫂くん本人の写真もあった。

「映画を盛り上げようと、ここの書店員さんたちがパネル展を企画してくださったんですよ。長旅でお疲れだとは思ったんですが、どうしても見ていただきたくて」

「この櫂くんの隣にいるのは植木さんではないですか？」

写真を指差すと、お恥ずかしいと植木さんが照れ笑いをした。

「初めて発売前重版がかかったとき、このビルの上にある事務所で撮ったものですね」

二十代前半くらいの櫂くんがサイン色紙を作っている写真だった。隣で植木さんが介助をしていて、反対隣にいるのはコンビを組んでいた久住尚人くんだ。

「櫂くんたち、今ごろになって昔の写真が出回るとは思ってもいなかったでしょうね」

「きっと喜んでる……と言いたいところだけど、どうかなあ」

「櫂も尚人くんも照れ屋だったから」

暁海さんが言い、ぼくたち全員が納得した。思い出話をする中、二階堂さんが「そろそろ」と植木さんに小声で言った。植木さんがうなずき、先にエスカレーターを降りていく。しばらくすると二階堂さんが自分のスマートフォンを確認して「行きましょうか」と歩き出した。三人でエスカレーターを降りていくと、通りで植木さんがタクシーを停《と》めて待っていた。会社は違えど、植木さんと二階堂さんはいいコンビのようだ。

試写会は池袋《いけぶくろ》の映画館で行われた。業界関係者が多く、全体的に華やかな空気の中でぼくは浮いていた。自身もアーティストである暁海さんはさすがに場慣れしている。植木さんと二階堂さんは大手出版社の部長らしく、あちらこちらからひっきりなしに声がかかって挨拶を交《か》わしている。ぼくは一歩退いたところからロビーの様子を眺めた。

櫂くんと尚人くんの漫画を読んで心を揺さぶられた子供が成長し、映画監督になり、櫂くんの小説を原作にした作品を撮る。結よりも若い子たちが、今も櫂くんの本を読んでいる。うちの本棚にも櫂くんの本がたくさん並んでいる。すべて同じで別の本だ。

二階堂さんと植木さんは重版するたびに本を送ってくれるのだが、漫画の愛蔵版が八刷、小説が単行本は六刷、文庫本は十四刷になった。立ち寄った本屋でも、若い子たちが次々と手に取ってレジへと向かっていた。それらの出来事すべてに、ぼくは言いようのない胸の震えを感じている。櫂くんとすれ違ったこともない人たちが、時代を超えて彼の魂に触れることができる。そんなものを櫂くんは遺《のこ》したのだ。

つくづく自分を平凡な人間だと思った。櫂くんや暁海さんのように世に誇れる才能もなく、北原家の血すら遺さなかった。後悔ではない。結が誰より愛しいぼくの子供であることも変わらない。けれど、なぜか父と母、それぞれの祖父母、ぼくへと命をつなげてくれた顔も知らない血縁の存在を感じ、もうひとつの人生について想いを馳せた。

ロビーの喧噪《けんそう》が遠ざかり、ぼくはゆっくりと目を閉じる。もう一度人生をやり直せるとしたら、ぼくは子供を作るかもしれない。それは幸せな夢であり、自分は年を取ったのだなと悲しくもなる。失って、二度とは取り戻せないからこそ夢は眩しく光る。

「先生？」

目を開けると、目の前に心配そうな暁海さんがいた。

「気分でも悪いんですか。人混《ひとご》みに当てられたんでしょうか」

「いえ、ちょっと夢を見ていたんです」

暁海さんが首をかしげたとき、そろそろ入りましょうかと植木さんたちが戻ってきたので話はそのまま終わった。

前方と後方に分かれた観客席の中で、ぼくたちに用意されたのは後方の一列目真ん中という最高の場所だった。監督と主演俳優たちの舞台挨拶は作品への真摯《しんし》な取り組みと、観客への感謝にあふれた心温まるもので、しかしはじまった映画はそれまでの和やかなムードを一瞬で吹き飛ばし、観ている者をここではない世界へと連れ去った。

暗がりで発光するスクリーンの中に、あのころの櫂くんがいた。あのころの暁海さんがいた。あのころのぼくがいた。尚人くんが、植木さんが、二階堂さんが、みなそれぞれの人生を精一杯生きていた。客観的に見れば愚かで、歯がゆく、だからこそ愛しい。もう永遠に届かないあの時代のぼくたちが、眩しいほどの光の中で確かに息づいていた。

エンドロールが終わり、館内が明るくなっても、ぼくはなかなか戻ってくることができなかった。隣の暁海さんも微動だにしない。深く深く沈んだ分、浮かび上がるのに時間がかかる。植木さんと二階堂さんは静かに待ってくれていた。

夜は植木さんたちと食事をした。映画の感想を問われ、暁海さんとぼくは考え込んだ。なんと表現していいか言葉を探し、結局、言葉では伝えきれないという感想になってしまった。申し訳ないと恐縮するぼくたちに、物を創《つく》る人間にとって一番嬉しい感想ですと植木さんが言ってくれた。二階堂さんは監督宛てに早速ぼくたちの感想をメッセージで送っている。監督からはすぐに『感激です』と返信がきた。前菜がくる前にこれだけのことが行われる。東京の時間の進み方の速さに、島時間に慣れているぼくはついていけない。

食事がはじまり、やっと落ち着いた。フレンチと聞いていたので胃腸薬を用意していたけれど、野菜をメインにした軽やかなコースだった。十種以上の野菜を使った瑞々《みずみず》しい前菜、じゃがいものピューレ、人参のムース、見たことがないほど大きなアスパラガスに卵のソースがかかったもの、それぞれの野菜の味がしっかり出ていて素晴らしい。

「こんなのが家でも作れたら最高なのに」

暁海さんがアスパラガスに鮮やかな黄色のソースを絡めながら言った。

「気に入ってもらえてよかった。物足りないのではと少し心配してたんです」

「充分です。年々食事は軽めになっていってますから」

わかります、と植木さんと二階堂さんがうなずいた。ふたりとも若く見えるが植木さんは五十代半ばだそうで、二階堂さんは植木さんの五つ下だと言う。暑い季節は特に食欲が落ちる、その分ビールがおいしい、最近お腹周りがやばいんです、わたしはコレステロール値が……という話題で盛り上がり、そのうち定年後の話になった。

「北原先生はセカンドキャリアは考えてないんですか?」

「教員はなかなか難しいです。特に島では仕事がそう多くないので」

今は島の子供たちを相手に週に一度学習会を開いているけれど、そろそろ再就職に本腰を入れようと考えている。暮らしを共にするパートナーとは、できる範囲で生活のリズムを合わせていたい。フリーランスの暁海さんには定年がなく、刺繍作家として確固たる地位を築いた今は自分のペースを守りつつ、いい意味での緊張感を保《たも》って仕事をしている。そんな彼女にゆるみきった姿を見せたくはないし、ぼく自身、日々に張りを持っていたい。

「パートナーと生活のリズムを合わせるのは大事ですよね」

うなずく植木さんの隣で、全然合わせてないじゃない、と二階堂さんが軽やかに言い放った。植木さんが反論しようとするのを制して二階堂さんが話し出す。

「定年後は特にそうですよね。現役時代より一緒に過ごす時間が長くなるし、自分のペースができあがってるから、そこを乱してくる相手だといらいらしちゃう」

「二階堂さんは合わせる相手がいないから、そこ考えなくていいでしょう」

今度は植木さんが茶々を入れ、二階堂さんはむっと口を引き結んだ。

「わたしだってリズムを合わせたい人くらいいます。ひとつ屋根の下の結婚はもう懲《こ》りたけど、スープが冷めないくらいの距離でおつきあいできるのが理想ですね」

「それはいいね。ぼくはスープがすっかり冷めるくらいの距離で卒婚《そつこん》したい」

「植木さん、離婚したいの？」

「離婚じゃなくて卒婚。経済的にはこれまでどおり、新たな恋のパートナーも作らないけど住まいは別々。自分のペースで生活しながら会いたいときだけ会う形式」

「経済的にはこれまでどおりって、奥さん、専業主婦じゃなかった？」

「そうだよ」

「それで別居って、奥さんの完全なるＡＴＭになるってこと？」

「そうとも言える」

「そこまで自由になりたいなら、もうすぱっと離婚しなさいよ」

「そう簡単にはいかないんだよ。夫婦ってものは」

「自由になりたいけど手放したくはない、それは果たして愛なのかしら」

二階堂さんが神へ問いかけるように宙を見上げる。

「人の心の機微を帯文風にまとめようとするのは編集者の悪い癖だよ」

「褒めてくれてありがとう。帯文は得意なの」

微笑む二階堂さんに、植木さんは言い返せず唇を噛んだ。

「植木さんはセカンドキャリアを考えたりはするんですか？」

ぼくはさりげなく話題の方向を変えた。

「もちろん考えますよ。サラリーマン人生も残り少なくなってきましたから。とりあえず仕事は続けます。ただ再雇用制度を使うかは迷いますね。ずっと企業の中にいて充実はしていましたけど、やり尽くした感もあるので次はフリーランスもいいかもと」

「わかるわあ。組織に縛られず自由にやってみたいわよね」

うんうんと同意する二階堂さんに、え、と植木さんが目を向ける。

「二階堂さんはいつでもびっくりするくらい自由じゃない？」

反撃に転じた植木さんに、二階堂さんが「はあ？」と思いきり顔を歪めた。

「若いころから、わたしがどれだけ組織内の人間関係に苦労したと思ってるの。男性上司や同僚からはかわいくないって敬遠されて、後輩からは怖いって敬遠されて、円滑になるのであればと当たりをやわらかくしたら、なにを企《たくら》んでるんだって敬遠されて」

「二階堂さんは敵が多いからなあ」

「植木さんもね」

「この年までよく踏ん張ったと思うよ。お互いに」

「ほんとよ。おつかれおつかれー」

いきなり和解し、ワイングラスを合わせるふたりは良き戦友に見えた。

食事のあと二軒目に誘われたが、行きたい場所があったので丁重に断った。上京を決めたとき、時間があれば高円寺へ行きたいと暁海さんが言っていたのだ。

ふたりと別れてから、池袋駅へと向かった。移動続きで疲れているだろうが、暁海さんはタクシーではなく電車で行きたいだろうと思ったのだ。櫂くんときっと何度も乗っただろう東京の電車で、ふたりが最初と最後を共に過ごした街へと向かう。

「高円寺に行くのは久しぶりです」

どれくらい久しぶりなのか、喜びと怯《おび》えとためらいが垣間見える横顔に問うことはできなかった。行こうと思えば、彼女はいつでも行けたのだから。愛する人を永遠に失うということは、心の一部に鍵《かぎ》のかかった部屋を作ることに似ている。

高円寺駅の周りには、こぢんまりした飲食店がびっしりとひしめいていて、どこの店もにぎわっていた。おしゃれな今どきの若者たちが多いのに、池袋や新宿とはなんとなくちがう。ざっくばらんな下町という雰囲気で、初めて訪れるのに親しみを感じる。

「若い人たちが住みやすそうな街ですね」

「安くておいしいお店が多いから」

話しながら暁海さんが路地を曲がる。歩幅と方向を合わせて歩いていくと、あ、と暁海さんが立ち止まった。彼女の視線の先にアパートがある。かなり古い。

「まだあったんだ」

どこか幼い口調に、十代のころの彼女を思い出した。ここは高校を卒業して上京した櫂くんが最初に住んだアパートだという。建物横に塗装の剝げた鉄階段がついている。

「二階の右からふたつ目の部屋です。玄関入ってすぐが四畳半の台所で、奥が六畳の和室です。なぜか床の間があって、櫂は自分で棚を作って本を入れてました」

「ここは築何年なんでしょう」

「当時で三十年は経ってなかったと思うんですけど」

では今は築六十年前後だろうか。よく考えれば、うちも似たようなものだった。ちゃんと手入れをしていれば充分住めるし、若者のひとり暮らしなら家賃の安さは魅力なので意外と人気物件かもしれない。暁海さんはうろうろと敷地《しきち》を覗き込んだあと、また歩き出した。けれど次に暁海さんが立ち止まった場所には真新しいマンションが建っていた。

しばらく暁海さんは立ち尽くしていた。その間にも住人が帰ってくる。大学生らしき若いカップルで、コンビニエンスストアの袋を手にエントランスへ入っていく。

その後ろ姿を暁海さんは見つめていた。そのとき彼女はぼくの隣にいなかった。彼女は櫂くんと過ごした過去の中にいた。必ず戻ってくるとわかっているのに、ぼくは待てなかった。黙って彼女の手を取ると、我に返ったように彼女がぼくを見た。

彼女と彼の時間を遮《さえぎ》ったのは初めてだった。そんな自分を恥じた。けれど彼女をあんな寂寞《せきばく》の中にひとり置いておくことは我慢ならなかった。彼女が歩き出す。頼りなくなってしまった足取りを気にかけていると、あ、と彼女がつぶやいた。視線の先に飲食店がある。天ぷらの店のようだが、夜遅い時間なのに長い列ができている。

「ここ、すごくおいしいんです」

彼女が遠い目で言う。

「食べましょうか」

彼女は驚いた顔をした。

「さっき食べたばかりですよ？」

もちろん満腹だ。けれどそういう問題ではなかった。

「一人前を頼んでふたりで分けましょう」

「お店に悪くないですか？」

「ビールなどを一緒に頼めば問題ないと思いますが。待っていてください」

店に入って問うと「大丈夫ですよ」と返ってきたので彼女を手招きして列に並んだ。回転の速い店で、そう待たずとも順番が回ってきた。カウンター席に着き、壁に掛かっているメニュー札を眺める。ちらりと両隣を確認すると、みな天丼《てんどん》を食べていた。

「ここは卵の天丼がおすすめでした」

暁海さんが言い、そうしましょうとうなずいた。先にビールが出てきて、特に理由もなくグラスを合わせる。カウンターの向こうで店主らしき男性が卵を割り、振り返らずに殻をぽいぽいと後ろへ投げ捨てている。このパフォーマンスも名物のようだ。

しばらく待つと、カウンターに天丼と取り分け用の茶わんが置かれた。何種類もの熱々の天ぷらがのっていて、中のひとつが半熟卵の天ぷらだった。箸で割るととろりとオレンジの黄身が流れ出す。茶わんに取り分け、いただきますとふたりで手を合わせた。

ひとくち食べて、おいしい、とつぶやいた。暁海さんが嬉しそうにうなずいている。とはいえフレンチのあとの天丼とビールはきつかった。店を出て、駅へと歩きながらはち切れそうな腹をさすった。やはり寝る前に胃腸薬を飲んだほうがよさそうだ。

「無理をさせてごめんなさい」

暁海さんが言う。

「でも、無理をしてくれてありがとう」

返事の代わりに彼女の手を取った。そのまま月を見上げて歩いていく。

いつからか、ぼくたちはよく手をつなぐようになった。若い子たちはともかく、島では年輩の夫婦は手をつながない。北原先生のところは仲がいいねと言われる。うちなんてもうそういうの全然ないわ、旦那と手なんてと奥さんたちは笑う。本心半分、あとは照れ隠しなのを知っている。手をつながずともよい強固ななにかをあの人たちは築いているのだ。

では、ぼくと彼女はどうして手をつなぐのだろう。ぼくと彼女の間にある温かく、けれど脆《もろ》いなにかが、ぼくたちの手をつながせる。それをもう愛と名づけていいだろうか。

北原暁海　五十八歳　夏

料理が年々あっさりとシンプルになっていく。炒めるより蒸すことが多くなり、魚は茹でるようになった。代わりに調味料に凝《こ》りだした。塩麴《しおこうじ》、にんにく麴、醬油麴、玉ねぎ麴、山椒《さんしょう》の塩漬け、梅びしお、塩レモン、味噌《みそ》くらいは自分で作る。

市販のほうがおいしいものもあるし、自然派を標榜《ひょうぼう》しているわけでもない。どちらかといえば、それらの持つそこはかとない押しつけがましさが苦手なほうだった。

「味よりなにより、健康が最優先される年齢になったということでしょう」

北原先生がハンドルを操作しながら言う。西日が差す時間帯、しまなみ海道《かいどう》沿いの海は今日も凪ぎ、穏やかな海面が銀色の光を反射している。島と島をつなぐ橋を渡り、造船所の前を通って集落を山へと向かって走った突き当たりで車を停める。

「お父さん、入るよー」

玄関前から声をかけると、庭のほうから応える声がした。そちらに回ると、麦わら帽子をかぶって庭木に水を撒《ま》いている父親がいた。夏の盛りを迎え、旺盛《おうせい》に茂る植物たちは手入れが行き届き、百日白がこぼれんばかりに小さな白い花をつけている。

「お義父《とう》さん、こんにちは」

北原先生が挨拶し、父親が麦わら帽子のつばをつまんで会釈をする。ふたりが庭木の生長について話しているのを横目に、わたしは縁側から部屋へと上がった。キッチンは拭《ふ》き清《きよ》められ、室内も整頓《せいとん》されている。持ってきたクーラーボックスから食材を取り出していく。冷蔵庫を開けると、作り置きのタッパーが豊かに積まれている。すべて父親が作ったものだ。

見慣れた風景の中に、瞳子さんだけがいない。

十年ほど前に倒れた際に父親の半身には軽い麻痺が残ったけれど、リハビリに精を出したおかげでなんとか日常生活を送れるまでに回復した。そうして今治のマンションを引き払い、ふたたび島での暮らしがはじまった矢先に瞳子さんが交通事故で亡くなった。車の運転中、自撮りをしようと道路に飛び出してきた観光客を避《よ》けようとしたのが原因だった。

突然すぎて、父親もわたしたちも呆然とした。気持ちよさげに眠っているような死に顔が瞳子さんらしくて、お葬式は現実感のない夢のように終わってしまった。

――とこちゃんが八十を越して、そういう覚悟は俺もしてたんだがなあ。

葬儀のあと、ぽつりと父親が言った。けれどまさかこんなあっさりと、ぱちんとハサミで糸を切るような別れになるとは思っていなかったと。父親は泣いたり取り乱したりはしなかった。それすらできず、ただ深くうなだれていた。

今は日常を取り戻しているけれど、中身が詰まっていなくて、ゆらゆらした印象になった。わたしと北原先生は週に一度は父親と食事をするようになった。瞳子さんがいるから父親との関係も続いていると思っていたけれど、瞳子さんがいなくなってもわたしはここにくる。家庭を捨てた父親とその愛人など放っておけと罵《ののし》っていた人たちは、瞳子さんが亡くなり、父親が世間でいう孤独な老人になってようやく、まああの人たちもそれなりの報《むく》いを受けたことだし、やっぱり親だからねえ――と寛容さを見せた。

よくもそんなことが言えるものだと、怒りよりもあきれてしまった。無責任な島の噂話に心を押《お》し潰《つぶ》され、それでも抗《あらが》った若かった自分の頭をそっと撫でたくなる。

——あの人たちの誰も、あなたの人生の責任を取ってくれないわよ。

やわらかくかすれた瞳子さんの声で再生される。世間の尺度で測ると、瞳子さんは正しい人ではなかった。けれど正しさからこぼれたものを掬い上げてくれる人だった。若かったわたしに与えられた言葉が、手の優しさが、今のわたしの思考として蘇《よみがえ》る。血縁でなくとも、家族でなくとも、わたしにとって《つながる》とはそういうことだ。

ふたりが戻ってきて、父親が冷蔵庫から出した料理を温め直していく。動作はひどくゆっくりだけど、わたしと北原先生は飲み物を用意してのんびりと待つ。なんでもさっさとやってしまうわたしに、見守ることも大事ですよと北原先生が教えてくれた。

ポケットの中が震えた。スマートフォンを取り出すと、母親からメッセージが入っていた。旦那さんと温泉に行っているらしく、お土産はなにがいいかという問い。

気を遣わないでゆっくりしてきてと返信をして、ほっと安堵した。若い時間の多くを親のケアに使ったわたしは、良い親の条件のひとつは、少なくとも自立したひとりの人間であることと言い切れる。親に限らず、人との関わり合い全般に言える。精神的にも経済的にもひとりで立てるからこそ、大事な人が転びそうなときに支えることができるのだ。

「あっちは元気でやってるのか」

察した父親が訊いてくる。

「うん、最近あちこち温泉巡りしてるみたい」

そうか、と父親はうなずいた。父親の顔にも安堵の色が浮かんでいる。

瞳子さんが亡くなったとき、母親がわたしに言ったことがある。

――こたえてるでしょうね。あれだけ好きだったんだから。

父親と瞳子さんの関係を受け入れるような言葉を母親が口にしたのは初めてだ。憐《あわ》れみではなく、かといって優しさともちがう響き。わたしの視線に母親が気づいた。

――もう余計な荷物は持っていたくないのよ。

体力もないし、残り時間も少ないし、できるだけ身軽にいきたいのだと言う。どこへいくのかは訊かなかった。わたしたちはみな、そのときのために荷物を下ろしていく。軽やかに波間を泳ぎ、どこか遠い果てにある約束の島へと辿り着くために。

「じゃあ、食べようか」

ゆっくりと準備を整えて父親が言った。夕刻の朱色に満ちたダイニングに座り、いただきますと三人で手を合わせる。瞳子さんの席は今も美しい空洞を保っている。

北原草介　七十二歳　夏

仕事から帰ってくると、玄関先で暁海さんが友人と立ち話をしていた。泥のついた野菜の籠《かご》を暁海さんが持っているので、お裾分けしにきてくれたのだろう。

「先生、おかえりなさい」

竹脇《たけわき》さんが声をかけてくる。暁海さんと同級生の彼女もぼくの教え子で、いまだに会うと先生と呼びかけてくる。ちなみに竹脇さんの夫もぼくの教え子である。

「今日はお帰り早いんですね」

「本当は休みの予定だったんですが、急遽午前中だけ出ることになりまして」

島の高校を退職したあと、数年前からスクールカウンセラーとして島を含めた近隣の学校を回るようになった。自分になにほどのことができるかと思ったが、ありがたいことに呼んでくれる学校が多く、今日は生徒本人からどうしても話がしたいと連絡をもらったのだ。お休みなのにおつかれさまでしたと暁海さんがねぎらってくれる。

「暁海さん、その服で取材を受けるんですか？」

問うと、そうですけどという顔で暁海さんが首をかしげた。

「先日買ったグリーンのブラウスのほうが映えるのでは？」

「そのつもりだったんですけど、やっぱり少し派手かと思って」

「とても似合っていましたよ」

「そう？　じゃああっちにします」

竹脇さんに会釈をして家に入るぼくの背中に、「いいわねえ」という声が聞こえた。「うちなんか、わたしが丸坊主《まるぼうず》にしても気づかないわよ」と続く。「まさか北原先生がこんな愛妻家だなんて」と聞こえたので、恥ずかしくなりそそくさと奥へ逃げた。

暁海さんと結婚したときは、教師と元教え子が……と眉をひそめる人が多くいた。学生時代まで遡《さかのぼ》って櫂くんとの三角関係を邪推する人もいた。暁海さんが島を出て櫂くんの元へ行ったときも、櫂くんを連れて島に戻ってきたときも、そのあともぼくと暁海さんが別れず夫婦で居続けたときも、明日見さんとの関係が誤解されたときも、櫂くんの自伝的小説が映画になったときも、常になにかしら言う人はいた。ぼくと暁海さんと櫂くんがどういう仲であろうと、他人には関係がなく、なにひとつ迷惑もかけていないのだが。

けれど、どうしても無視できない人たちの気持ちもわかる。彼らが恐れているのは、それらがいつか自分の身に降りかかるかもしれないという危機感だ。そんな不道徳がまかり通る社会であってはいけないという自己防衛の一種が、他者への攻撃や無理解に転じるのだろう。

けれどぼくは、暁海さんは、櫂くんは、暁海さんの両親は、瞳子さんは、それぞれが個であり、自らの人生を生きているだけであり、それを他へ啓蒙《けいもう》したことはない。自分は自分、他人は他人、とそれぞれが別の個であることを理解できさえすれば、自身の暮らしと関係ない他者への攻撃が無用かつ無駄であるとわかるだろう。そう思うたび、

――言うは易《やす》く行うは難《かた》し。

という格言を思い出し、偉そうなことを言うぼく自身を振り返ったりもする。古希を迎えても達観からは遠く、逆に自由であることの難しさに気づく。

シャワーで汗を洗い流し、客人を迎えるための準備をした。今日は東京から女性誌の取材班がやってくる。オートクチュール刺繡の国内第一人者として、仕事のこと、普段の過ごし方や食事など、暁海さんのライフスタイルごと紹介したいのだという。さらに今日は『おんまく』の祭りなので、そちらも絡めて取材していくらしい。

午後になり、雑誌の編集者、インタビュアーとカメラマンの三人が到着した。暁海さんがインタビューを受けている間に、ぼくは飲み物や食事の準備をした。鯛飯、同じく鯛の潮汁《うしおじる》、骨付き鶏《どり》を揚げたせんざんき、庭で採れた野菜のサラダ、デザートには瞳子さん直伝のレモンケーキ

……ではなくレモンシロップを使ったゼリー。暁海さんは最近ダイエットをがんばっている。五十代に入ると若いときのダイエットが通用しないと嘆き、先生はずっとほっそりしてずるい、とたまに八つ当たりをしてくるので困っている。

「みなさん、おつかれさまでした」

インタビューのあと、縁側に食事を用意した。うちのダイニングテーブルでは全員座れず、撮影用に縁側に用意してほしいとカメラマンからリクエストされたのだ。

「すごい。全部ご主人が作られたんですか?」

「うちは家事も食事も基本的に分担制です」

「素敵。家事上手は最近の男性の魅力のひとつですものね」

女性の編集者がいただきますと潮汁に口をつけ、おいしいと目を見開いた。プロ並みですねと褒められたが、正直、瀬戸内の鯛の手柄だ。インタビューを交えながら和やかに食事がはじまり、それをカメラマンが撮っている。

「ご主人は高校時代の恩師なんですよね」

男性のインタビュアーが質問をする。ぼくたちの関係は今や島の住人のみならず、櫂くんが書いた小説と、その映画を観た人たちすべてが知る公然のプライベートだ。

「ぼくは二十代のころに映画を観て、すぐに原作小説を買いに本屋へ走りました。ちょうどそのころ会社の人間関係で悩んでた時期だったので沁みましたよ。けっして自分の人生の手綱を手放さないこと、世間の正しさに背いても自分を貫《つらぬ》かなくちゃいけないときがあること。ぼくはあの物語がきっかけで、ライターとして独立しようと決めたんです」

恥ずかしそうに語るインタビュアーの男性に、暁海さんは目を細めた。

「あのころはわたしたちも足掻《あが》いてばかりでしたよ」

そう言い、いいえ、あのあともですね、と言い直した。

「北原先生と離婚話も何度か出ましたし」

「それは青埜櫂さんが原因ですか？」

暁海さんは、うーん、と言葉を探すように間を取った。

「わたしの人生に櫂は切り離せないほど深く入り込んでいたけど、だからといって、ずっと櫂を想い続けて悲愴な感じで生きてたわけじゃないんですよ。お腹が減ったらご飯を食べなくちゃいけないし、身体が汚れたらお風呂に入らなくちゃいけないし、回覧板は回さなくちゃいけないし、ご近所さんからいただきものをしたらお返しをしなくちゃいけない、そうやって暮らしを回すためには仕事をしてお金を稼がなくちゃいけない。そうしてるうちに大事な人の不在にも慣れていって、気がついたら六十歳も目前で、健康を気にして手作り調味料を作ったりしている。全然ドラマチックでもロマンチックでもないんです」

なるほど……、とインタビュアーが拍子抜《ひょうしぬ》けしたようにうなずいた。

「話を戻すと、どこの夫婦も一度は離婚話くらい出るってことです。櫂は大事な人だけど、わたしの人生に起こるすべてが櫂を軸に回ってはいない」

「あの、じゃあ離婚話ってなにが原因だったんですか。あ、立ち入ってしまい申し訳ありません。もちろんお嫌ならお話しいただかなくて結構ですので」

「そんな深刻なことじゃないんですよ」

暁海さんは笑って当時のことをかいつまんで話した。どちらも相手には他に好きな人がいると誤解して離婚話を切り出したこと。話し合いをして危機を脱したこと。細かな事情を省かれ、短くまとめられたそれらを聞いているとおかしくなってきた。

「先生、なに笑ってるんですか」

暁海さんがぼくを見る。

「すみません。実に『よくある話』だなと思いまして」

確かに、と暁海さんまで笑い出したところでカメラマンが連続でシャッターを切った。

撮影を終えたカメラマンも食事に加わり、インタビューなのか雑談なのか境のない話をしながら、出した料理はすべてきれいになくなり、ぼくは安堵と満足を感じた。

「今日は本当に楽しかったです。遅くまでお邪魔してしまってすみませんでした」

「わたしたちも楽しかったです」

玄関先で暁海さんと取材班の人たちが挨拶をする。

「実を言うと、青埜さんと暁海さんと北原先生……ある意味、伝説のご夫婦にお話を伺うなんてと緊張してたんです。きっと普通とは一線を画す方たちなんだろうって」

「どこにでもいる平凡な夫婦でごめんなさいね」

暁海さんが冗談を言い、みんなが笑った。

「でも、もし――」

暁海さんがなにか言いかけ、けれど思い直したように口を閉じ、記事を楽しみにしていますと微笑んだ。取材班を見送り、家に戻ってふたりで後片付けをした。

「さっき、なにを言いかけたんですか」

スポンジに液体洗剤をかけながら訊いてみた。

「いいんです。ただのタラレバですから」

「知りたいですね。教えてください」

ぼくが皿を洗っていき、暁海さんが受け取って拭いていく。

「もし櫂が死なずに生きていたら、もしわたしと結婚していたら、やっぱりよくいる普通の夫婦になってたんだろうと思ったんです」

病気が完治し、切実で大切な一日がよくある普通の一日となり、一緒にいることに慣れて、つまらないことで喧嘩をし、たまに離婚話なども持ち上がり——。

「そうかもしれませんね」

いや、きっとそうなっただろう。留めておきたい喜びも悲しみも押し流され、どれだけ抗おうと朝陽《あさひ》と共に次のページがめくられ、また似たような一日がはじまる。それが現実を生きるということだ。物語のように美しいエンドマークはない。積み上がった記憶は整理も回収もされず、ある日、散らかったまま終わる。

「けれど、それもまた幸せな日々だったでしょう」

「ええ、今と同じくらいに」

皿を拭いている彼女の頬を、台所の小窓から差し込む光が照らしている。

北原暁海　五十八歳　夏

陽が落ちてから、ふたりで花火を見に出かけた。

島の海岸からは、今治港から打ち上がる花火がよく見える。櫂と最後に見た夏から、毎年ここにくるようになった。北原先生とふたりのときもあれば、他の誰かと一緒のときもあった。わたし、北原先生、結ちゃん、ノアくん、セレーナ、菜々さん、母親、母親の旦那さん、父親、瞳子さん。それぞれ集まったり離れたり。

「お父さーん、暁海さーん」

海岸から結ちゃんが手を振ってきた。隣にはセレーナがいる。結ちゃんもすんなりと長い手足を持っているけれど、成長したセレーナはそれ以上にスタイルがいい。今日はふんわりとした薄手のワンピースにサンダルを履いている。

「セレーナ、帰ってきてたのね」

「彼氏に日本の花火を自慢しまくっちゃったから、動画見せてあげないと」

セレーナは中学までを今治で過ごしたあと、オーストラリアの父親の元から向こうの高校に通い、今はパリの服飾専門学校の学生だ。アキミ・イノウエの名前はパリのメゾンでも少しは知られていて、将来はアキミのようなオートクチュール刺繍作家になるのかとよく訊かれるそうだが、本人は映画などの衣装デザイナーになりたいと言っている。

「ねえ暁海さん、これ新作なの。おじさんに味見してもらって」

結ちゃんが手提げ袋を差し出してきた。中身はトマトソースだという。カフェで出したいらしく、どれどれとタッパーの蓋を開けて指ですくって味見してみた。ブラックオリーブ、にんにく、唐辛子がうんと効いている。プッタネスカみたいだけれど、塩漬け山椒の実で和のテイストも感じる。おいしいし、若い子が好きそうな味だ。

「もう結ちゃんのカフェなんだから、いちいちお父さんに承諾取らなくていいわよ」

最初は営業管理だけをあずかっていたけれど、業績の伸びに伴って結ちゃんは正式にカフェを買い取った。今では結ちゃんは寿司居酒屋やカフェを含め、飲食店を五つも経営する実業家で、去年からは今治商工会議所初の女性監事に就任している。

「でもベースは瞳子さんのトマトソースだから」

「うん、それはすぐわかった」

「新しいものを作りつつ、オリジナルへの敬意を払わないとね」

「ありがとう、お父さんが喜ぶと思う」

瞳子さんはいなくなっても、瞳子さんの味を継いでくれる誰かがいること。誰かと瞳子さんの話ができること。それらが今の父親の楽しみとなっている。

「それ、東京に出すしまなみカフェの看板メニューにしたいのよね」

「東京に店を？」

北原先生も聞いていなかったようで驚いている。

「全店売り上げ好調。この波に乗らなきゃいつ乗るんだってね」

「まさか勢いだけで決めたのではないでしょうね」

「事業拡大なんて勢いでやるもんでしょ？」

けろっと言い放った結ちゃんに、北原先生はやれやれと首を振った。こういう光景を今まで何度見ただろう。もはや定番コントと化している。

「オープニングスタッフには萌夏《もか》ちゃんを入れて、いずれ店長を任せようと思ってる」

「え、大学は？」

「大学よりも飲食の道に進みたいんだって」

萌夏ちゃんは菜々さんの娘だ。と言っても血はつながっていない。菜々さんがNPOの活動を通じて知り合った女の子で、当時は中学一年生だった。年齢のわりにしっかりしていて、けれどそれは理性の賜物《たまもの》であり、本質はバイオリンの弦のような子だと北原先生を通じて聞いていた。それからしばらくして、菜々さんは事実婚をしていたNPO法人の代表である恋人と正式に籍を入れ、萌夏ちゃんを養子として引き取った。

様々な出会いの中で、なぜ萌夏ちゃんだけを養子にしたのかはわからない。それは菜々さんと菜々さんの恋人と萌夏ちゃんだけにわかる『つながり』だったのだろう。

萌夏ちゃんは高校生になると結ちゃんのカフェでアルバイトをはじめた。勉強には特に熱心ではなく、好きでも得意でもないことをするために時間と学費を浪費するなんて馬鹿げている、だったら好きな道で一日も早く自立したいという萌夏ちゃんに、菜々さんたちも賛同した。さすが明日見さんの娘です、と北原先生が感心していた。

「わたしの妹だし、お互い助け合っていきたいんだ」

結ちゃんが言う。ふたりには血のつながりがない。それどころか戸籍上ですらつながっていない。けれど『わたしの妹』という結ちゃんの言葉にためらいはない。萌夏ちゃんは結ちゃんをお姉さんと呼び、セレーナと萌夏ちゃんは従姉妹《いとこ》のように仲がいい。

「結が妹だと言うので、ぼくまで萌夏ちゃんを身内のように思ってしまいます」

「結ちゃんと北原先生がそうだから、関係ないわたしも身内気分です」

ふたりで笑いあった。わたしたち夫婦には子供がいない。北原先生には結ちゃんがいるけれど、血を分けた子供という意味ではいない。いてもよかったかもねとふたりで話したことはあるけれど、ぼんやりとした夢のように想像しただけだ。

血は水よりも濃く、つなげていくことの意味は大きい。その一方で、わたしたちのこの連帯をなんと呼べばいいのだろう。ぼんやりと、ゆるやかに、けれど確実につながっているわたしたちの『これ』を。よく言われるのは『疑似家族』だろう。けれどわたしたち自身のものを『疑似』と名づける、どんな権利が他人にあるのだろうか。

「助け合いとか言って、お母さん、萌夏ちゃんに会社継がせようと企んでない？」

セレーナが指摘し、結ちゃんがどきっと胸に手を当てた。

「だってあんたは継いでくれないんでしょう。というか大金かけてパリまで行ってるんだから、暁海さんの刺繍を継げばいいじゃない。それで綺麗《きれい》に収まるでしょうが」

「収まりませーん」

セレーナは万歳《ばんざい》をするように手を上げ、海岸を駆け出していく。

「わたしはー、わたしのー、やりたいことをー、するー」

高らかな宣言が響く。セレーナの白いワンピースの裾がひらひらと揺れて、夜に近い濃紺の空気をかき回す。自由に泳ぐ魚のように美しい。

見とれていると遠くで音が弾けた。

反射的に見上げた対岸の夜空に光が瞬《またた》く。

澄んだ夜空に大輪の火花が咲き、わたしは息を飲んだ。

——ああ、櫂。

どれだけ時が流れても、この瞬間だけはあの夏に引き戻されてしまう。次々と打ち上がり、儚く散っていく光に目を奪われながら、左手が微かに動く。あのとき弱い力でにぎり返してくれた櫂の手を探すように。ねえ櫂、ふたりで見た花火は、今も変わらず綺麗だよ。

「すごーい、久しぶりに見るとやっぱり綺麗」

セレーナがはしゃいで、スマートフォンで花火の動画を撮り出した。縦がいいか横がいいか、あれこれ画面を調整している。ちょっと静かにしなさいと結ちゃんがセレーナを叱《しか》りつけた。あの夏、結ちゃんも一緒に櫂を見送ってくれた。夜の中でずっと声を殺して泣いていた大学生の結ちゃんを思い出す。いいの、と小声で結ちゃんに言った。

「ごめんなさい。騒々しくて」

「ううん、本当にいいのよ」

首を横に振り、わたしは楽しそうなセレーナへと目をやった。

——どうかこの子が、思いのまま、どこまでも自由に泳いでいけますように。

煌めく目で花火を見上げる若い横顔へと祈った。

この子には無限の未来があり、なににも妨げられず、進みたい道を選ぶことができる。叶うかどうかはわからない。それでも誰もが行きたい場所へ行き、会いたい人に会い、それらを選べる世界であってほしい。それがきっと、あのころのわたしたちが願ったことのすべてだから。

——なあ、暁海。

花火の音に紛れて櫂の声が聞こえた。

——俺らは、なんやかんや幸せやったんちゃう?

照れくさそうに笑う櫂が心をよぎる。

ああ、そうか。そうかもね。わたしたちは幸せだったのかもしれないね。

わたしたちはずっと必死で生きてきて、誰の手も届かない暗い場所で澱《よど》んだときもあったけれど、あの苦しさも含めてすべてがここへと辿り着くのならば、わたしたちはけっして独《ひと》りではなかったのだろう。やがてつながる人たちと、わたしたちは常に共にいたのだろう。

音と光が弾けるたびに、わたしの左手は微かに動く。もう届かないとわかっている櫂の手を探し続ける。その手を、やわらかく包むもうひとつの手がある。

振り仰ぐと、微笑みながら夜空を見上げる横顔がある。凪のときも、嵐のときも、数限りない波をこの手と共に渡ってきた。つながれた手に、わたしはゆっくりと力を込めていく。

わたしにとって櫂は煌めく火花だった。

そして北原先生は海だった。

あの夏、夜の海へと落ちていった幾千の火花を思い出す。

いつかわたしの命が尽きるときがきても、この海に還《かえ》るのならば怖くない。燃え尽きて、煌めきながら海へと還っていく幾千の光の行く先を、わたしたちは見つめ続ける。

初出

「春に翔ぶ」………「小説現代」２０２２年10月号
「星を編む」………「小説現代」２０２３年３月号
「波を渡る」………「小説現代」２０２３年11月号
単行本化に当たり、全編を加筆改稿しています。

凪良ゆう（なぎら・ゆう）

京都市在住。２００７年に初著書が刊行され本格的にデビュー。ＢＬジャンルでの代表作に連続ＴＶドラマ化や映画化された「美しい彼」シリーズなど多数。'17年に『神さまのビオトープ』（講談社タイガ）を刊行し高い支持を得る。'19年に『流浪の月』と『わたしの美しい庭』を刊行。'20年『流浪の月』で本屋大賞を受賞。同作は'22年５月に実写映画が公開された。'20年刊行の『滅びの前のシャングリラ』で２年連続本屋大賞ノミネート。２０２２年に刊行した『汝、星のごとく』は、第１６８回直木賞候補、第44回吉川英治文学新人賞候補、２０２２王様のブランチＢＯＯＫ大賞、キノベス！２０２３第１位、第10回高校生直木賞、そして'23年、２度目となる本屋大賞受賞作となった。本書『星を編む』はその続編となる。

星《ほし》を編《あ》む

2023年11月6日　第1刷発行
2024年1月22日　第6刷発行

著者　凪良《なぎら》ゆう

発行者　森田浩章
発行所　株式会社講談社
〒112-8001　東京都文京区音羽2丁目12-21
電話　編集　03-5395-3505
　　　販売　03-5395-5817
　　　業務　03-5395-3615

本文データ制作　講談社デジタル製作
印刷所　株式会社KPSプロダクツ
製本所　株式会社若林製本工場

ISBN978-4-06-532786-9
N.D.C.913 286p 20cm

KODANSHA

凪良ゆう◎好評既刊

『神さまのビオトープ』

講談社タイガ刊　定価：792円（税込）

二人ぼっちの幸せ。

うる波は、事故死した夫「鹿野くん」の幽霊と一緒に暮らしている。彼の存在は秘密にしていたが、大学の後輩で恋人どうしの佐々と千花に知られてしまう。うる波が事実を打ち明けて程なく佐々は不審な死を遂げる。遺された千花が秘匿するある事情とは？　機械の親友を持つ少年、小さな子どもを一途に愛する青年など、密やかな愛情がこぼれ落ちる瞬間をとらえた四編の救済の物語。

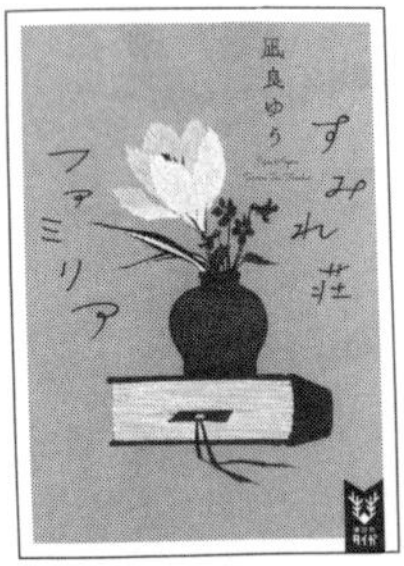

『すみれ荘ファミリア』

講談社タイガ刊　定価：847円（税込）

愛ゆえに、人は。

下宿すみれ荘の管理人を務める一悟は、気心知れた入居者たちと慎ましやかな日々を送っていた。そこに、芥と名乗る小説家の男が引っ越してくる。彼は幼いころに生き別れた弟のようだが、なぜか正体を明かさない。真っ直ぐで言葉を飾らない芥と時を過ごすうち、周囲の人々の秘密と思わぬ一面が露わになっていく。愛は毒か、それとも救いか。本屋大賞受賞作家が紡ぐ家族の物語。

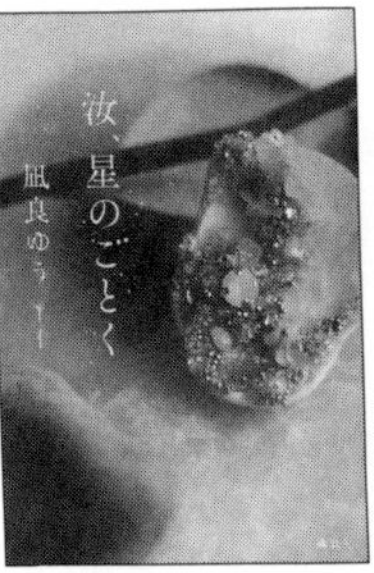

『汝、星のごとく』

単行本　定価：1760円（税込）

2023年本屋大賞受賞作

正しさに縛られ、愛に呪われ、それでもわたしたちは生きていく。風光明媚な瀬戸内の島に育った高校生の暁海と、自由奔放な母の恋愛に振り回され島に転校してきた櫂。ともに心に孤独と欠落を抱えた二人は、惹かれ合い、すれ違い、そして成長していく。生きることの自由さと不自由さを描き続けてきた著者が紡ぐ、ひとつではない愛の物語。